徳間文庫

断裂回廊

逢坂剛

徳間書店

目次

プロローグ

村野滋之《むらのしげゆき》は、汗に濡《ぬ》れた手をスラックスの後ろで、そっとふいた。

地下鉄三田線の、白金台《しろかねだい》駅から目黒通りを桜田通りの方へ、およそ徒歩六分。ラゴス共和国の、公使館の分室に行くのは、これで十六回目になる。

いいかげんに、慣れても不思議はないくらいの回数だが、近づくにつれて緊張する癖《くせ》は、いっこうに直らない。

並んで歩く鴨下郁代《かもしたいくよ》が、のんびりした口調で言う。

「どうしたんですか。急に口数が少なくなったようだけど」

郁代は、紺《こん》のセミフォーマルのスーツを着込み、胸元に派手なブローチをつけていた。それなりに、服装を考えてきたらしい。

村野は、力なく笑った。

「人を連れて行くのは、初めてだからね。それにしても、鴨下さんは全然緊張してないよな。ぼくなんか、最初に連れて行かれたときは、がちがちだったけど」

「村野さんも、お友だちに紹介されたわけでしょう」

「うん。大学時代の、マージャン仲間にね。十五回顔を出して、なんのトラブルも起こさないと、知り合いを紹介する資格ができるんだ。前にも言ったよね」

「ええ、聞きました」

「こう言っちゃなんだけど、きみとは知り合ってまだそんなに間がないし、なんだか落ち着かなくてね」

郁代は、大きめのハンドバッグを右から左に持ち替えて、明るく笑った。

「付き合った期間は、関係ないんじゃないかしら。古い知り合いだからといって、信用していいとは限らないわ。現に、そのマージャンのお仲間とやらも、借金を踏み倒して消えちゃったんでしょう」

確かに、そんな話もした。

「うん。そいつは、五回目かそこらでぼくを紹介してくれたんだけど、そのあと間なしにとんずらしたわけだ。それ以後、最低でも十五回をクリアしないと紹介できない、というルールができてね」

「でも、紹介者がトラブルを起こしたからといって、紹介された人が責任をとるということは、ないんじゃないですか」

「まあ、自分が連れて行ったやつの不始末を、自分で尻ぬぐいするというのはあるけれども、逆はあまり聞かないね」

「でしょう」

「そうはいっても、紹介されたぼくとしては、そいつを知ってるだけに、やはり気まずいものがある。公使館員から、居どころを教えろってだいぶ責められたけど、どうしようもなかった。ぼく自身そいつとは、連絡が取れなくなっていたし」

「とにかく、村野さんは出入り差し止めに、ならなかったわけですよね」

「うん、ならなかった。そいつと違って、ぼくはけじめを知ってるから」

「やはり、お友だちは選ばないとね」

郁代は、分別臭い口調で言った。

村野は、歩きながら煙草《たばこ》に火をつけた。

歩き煙草が、今どきのマナーに違反することは、重々承知している。

しかし、すでに午後九時を回り、人通りが少ないこともあって、吸わずにはいられなかった。

「これで、かりにきみが何か間違いでも起こしたら、今度こそぼくもアウトになる。

そのあたりは、よろしくね」

「わたしも、けじめをつける方だから、だいじょうぶです。ことに、借金はたとえ百円でも、いやなたちなの」

「それを聞いて、安心したよ」

村野は肩の力を抜いて、盛大に煙を吐いた。

郁代とは、ときどき一緒に食事をしたり、酒を飲んだりする仲だ。

勘定は、最初から割り勘だった。

かなり親しくなったあとも、郁代はめったに村野の懐《ふところ》を当てにせず、自分の分は自分で払った。

そういうとき、郁代は村野の視線を気にすることもなく、これみよがしに財布から金を抜き出す。

そこにはいつも、十枚を軽く超える一万円札の束が、詰まっていた。

たまには、郁代もたいした金額でないとき、村野に勘定を任せることがある。しかし、それはあくまで村野の顔を立てるため、という趣《おもむき》だった。

とにかく、金回りのいい女であることは、確かなように思えた。

郁代と知り合ったのは、半年ほど前のことだ。

その夜、村野は公使館の分室へ行く前に、軽く腹ごしらえをしようと思い、白金台の駅を上がってすぐの横町にある、ダイニングバー〈バラメーダ〉に立ち寄った。

初めてその店にはいったときは、たいした理由があったわけではない。

ただ、通りがかりに店の看板が目について、ふと足が止まった。

大学時代を過ごした、仙台の東一番丁に同じ名前のスナックがあり、よくかよったものだった。

そのことを思い出して、なんとなくドアを押しただけにすぎない。

マスターが、八席しかないカウンターを一人で切り回す、こぢんまりした店だった。

値段のわりに、パスタやスープがなかなかいけるので、公使館へ向かう前にときどき、利用するようになった。

ビールを飲みながら、村野がウニとからすみのパスタを食べていると、ドアが開いて女がはいって来た。

銀ねず色の、長めのトレンチコートを着た、背の高い女だった。

カウンターには、村野を入れて五人の客が並んでいたが、女は迷う様子もなく隣のストゥールに、腰を落ち着けた。

しばらくメニューを眺めていたが、急になんの前触れもなく話しかけてきた。

「すみません」

突然だったので、むせそうになった。

「はい」

返事をして顔を見ると、女は真剣な顔で聞いた。

「このお店のお薦《すす》めは、なんでしょうか」

「お薦めですか。そうですね、ぼくがよく食べるのは」

とまどいながら、村野はオニオングラタン・スープと、スパゲティ・ボロネーゼの組み合わせがうまい、と教えてやった。

女は、言われたとおりのものを頼んだ。

料理ができると、先客の村野がまだ食べているうちに、驚くほどの速さでそれを平らげた。

よほど、腹が減っているのかと思ったが、食べ方はがつがつしたところがなく、むしろ優雅でさえあった。

村野が食べ終わるころには、女はもうコーヒーを飲んでいた。

勘定をすませたあと、女が村野に声をかけた。

「おいしかったです。ありがとうございました」

そう言い残し、そそくさと店を出て行った。

村野はあきれて、すでに顔なじみになったマスターと、なんとなく笑い合ったものだ。

とくに、目を引くほどの美人というわけではないが、いかにも頭のよさそうな口のきき方と、むだのないきびきびした動きの女だった。

それから一週間後、村野がまた〈バラメーダ〉に立ち寄ると、今度はその女が先にカウンターに、すわっていた。

女は、まるで旧知のように挨拶《あいさつ》をよこし、隣のストゥールを手で示した。

そんなふうに持ちかけられたら、そこにすわらないわけにいかない。

女の前には、前回と同じ組み合わせの料理が並び、生ビールのグラスだけが追加されていた。

村野も、ついその光景に引き込まれた感じで、同じものを頼んでしまった。

このときは、女も村野に合わせるように、ゆっくり食事をした。

女は、仕事でときどき白金界隈《かいわい》に来る、と言った。

この店にはいったのは、以前南スペインのサンルーカル・デ・バラメーダ、という港町に行ったことを思い出して、なつかしくなったからだそうだ。

そこで村野も、仙台で同じ名前のスナックにかよっていた、という話をした。

そんなことから、ごく自然に名刺を交換する流れになった。

女は鴨下郁代といい、マクヒュー・インコーポレーテッドなる貿易商社の、ワイン開発部門に勤務していた。

村野は、大手の広告会社で働いているが、現場とあまり関係のない総務部門でもあり、商社にはあまり詳しくない。

それでも、郁代の服装や持ち物、立ち居ふるまいや発言から、なんとなく景気がよさそうなことは、想像がついた。

最近は、オーストラリアのワインに力を入れており、ときどき現地へ出張するという。

向こうは南半球で、日本と季節が逆になるから正月が真夏、八月が冬場の時期になる。

また、日本で日当たりがいいのは南向きの家だが、オーストラリアでは北向きの家、ということになる。

そうした、だれでも知っているようなことを、まるで子供に聞かせるように話すのが、どことなくおもはゆかった。

それをきっかけに、〈バラメーダ〉でときどき顔を合わせて、親しく口をきく仲になった。

やがて村野は、同じ店でたまたま出くわすだけでは、物足りないものを感じ始めた。

そのころは、まだ携帯電話の番号を交換していなかったので、思い切って会社に連絡してみた。

同僚と思われる、ばかていねいな口調の女性が電話に出て、郁代は外出していると言った。

こちらの名前と、携帯電話の番号をメモしてもらい、連絡してほしいと伝言を頼んだ。

あとで、ぶしつけだったかもしれない、と不安になった。かけてこないのではないか、と半分あきらめたほどだ。

しかし、その日の夕方郁代は自分の携帯電話から、コールバックしてきた。

それをきっかけに、十日か二週間に一度くらいのわりで、会うようになった。

村野は所帯持ちだが、妻もテレビ局の制作部で働いており、子供はいない。

稼ぎは、共同の生活費以外それぞれ自分で管理し、互いの行動を束縛しない約束になっている。

とはいえ、村野は女遊びにさして興味がないので、風俗店に出入りすることはないし、まして素人《しろうと》の女に手を出すこともない。

郁代は独身だという話だが、男に不自由している様子はない。

かりにしているとしても、村野に対してその種のことを期待する、という風情ではなかった。

ただ、好奇心は旺盛《おうせい》だった。

これまで行ったことのない場所、口にしたことのない料理や酒、試したことのない遊びなどに、強い興味を示した。

村野は、そうした郁代の嗜好《しこう》に応じることで、自分もそれなりに楽しんだ。

半年たつのに、まだ郁代とのあいだに体の関係はなく、キスすらも交わしていない。

酒を飲んだあとなど、ふとその気になりかかることも、ないではなかった。

ただ、そういうときに限って郁代は、村野の気勢をそぐような具合に、仕事の話を持ち出したりする。

どうしても、というほどの強い意欲がない村野は、そのまま引いてしまうのだ。

今夜の公使館行きも、郁代の好奇心に発するものだった。

「気が進まないんだったら、やめてもいいんですよ」

郁代に言われて、村野はわれに返った。

その声に、いくらか非難めいたものを感じて、少しひるむ。

村野は、煙草を歩道に落として、踏みにじった。

「だいじょうぶだよ。きみは素性もしっかりしてるし、ひとに迷惑をかけるようなタイプには、見えないから」

郁代は含み笑いをしただけで、何も言わなかった。

日吉坂上《ひよしさかうえ》の信号を過ぎ、少し行ったところの角を左にはいる。

そこは、交通量の多い表通りとは打って変わった、静かな住宅街だ。

すぐ右側に、オフィスビルともマンションともつかぬ、小じゃれた建物がある。

「ここです」

村野は、チーク材の自動ドアからロビーにはいり、ナンバープレートの前に立った。

パネルのボタンで、公使館の部屋番号を押す。

五秒とたたぬうちに、中で通話ボタンが押される、クリック音がした。

なめらかな、男の日本語が応答する。

「ラゴス公使館です」

村野は、モニター用のカメラのレンズに、顔を近づけた。

「野村《のむら》です」

それが村野の、ここでの通称になっている。

「お一人ですか」

「いえ。先日お話しした、三条《さんじょう》さんが一緒です」

「どうぞ」

男が応じると、横手のガラスドアがすっとスライドし、ホールへの通路が開いた。

中にはいる。

「ここでは、きみは三条さんだから、忘れないようにね」

村野が念を押すと、郁代は笑みを含んだ声で応じた。

「分かってますよ、野村さん」

エレベーターに乗り、五階に上がる。

エレベーターホールから、薄暗い内廊下へ通じるとっつきに、赤と緑と黄色を組み合わせた、ラゴスの国旗が飾ってある。

このフロアは、ラゴス公使館が館員の居宅という名目で、全室を借り切っているのだ。

廊下には、絨毯《じゅうたん》が敷き詰めてあるので、靴音がしない。

郁代が聞く。

「ここが全部、公使館員用の住居なんですか」

「そう。実際には、ほとんど住んでないらしいけどね」

目当ての部屋は、いちばん奥の右側にあった。

ドアに〈ラゴス共和国公使館分室〉と、日本語とスペイン語で併記《へいき》されたプレートが、貼りつけてある。

インタフォンのブザーを押す。

「野村です」

もう一度名乗り、ドア・スコープの前に郁代を引き寄せて、顔が映るようにした。

ドアが開き、ラテン・ミュージックのにぎやかなリズムが、廊下に流れ出す。

村野は、急いで郁代を戸口に押し込み、自分も中にはいってドアを閉じた。

接客用の長椅子が二つと、ガラスの低いテーブルがおいてあるだけの、殺風景な部屋だった。

そこは、待合室として使われるだけだから、それでいいのだ。

アグスティン・カンポスが、村野と郁代を待ち受けていた。

カンポスは四十代半ばの、浅黒い肌の小男だった。

公使館の二等書記官だそうだが、実際にはスパイまがいの情報収集を担当する、情報担当官か何かだと思う。

真っ黒な髪を、いつもポマードでぴたりとなでつけ、仕立てのよい黒のダブルのスーツを、一分の隙もなく着こなしている。

浅黒い顔の中で、白目の部分と歯だけが異常に白く、暗闇でも見分けがつくのではないか、と思われるほどだ。

「こちらが、三条さんです」

紹介すると、カンポスは無遠慮に郁代に目を向け、上から下まですばやく視線を走らせた。

郁代が、軽く頭を下げる。

「三条です。よろしくお願いします」

カンポスは、だれかがスイッチを入れでもしたように、こくんと機械的にうなずいた。

「こちらこそ、よろしく。アグスティン、と呼んでください」

ほとんど訛《なま》りのない、きちんとした日本語だった。

表情といい口調といい、柱時計ほどの感情もこもっていない。

続けて言う。

「用意は、いいですか」

村野も郁代も、黙ってうなずいた。

カンポスは、気取ったしぐさで軽く顎《あご》をしゃくり、踊るような足取りで奥のドアへ向かった。

村野と郁代も、そのあとに従《したが》う。

カンポスが、重い木のドアを引きあけると、そこは赤い絨毯が敷かれた短い通路で、その奥にもう一つドアがあった。

今度は、さらに重そうに見える、鉄製のドアだ。

カンポスは、そのドアを押しあけて、二人を中に入れた。

とたんに、人声の交じったざわめきが、耳を打つ。

カンポスは、ドアを閉じた。

重厚な、マホガニーの板壁に囲まれた、縦横七、八メートルほどの部屋だ。

ペンダント・ライトが、三つ置かれた半円形のゲーム・テーブルを、それぞれ明るく照らし出している。

部屋そのものは、壁に取りつけられた間接照明だけしかないため、かなり薄暗い。

禁煙になっているので、空気は汚れていない。

三つのテーブルのうち、一つはブラックジャックで、あとの二つはバカラだ。

どのテーブルにも、男女合わせて四人か五人のグループが、ついている。客はいつも、この程度の数しかいない。

カンポスが、少し声を高くして言った。

「すみません、みなさん」

客たちはゲームを中断して、村野たちに目を向けた。

カンポスが続ける。

「野村さんのご友人で、新しくメンバーになられた三条さんを、ご紹介します」

「三条です。よろしくお願いします」

郁代が頭を下げると、みんながどうも、とかよろしく、とかおざなりな挨拶を返した。

それがすむと、だれもが何ごともなかったように、ゲームにもどる。

「メンバーの名前は、おいおい覚えられるでしょう」

カンポスはそう言って、部屋の隅のデスクにすわる男を郁代に示し、事務的な口調で続けた。

「彼がキャッシャーの、リカルド・グスマンです。彼から、チップを買ってください」

リカルド・グスマンは、眼鏡をかけたひどく背の高い男で、長すぎる脚をデスクの脇から、持て余しぎみにのぞかせている。

公使館の館員というより、銀行員のように見えた。

「いくら買えばいいんですか」

郁代の質問に、カンポスは肩をすくめた。

「どうぞ、あなたの財布が許すだけ、買ってください。チップは三種類しかありません。赤が一万円、緑が五千円、黄色が千円。すべて現金払いです。初めてのプレーヤーは、つけがききませんから、そのつもりで。キャッシュの持ち合わせがなくなったら、それで終わりです」

「分かりました」

郁代は応じて、村野にほほ笑みかけた。

そのあたりのことは、来る前に詳しく説明しておいたのだが、郁代は初めて聞くような顔をしていた。

村野は郁代と一緒に、グスマンのデスクに行った。

脇に置かれた手さげ金庫には、一万円札がきちんと整えられた状態で、何層にも重ねられている。グスマンは、几帳面な性格なのだ。

郁代は、最初だから村野に合わせると言って、同額の十万円を三色のチップに換えた。

ちらりと見たところでは、郁代の財布にはあと二十万くらい、残っているようだった。

村野は、ここへ来るときはいつも十五万円用意するが、その日の負けが十万円に達したら、やめることにしている。

逆に、どれだけつきが回っていると感じても、勝ちが二十万円を超えたらそこでやめ、さっさと引き上げる。

それが、賭《か》け事にのめり込まずに、長く楽しむこつだと思っている。

大手とはいえ、一介の広告会社の社員にはリスクの多い遊びだが、村野は自分に博才があると信じており、その自信を裏切られることはめったにない。

二人は、チップを入れたトレイを手に、まずバカラのテーブルの一つに向かった。

郁代は、マカオとポルトガルのエストリルで、何度かカジノ遊びをしたことがある、と言っていた。

それはほんとうらしく、カード・ゲームに詳しかった。

ラシャを張った、一応ちゃんとした仕様のカード・テーブルだが、むろん本格的なカジノにあるような、立派なしろものではない。

バカラは、複数の客がディーラーと勝負するブラックジャックとは、趣が異なる。

客は、テーブルに示されたバンカー、プレーヤーのブロックの、どちらかにチップを置いて賭ける。

ディーラーが、それぞれのブロックに配ったカードの合計の、下一桁が九に近い方が勝ちになる。絵札と10はすべて0、エースは1、あとは数字どおりに計算される。

客はバンカーかプレーヤーの、二つに一つの選択をするだけだから、駆け引きもくそもない。勝つ確率は、五十パーセントだ。

もう一つ、〈引き分け〉のブロックがあるが、村野は賭けたことがない。

バンカーで勝つと、五パーセントのコミッションを取られるものの、たいした違いはない。

単純なだけに熱くなりやすく、のめり込むときりがなくなるのが、つらいところだ。

村野は、初めのうち手堅く二千円、三千円の小口を賭けて、その日のつき具合を見るようにしている。

しかし郁代は、最初から五千円のチップを握り締め、てきぱきと張っていった。

何か勘が働くのか、ときどき一万円のチップを気前よく張り、八割くらいの確率で勝ちを取る。

小一時間もたったころ、村野は黄色いチップを数枚ためただけだが、郁代はすでに赤と緑のチップを、十枚以上稼いでいた。

郁代の張りっぷりがいいせいか、その日の場はいつにもまして活気があり、グスマンもチップの交換に、忙しいようだ。

村野は、顔なじみになったほかの客の何人かの、意味ありげな視線を感じた。

だれもが、表向き無関心を装っているだけで、実は村野が郁代を連れて来たことに、興味を抱いたようだった。

二人は、ブラックジャックのテーブルに移り、また小一時間遊んだ。

そのあと、もう一つのバカラのテーブルに回って、さらにゲームを続けた。

村野は一進一退で、午前零時を過ぎるころにはつきが落ち、赤いチップが五枚手元に残るだけになった。

手持ちの半分を、すった勘定になる。

一方、郁代はそのあいだずっとつきを維持して、交換した額の倍のチップを手にしていた。

三時間ほどで、十万円を稼いだ勘定になるから、上出来といってよい。

村野は、郁代にささやいた。

「そろそろ、引き上げようか。初回は、こんなとこでいいんじゃないの」

「でもそちら、赤字じゃないですか」

「これ以上やると、もっと赤字になりそうだ。そちらは逆に大黒字だし、今が引きどきじゃないかな」

「ここで引き上げたら、勝ち逃げになりませんか」

「ここは、勝ち逃げも負け逃げもないんだ」

郁代は首をかしげ、少し考えて言った。

「今日は、丸裸にされる覚悟で来たので、最後に一勝負させてください」

村野の返事を待たずに、手元にあるチップをトレイごと、バンカーのブロックに置く。

村野はあっけにとられ、郁代の横顔を見直した。

郁代は、道端の集積所にごみ袋を出したほどにも、緊張した様子を見せない。

ほかの客も、さすがに驚いた様子で郁代の顔を、ちらちらと盗み見る。

ただ一人、裾広がりの黒いスーツを着たディーラーだけは、眉一つ動かさない。

日本人には違いないが、これまで村野はその男がしゃべるのを、ほとんど聞いたことがない。

村野は、賭けるのを控えた。

ほかの客が賭け終わり、ディーラーがカードシューターから、カードを引き出す。

プレーヤーのブロックに、ダイヤのKとスペードの7の二枚が、開かれた。

つまり、7だ。

続いて、バンカーのブロックにはハートのQと、スペードのA。

合わせて1だから、この段階ではプレーヤーに、負けている。

ディーラーが、シューターからもう一枚カードを取り、バンカーのブロックに置いた。

村野もほかの客も、ため息を漏らした。

開かれたカードは、クラブの10。0と同じだから、1という数字は変わらない。

郁代の負けだった。

郁代が置いたトレイのチップは、ディーラーの手元のバスケットにざらざら、と落とし込まれた。

ディーラーが、郁代にトレイを返す。

郁代は、それをぽんとテーブルに投げもどし、戸口へ向かった。

村野は、作法を欠いたその振る舞いに、少しむっとした。

あとを追おうとしたとき、郁代がドアを背にくるりと向き直る。

いつの間にか、大きめのハンドバッグに入れていた手を、おもむろに抜き出した。

縦長の手帳のようなものを、ぱらりと下へ開く。

郁代は言った。

「みなさん、後ろの壁際に下がってください。わたしは、白金台警察署生活安全課の、鴨下警部補です。違法賭博《いほうとばく》の容疑で、この部屋にある証拠物を押収します。公務執行《こうむしっこう》妨害《ぼうがい》にならないよう、静かにしていてください」

村野は耳を疑い、郁代を凝視した。

郁代が広げたのは、確かに警察手帳のようだった。

ほかの客たちも、一瞬わけが分からないという様子で、互いに顔を見合わせる。

郁代は警察手帳をしまい、眉根を寄せて続けた。

「さあ、壁際に下がって。ここでのみなさんの言動は、すべて近くに停まっているパトカーに、記録されています。それを忘れないように」

そう言って、胸元のブローチに軽く手を触れ、持ち上げて見せる。

そこに、隠しカメラかレコーダーが仕込んである、ということらしい。

客たちのあいだに動揺が走り、郁代を連れて来たことを非難するように、いっせいに村野に視線が集まった。

村野は冷や汗をかきながら、しかたなく郁代に問いかけた。

「いったいこれは、どういうことですか。警察官だなんて、聞いてないぞ」

声が上ずり、ほとんど裏返りそうだった。

郁代はそれに答えず、淡々とした口調で続ける。

「公務執行を妨害した場合は、現行犯で逮捕されますから、そのつもりでいてください」

客たちは、いかにもあわてふためいた感じで、奥の壁に引いていった。

グスマンもディーラーたちも、いかにも不承不承《ふしょうぶしょう》という様子で立ち上がり、客たちに加わった。

フロアに残ったのは、村野とカンポスだけだった。

カンポスが、まったく表情を変えずに、初めて口を開く。

「みなさん、ご心配はいらないです。いつも申し上げているように、ここはラゴス公使館の敷地内ですから、治外法権になります。日本の官憲の力は、及《およ》びません」

多少緊張しているのか、かすかに外国訛りが出ていた。

郁代が言う。

「確かにここには、治外法権が適用されます。したがって、外交官のカンポス氏、およびその管理下にあるグスマン氏を、日本の法で拘束することはできません。しかし、三人のディーラーを含めて、この違法カジノに関わった日本人のみなさんには、事情聴取に応じる義務があります」

客たちのあいだに、ざわめきが広がる。

そのとき。このカジノでは斎藤《さいとう》の名で通っている、でぶの小男が村野に向かって指を振り立て、甲高《かんだか》い声で言った。

「いったい、これはどういうことなんだ、野村さん。あんたは、この人を警察官と承知の上で、連れて来たのか」

村野は、あわてて首を振った。

「とんでもない。この人は、マクヒュー・インコーポレーテッド、という貿易商社の社員だ、と称《しょう》していました。現に、わたしもその会社に電話して、彼女がそこの社員だということを、確認しています。警察官だなんて、まったく知らなかったし、今でも信じられないくらいだ。これは何かの、悪い冗談じゃないかと」

そうであってほしい、と願いながら郁代の顔を見る。

郁代は目を合わせず、何も言おうとしない。

斎藤が、郁代に食ってかかる。

「あんたは、ほんとうに警察官なのかね。ほんとうかどうか、警察手帳をみんなの前でもう一度、よく見せてもらおうじゃないか」

郁代は、ぐいと唇を引き締めると、厳しい口調で応じた。

「いいでしょう。それでは、ここにいるみなさんに、ご自分の身分を証明できるもの、たとえば運転免許証とか健康保険証、あるいは勤務先の社員証などを、提出していただきます。わたしがそれを記録するあいだに、わたしの身分証をみなさんでゆっくりと、チェックなさってください」

それを聞くと、斎藤はたちまちひるんだような顔になり、ほかの客たちの顔色をうかがった。

郁代が、押しかぶせるように続ける。

「もし、身分を証明するものをお持ちでないかたは、ご家族なり会社の上司なりに連絡をとり、身元を明らかにしていただきます」

斎藤は喉《のど》を動かし、何か言おうとした。

そのとき、高柳《たかやなぎ》という名前で通っている四十前後の、押し出しのいい男が口を開く。

「待ちなさい、斎藤さん。われわれは、ふだんの生活や仕事とかけ離れた場所で、非日常的な空間に身を置くために、ここに来ているんだ。お互いに、上下関係もなければ、貸し借りもない。ふだん、どこでどんな仕事をして、どこに住んでいるかも知らない同士が、いっとき息抜きの時間を共有しようと、日本の法律の及ばないこの場所に、集まっている。そして、一歩外へ出たらもとの見ず知らずの、他人同士にもどる。かりにも、こんなことでトラブルを起こしたり、問題を大きくしたりするのは、われわれの本意ではない。ここは一つ、カンポスさんとそこにいる警察官の話し合いに、任せようじゃありませんか」

高柳が話しているあいだに、ほかの客たちはそのとおりだというように、互いにうなずき合った。

斎藤は、いくらか不満げな色を見せたものの、そのまま口をつぐんだ。

カンポスが、郁代に向かって人差し指を立て、おもむろに言う。

「高柳さんがおっしゃるとおり、ここは日本の領土とはなんの関係もない、いわば存在しない空間です。わたしたちは、一般の日本人になんの迷惑もかけていないし、ここにいる人たちはわがラゴス公使館の招待客、といってもよい。つまり、日本の警察が介入する余地はない、ということです。この公使館内での行為に関して、わたし自身だけでなくここにいるみなさんも、法的な責任を追及されることはない、と断言します。鴨下さん、とおっしゃいましたね。いわば、あなたの行為は外国領土への、不法侵入に当たります。本来なら、正式に外務省に抗議するところです。しかし今夜のところは、穏便にすませることにします。どうか、このままお引き取りいただきたい」

　客たちが一様にうなずき、ほっとしたような空気が流れる。

　村野は、郁代に目を向けた。

　郁代は、少しのあいだカンポスを見つめていたが、やがて唇の端《はし》に冷たい笑みを浮かべて、静かに言った。

「しかたがないわ。口で言っても、分からない人たちのようね」

　やおら、バッグに右手を突っ込むと、何かをつかみ出した。

「ここで何が起きても、カンポスさんの言う治外法権とやらで、表沙汰にはならないわ。みんな、壁の方を向いて立ちなさい」

　村野は、目を疑った。

　郁代の手に握られているのは、妙に銃身の長い拳銃だった。

　呆然《ぼうぜん》として、その場に立ちすくむ。

　いったい郁代は、何をするつもりなのだ。

　ほかの客たちも、拳銃を見てつかの間凍りつく。

　しかし、いっせいにわれに返ったように、背後の壁に向かってざわざわと、向きを変えた。

　ごていねいに、両手を上げる者もいる。

カンポスも、さすがに表情を硬くした。

「そんなおもちゃを出して、どうしようというんですか」

「おもちゃだと思うなら、引き金を引いてもいいのよ。サイレンサーつきだから、銃声は外に聞こえないわ。パトカーの、記録係以外にはね」

村野は立ちすくんだまま、拳銃を見つめた。

銃身が長いのは、サイレンサーを装着しているからに違いない。

とはいえ、村野の目にはそれが本物なのかおもちゃなのか、見分けがつかなかった。

そもそも、郁代がほんとうに警察官かどうかも、分からない。

「こんなところで発砲したら、外交問題になりますよ」

カンポスの警告にも、郁代は動じる様子を見せなかった。

「あなたも、壁に向かって立つのよ、カンポスさん。撃つときは、真っ先にあなたが標的になることを、お忘れなくね」

郁代に促《うなが》され、カンポスはあまり気の進まぬ足取りで、壁際に移動した。

一人だけ残された村野も、あわててそのあとを追う。

「あなたは、行かなくていいの」

郁代は鋭く言い、村野に銃口を巡《めぐ》らした。

村野は、つんのめりながら足を止め、郁代を見た。

郁代が、拳銃を持つ手をバッグのストラップに、くぐらせる。

もう一方の手をバッグに入れ、中から青いビニールの袋を取り出して、村野の足元にほうった。

「その中に、手さげ金庫の中のお金を、全部入れてちょうだい」

村野は度肝を抜かれ、郁代の顔を見直した。

「そ、それって、どういうことだ」

「証拠物を押収するのよ」

郁代の返事に、壁際からカンポスが首だけねじ曲げて、抗議する。

「あなたに、そんな権利ない。ラゴス共和国に帰属する、いかなる金品を持ち出したりしたら、国際問題になります。分かっているはずだ」

かなりうろたえたのか、日本語がおかしくなった。

郁代は、せせら笑った。

「それだったら、外交問題にしなさい。わたしも、ここで起こったことを洗いざらい、ぶちまけるから。お客さんたちに、どんな迷惑がかかっても、知らないわよ」

薄暗いにもかかわらず、ねじ曲がったカンポスの首筋に、血がのぼるのが分かる。

カンポスは、声を絞《しぼ》った。

「あなた、警察官いうの、嘘《うそ》ね。これは、ただの強盗よ」

郁代はそれに答えず、村野に向けた銃口を振った。

「さっさと、証拠物を押収するのよ」

村野がためらうと、カンポスがまた叫ぶ。

「やめてくれ。あんたの負け分だけ、持って行くなら見逃すよ。それ以上は、泥棒ね」

「黙ってなさい」

郁代が叩《たた》くように言い、あらためて村野に命令する。

「さあ、押収しなさい」

「だめです、野村さん。あなたも共犯になるよ」

カンポスが叫んだとたん、郁代は銃口を巡らして引き金を引いた。

ぽん、とシャンペンを抜くような音がして、カンポスの頭上の板壁が少しばかり、砕け散る。

客のあいだから、悲鳴が漏れた。

高柳が、同じように首をねじ曲げて、カンポスに呼びかける。

「カンポスさん。その人の、言うとおりにしてください。わたしたちは、事をおおげさにしたくない。金を持っていかれても、あなたに文句を言うつもりはないし、損害賠償を求めるつもりもない。ここは一つ、穏便に収めようじゃありませんか」

ほかの客たちも、そうだそうだというように、うなずき合う。

カンポスは、むっとした顔で唇を引き結んだが、黙って壁の方を向いた。

村野は、急いでグスマンのデスクに行き、手さげ金庫に詰まった札束を、ビニール袋に詰め込んだ。

感触からして、ざっと二百万から二百五十万円は、ありそうだ。

わずか数時間にしては、たいした稼ぎといってよい。

村野は、思わぬ展開にひどく動転しながら、どこか痛快な気分にもなっていた。

詰め終わると、袋を郁代に投げ渡す。

郁代は、それをバッグに押し込んで、ストラップを肩にかけた。

「あなたたちは、これから三十分のあいだ、この部屋にとどまっていなさい。それより早く、ドアから廊下へ出て来た者は、この拳銃で撃たれる覚悟をするように。おもちゃでないことは、もう分かったはずよ」

そう言って、意味ありげに銃口を動かす。

それから、おもむろに続けた。

「脅《おど》しだと思わないことね。わたしは、外で待っている別の警察官に押収物を渡したら、この分室のドアを見渡せる廊下にもどって、三十分間見張りをするわ。もちろん、ほんとうかどうか確かめたい人は、遠慮なく様子を見に出て来ていいわよ」

郁代は、銃を構えたままゆっくりとあとずさりし、後ろ手にドアをあけた。

もう一度銃口を上げ、無造作に発砲する。

ペンダント・ライトの一つが砕け、部屋がいちだんと暗くなった。

村野がわれに返ったときには、もう郁代の姿はゲーム・ルームから、消えていた。

カンポスが、すばやい動きで壁際を離れ、ドアに向かう。

村野は、それを止めた。

「やめた方がいい。撃たれますよ」

カンポスは、村野をにらみつけた。

「あれは、脅しにすぎない。それよりあなた、とんでもない人を連れて来たね」

そう言われると、一言もない。

カンポスが出て行くと、部屋にほっというため息が満ちて、空気が緩《ゆる》んだ。

「ほんとに、あれはデカだったのかな」

「しかし、大胆不敵な女だよな」

「治外法権は分かってるはずだし、はなから強盗が狙《ねら》いだったのかも」

そういった声が、あちこちから聞こえてきた。

斎藤が、村野のそばにやって来て、人差し指を突きつける。

「あんたが、あの女を連れて来たのが悪いんだ。あんたに、責任を取ってもらうぞ」

ほかの客たちも、それに同調する気配を見せた。
村野が答えようとしたとき、外でかすかな銃声が聞こえた。
だれもが口をつぐみ、互いに顔を見合わせる。
部屋にふたたび、静寂が流れた。
ドアが静かに開く。
カンポスは、はいって来るなり言った。
「確かに、しばらくは外へ出ない方が、いいでしょう」
カンポスの、左の二の腕を押さえた指のあいだから、血がしたたり落ちた。

1

「カットだけの場合、うちみたいな理髪店に来られる女性のお客さまは、けっこう多いですよ」

胸に、〈高梨《たかなし》〉と書かれた名札をつけた理容師が、髪をカットしながら言う。まだ二十代後半に見える、なかなかイケメンの青年だ。

殿村《とのむら》三春《みはる》は鏡を見て、無邪気に言った。

「あら、そうなの。わたしはただ、〈女性へアカット千九百円〉と外に出ていたので、はいってみただけなんだけど。美容院よりずっと安いし、あまり髪形にこだわらない方だから」

高梨が、鏡の中から見返してくる。

「カットだけじゃなくて、レディスシェービングに来られるかたも、ときどきいらっしゃいますね」

「レディスシェービングって、顔剃《かおそ》りのこと」

「ええ。人によりますけど、女性もほうっておくと産毛《うぶげ》が伸びちゃって、お化粧の乗りが悪くなるでしょう。でも、美容師はカミソリで顔剃りができないので、そういうときお客さまは理容師のいる、理髪店に来られるわけですね」

「美容師と理容師は、免許が違うのね」

「そうなんです。両方持っている人も、中にはいますけど」

「ふうん。理髪店だと、眉毛なんかも整えてもらえるの」

「もちろん」

そんな雑談をしているうちに、三春は高梨との距離が縮まるのを感じた。

客はほかに、いちばん奥の椅子で中学生くらいの少年が、髪を刈っているだけだ。近ごろでは珍しい、坊主頭の少年だった。

店の主人らしい年配の男が、電動バリカンを使っている。

高梨が言った。

「失礼ですが、お客さまはファッション関係のお仕事ですか」

三春は苦笑した。

「わたしが、ファッション関係者に見える。こんな、やぼったい格好をしているのに」

「いえ、ずいぶんシックな装いでいらっしゃるので、もしかしてと思って」

地味な、チャコールグレーのスーツをシックとは、よくも言ったものだ。

「だれにでも、そう言うんでしょう」

指摘してやると、高梨は鏡の中で照れくさそうに笑った。

「そういうわけじゃないんですけど、どんなお仕事か見当がつかないときは、ファッション関係ですかとお聞きすれば、角が立たないものですから」

正直に言うので、三春も笑ってしまった。

少しすると、理髪を終えた少年が料金を払い、出て行った。

休憩をとるつもりか、年配の理容師は白い上っ張りを脱いで、奥に姿を消した。

「高梨さんはこのお店、もう長いの」

三春が聞くと、ハサミをしゃきしゃきいわせていた高梨は、少し緊張した声で応じた。

「長いといえば、長いですね。生まれたときですから」

「ふうん。ということは、今奥にはいった人は、お父さまなの」

「ええ。お客さんがいなくなると、裏から抜け出して近くの喫茶店へ、コーヒーを飲みに行くんです」

「江戸時代の、髪結い床から続く老舗《しにせ》だったりして」

三春の冗談に、高梨は笑った。

「まさか。三十年前に、おやじが始めた店なんです。わたしが生まれる、三年前だと言ってます」

「つまり、あなたは今二十七歳、ということね」

「ええ。資格を取って、理容師になったのは五年前ですけど」

「でも、偉いわね。お父さまのお仕事を、引き継ぐなんて」

「地域密着型の仕事ですから、常連のお客さまが多いでしょう。やめないでって言われると、簡単にやめられないんですよね」

この理髪店〈スマイリー〉は、西武池袋線中村橋《なかむらばし》駅と西武新宿線鷺ノ宮《さぎのみや》駅をつなぐ、中杉通りのほぼ中間にある。どちらの駅から歩いても、十分ほどの距離だ。

「八百屋さんやお肉屋さんは、大型スーパーができると商売に響くけれど、理髪店はそういうことがないわよね」

三春が言うと、高梨は軽く首をかしげた。

「そうですね。たいして、もうかる商売じゃないですが、その点は恵まれてるかもしれませんね」

「でも、設備投資にそれなりのお金が、かかるでしょう」

「最初だけですよ。土地家屋が自分のもので、うちみたいに家族だけでやっている理髪店は、人件費も出ませんし」

「なるほどね。カミソリ、ハサミのさばきがうまくて、お客さんのあしらいがいいお店だったら、そう悪い商売じゃないかもね」

「そうですね。ぜいたくはできませんが、なんとかやっていけます。お客さまのように、飛び込みではいってくださるかたが増えれば、もっといいんですけどね。お客さまは、このあたりのかたじゃありませんよね」

「ええ、違うわ。たまたま、近くのお友だちの家を訪ねた帰りに、通りかかっただけ」

「それじゃ、お友だちのお宅をお訪ねになるたびに、お立ち寄りいただけたらうれしいです」

高梨が笑いながら言い、三春も笑って応じた。

「ええ、そうしましょう」

一息入れて、さらに続ける。

「理髪店は今も昔も、近所の人が入れ替わり立ち替わりやって来て、おしゃべりする場所よね。だから、お店の人はこのあたりで起きたことを、だいたい承知してるんだわ。たとえば、だれそれのご主人が亡くなったとか、どこそこのラーメン屋がつぶれたとか」

「ええ。いろいろな情報が、耳にはいりますね。髪を刈っているあいだ、お客さまは手持ち無沙汰ですから、問わず語りにいろいろとおしゃべりされるかたが、多いんです」

「でしょう。だから理髪店は、町内の出来事については交番のお巡りさんより、詳しいくらいよね」

高梨は笑った。

「さあ、そこまでは、どうでしょうか」

だいぶ、会話がほぐれてきたのを見計らって、三春は切り出した。

「そういえば、この先のスポーツジムの裏手に、クルパジャ教団の本部道場があるわよね」

「ああ、クルパジャですね。ありますよ。三年くらい前に、やって来たんです」

屈託のない口調だ。

「オウム真理教の事件のあと、ああいった怪しげな宗教団体の施設には、みんな神経質になってるでしょう。反対運動はなかったの」

「最初はいって来たときは、町の人たちはだれも宗教団体とは、知らなかったんです。ただの、自己啓発のセミナー屋かなんかだ、と思ってたんですね。そのあと、どうやら宗教団体らしいと分かって、ちょっとした抗議運動がありました」

「でも、追い出せなかったんでしょう」

「ええ。信者を見ていると、別に町の人たちに迷惑かけることもないし、勧誘運動をするわけでもないんです。それどころか、近所の道路掃除とか雑草取りなんかを、率先してやりますからね。道で出会うと、きちんと挨拶もしますし。近ごろでは、出て行け運動する人も、いなくなりました」

「そうすると、とくに問題になるようなことは起きてない、というわけね」

「そういうことですね。あんまり穏やかな団体なので、拍子抜けするくらいです。信者たちも、みんな親切で明るい若者ばかりだから、今ではすっかり町になじんでしまった、といっていいかも」

「ふうん。意外なものね」

「新興宗教も、オウムみたいな団体ばかりじゃない、ということですね」

高梨の話しぶりからして、クルパジャに好意的とまではいえないにせよ、少なくとも悪感情や危機感は、抱いてないようだ。

そうした印象は、今日一日中村橋と鷺ノ宮の両駅近辺の交番で、複数の巡査に聞いた話と、ほぼ一致している。

三春は、さりげなく質問を続けた。

「信者の人たちは、どこで買い物をするの」

「駅周辺の、商店街だと思います。それも、スーパーとかコンビニは利用せずに、一般の商店で買い物をするようです。道場には、信者が二、三十人寝起きしてますから、けっこうな金額になります。それに、トラブルを起こすこともないので、町内会にすれば大歓迎とはいかぬまでも、受け入れざるをえないんじゃないですか」

「といっても、まさかこのお店へ散髪に来たりは、しないでしょう」

　高梨が、鏡の中で首を振る。

「それが、そうでもないんですよ。ふだんは、信者同士が互いに髪を切り合うとかで、床屋には行かないらしいんです。ところが、教祖がときどきここへ髪を切りに来るので、信者たちも一緒について来るんですよ」

「ふうん。珍しい教祖ね」

「修行衣っていうんですか。あの、ゆったりした作務衣《さむえ》のような、黄色い服さえ着ていなければ、宗教団体の信者とは思えませんね。今どきの若者より、よっぽど礼儀正しいし」

「教祖って、どんな人なの」

　三春が聞くと、高梨はハサミを持つ手を少し休めて、もっともらしく応じた。

「真っ白な髪と髭《ひげ》を、異常に長く伸ばしたじいさんですね。ごつごつした、こぶだらけの杖を持ってるものだから、漫画の仙人みたいに見えます。年齢不詳ですけど、いかにもバイタリティのあるじいさんで、教祖というより陶芸家か書道家のような、いわゆる芸術家タイプの人ですね。ときどき散髪するから、不潔感はありません」

「そうなの」

三春は、そっと唾《つば》をのんだ。

写真で見ただけだが、教祖は高梨が言ったとおりの外見の男で、記録によれば名前は野々宮鈍斎《ののみやどんさい》、年齢は六十代半ばとされている。

野々宮が、クルパジャを立ち上げたのは、五十代に差しかかるころらしいが、ある時期まで和菓子の職人をしていた、という話だ。

それ以外のことはあいまいで、どちらにしても経歴のはっきりしない、正体不明の人物だった。

「その教祖の評判は、どうなんですか。奇矯《ききょう》な振る舞いがあるとか、変な格好で近所を徘徊《はいかい》するとか、そういうことはないの」

三春が聞くと、高梨はさすがに妙な顔をして、鏡の中から見返してきた。

「別に、そんなおかしな人じゃない、と思いますよ。見た目は仙人ですけど、人に不快感を与えるような、そういうタイプじゃないですね。気になりますか」

作り笑いを浮かべる。

「いいえ、そうじゃないの。わたしの友だちで、最近クルパジャに入信したまま、家に帰らない人がいるものだから。ここは、別の道場だけど」

高梨は、納得したように表情を緩め、うなずいた。

「ああ、そうなんですか。けっこう、そういう信者が多いらしいですね。在家の信者も、少なくないようですけど」

「ええ。そこの道場にも、夜になると家に帰る信者が四分の一くらい、いるんじゃないですか」

「へえ。さすがに詳しいわね、髪結い床だけあって」

そう言いながら、いくらかほっとする。

どうやら、クルパジャはかつてのオウム真理教のような、過激なカルト教団ではないようだ。

これまで、クルパジャにそうした兆候《ちょうこう》がみられたわけではないが、新興の宗教団体は新興ということだけで、監視対象になる。

そのとき、三春はあわただしい靴音を聞いた。

外の通りを、複数の人びとが口ぐちに何か言いながら、走り抜けて行く。

その騒ぎが、店内まで聞こえてきた。

混乱した声も交じり、どこか不穏な空気が感じられる。

高梨がハサミを止めたので、三春は本能的に椅子の背から体を起こした。

「何かしら」

「なんでしょうね。交通事故でも、あったんですかね」

三春も高梨も、鏡の中から互いの顔を見つめる。

入り口のガラスドアがばたんと開き、カウベルがうるさく鳴り響いた。

三春が首を振り向けると、さっき奥に姿を消した高梨の父親が、飛び込んで来た。

「た、たいへんだ。向こうのスポーツジムに、クルパジャの連中が殴り込みをかけたってよ」

血相を変えて言う父親に、高梨が驚いた様子で聞き返す。

「クルパジャが、どうしたって」

「殴り込み、殴り込みだよ」

三春は椅子から滑りおり、父親に声をかけた。

「殴り込みって、どういうことですか」

父親が、三春に目を向ける。

「分かりません。なんでも、教祖を先頭に信者がジムの裏口から、なだれ込んだらしいんです。それで、トレーニングしている会員の人たちに、襲いかかったと」

たるんだ頰《ほお》を上気させ、唇の端に唾をためていた。

三春はカットクロスを引きはがし、ハンドバッグを取り上げると、出入り口に向かった。

「お、お客さん」

あわてて呼びかける高梨に、顔を振り向けずに言葉を投げる。

「一一〇番に電話して」

三春はそのまま、外へ飛び出した。

町内の人たちが、三十メートルほど先に建つスポーツジムに、駆けて行く。

逆にジムの玄関からは、トレーニング・ウエアを着た男女が、何人も飛び出して来た。

いったい、何が起きたのか。

たった今、高梨からクルパジャは近隣に迷惑をかけない、穏健な教団だと聞かされたばかりではないか。

それが、突然スポーツジムに殴り込みをかけるとは、にわかに信じられない。

ジムの前に駆けつけると、三春は外へ逃げ出て来た若者に、声をかけた。

「何があったんですか」

若者は、緊張した顔で三春を見返し、混乱した口調で言った。

「なんか、突然黄色い作務衣を着た変なじいさんが、杖を振り回しながらはいって来ましてね。そのあとから、同じ格好をした人たちがどやどやと駆け込んで、ぼくたちに襲いかかったんです。なんだか、酒に酔ったような、そんな感じでした」

手にしっかりと、タオルを握り締めている。

つぎに、逃げ出して来る。

「怪我人は」

「分かりません。逃げるのが精一杯で」

三春は、そわそわする若者をその場に残し、ジムのポーチに駆け上がった。

開かれたガラスドアから、インストラクターたちに誘導されて、中にいた男女が次つぎに、逃げ出して来る。

土曜の午後のせいか、かなりの数の会員が来ていたようだ。

三春は、その流れに逆らってロビーにはいり、女性のインストラクターに呼びかけた。

「ちょっと。区役所の者ですけど、フロアに案内してくれますか」

「はい」

ポニーテールの娘は、脱出の誘導を他のインストラクターに任せ、先に立って奥のドアに向かった。

三春も、あとに続く。

ロッカールームを横切り、さらにその奥にある自動ドアを抜けると、そこがジムのフロアだった。

広い床面に、プレス用のベンチ、エアロバイク、ルームランナーなど、さまざまなトレーニング・マシーンが、ずらりと並んでいる。

　そのあいだで、十人ほどの男のインストラクターと、黄色い修行衣を着たクルパジャの信者たちが、もみ合っている。

　そういう争いの塊が、フロアのあちこちに見られた。

　信者の数は、インストラクターよりかなり多く、中には女もいる。

　紺と緑の、ウエア姿のインストラクターと、黄色い修行衣の信者がごちゃまぜになり、まるで絵の具を散らしたようだ。

　なるほど、暴れる信者たちの動きは不規則で、まるで酒に酔ったようだ。足元がふらふらして、安定が悪い。

　にもかかわらず、なぜか力だけは強いらしく、体格のいいインストラクターが、悪戦苦闘している。

　そこだけマシーンのない、広めのスペースがとられたフロアの中央で、ただ一人勢いよく杖を振り回す、白髪の老人の姿があった。

　教祖の、野々宮鈍斎だった。

　野々宮は体が大きく、しかも動きが年齢不相応に素早いので、インストラクターたちも及び腰のまま、手を出しかねる様子だ。

　野々宮に杖で殴られたのか、フロアに敷かれたマットの上にただ一人、会員らしき痩《や》せた中年の男が、倒れ伏していた。

顔半分が、血だらけだった。

野々宮は白髪を振り乱し、わけの分からない雄叫《おたけ》びを発しながら、節とこぶだらけの杖を振り回した。

三春は、とっさにどうしたらいいか判断に迷い、その場に立ちすくんだ。

そのとたん、どこからかパトカーのサイレンの音が聞こえ、ほっと体の力を抜く。

2

法務省がある、霞ケ関の中央合同庁舎第六号館、第三会議室。

午前十時に、定例の公共安全情報連絡会議が、開始された。

進行役を務める、内閣情報調査室特別審議官の漆畑秀正《うるしばたひでまさ》が、口火を切る。

「本日のテーマは、宗教団体クルパジャ教団への対応策、とさせていただきます。ご案内のように、練馬区所在の教団本部に隣接する、イズミ・スポーツジムへの乱入事件に続いて、武蔵野市の同教団道場付近における、周辺住民との大規模衝突事件の発生など、このところクルパジャを巡る不穏な事件が、にわかに目につき始めております。このまま放置すれば、さらに深刻な事態に発展しないとも限らず、早急な対策が必要と判断されます。本日は、ご出席のみなさんから忌憚《きたん》のないご意見を、お聞かせいただきたいと思います」

漆畑は、警察庁から出向した警察官僚で、キャリアの警視正だ。

会議の出席者は、その漆畑を入れて八名。

他の七人は、まず法務省官房特別審議官の、磯貝喜之助《いそがいきのすけ》。

同省刑事局公安調査審議官の、宮代潤《みやしろじゅん》。

東京地検公安部検事の、汐見宗一郎《しおみそういちろう》。

公安調査庁次長の、楠田久三《くすだきゅうぞう》。

同庁総務部長の、箕島俊治《みのしましゅんじ》。

警察庁長官官房首席審議官の、小湊広秋《こみなとひろあき》。

そして、公安調査庁総務部ＭＢＳ室管理官の、殿村三春。

警察官僚の漆畑と小湊、公安調査庁生え抜きの三春を除く全員が、検事ないし検事からの出向組だ。法務省とその外局、公安調査庁の重要ポストのほとんどは、検事で占められている。

ちなみに三春は、本会議の定例メンバーではない。

クルパジャの一件が、この日の議題に上がることになったため、立ち会い人として加わっただけだ。

公安調査庁の楠田が、上体を起こして言う。

「それでは、ただ今漆畑審議官からお話のあった、クルパジャ教団がらみの二つの事件について、わたくしどもの総務部ＭＢＳ室の殿村管理官に、概要を説明してもらいます。殿村管理官は、同教団の動向調査を担当しております。最初の事件のおり、たまたま教団本部の近くにいたことから、管理官は真っ先に現場に踏み込みました。そうした関係で、南練馬署とも連絡を取り合っており、そのあたりの状況を報告してもらうことにします」

三春が、挨拶しようと腰を浮かしかけると、東京地検の汐見が手を上げた。

「ちょっと失礼。その、ＭＢＳというのは何を意味する略語なのか、参考までに教えていただけませんか」

楠田が口に拳《こぶし》を当て、こほんと咳払いをする。

「ＭＢＳは、モビル・ブレイン・スタフス（Mobile Brain Staffs）の略語です。機動力を持つ頭脳集団、知識集団といった意味になります。スタフは〈u〉ではなく、〈a〉の方です。〈u〉のスタフですと、単なる〈脳みそ〉の意味になりますので、お間違えのないように」

だれも笑わなかった。

法務省の磯貝が、冗談めいた口調で言う。

「マヌーヴァリング・ビハインド・ザ・シーンズ（Maneuvering behind-the-scenes）、

つまり〈裏工作〉の頭文字だ、という説も耳にしますがね」

今度は席上から、小さな笑いが漏れた。

それを振り払うように、三春は立ち上がった。

「MBS室管理官の、殿村三春です。わたくしから、クルパジャ教団と教祖の野々宮鈍斎について、簡単にご報告させていただきます」

席が静まるのを待って、おもむろに続ける。

「わたくしはここ一年ほど、クルパジャ教団を調査監視対象にしてきましたが、正直なところ現時点で教団の詳しい内情は、明らかになっていません。クルパジャ、という教団名の由来も、不明のままです。教義も明確ではないのですが、比較的分かりやすい特徴として、電子化社会に対する批判ないし反発、抵抗といった姿勢が目立ちます。教団は、古くから存在する家電製品を除いて、液晶テレビ、パソコン、スマホ、電子書籍、電子辞書などをかたくなに否定し、極力使わない方針を打ち出しています。人間が本来持つ知力、体力をスポイルするコンピュータを、できるかぎり排除する。それを、本義としているようです。エレベーターやエスカレーターも、できるだけ利用しない、といわれています」

法務省の宮代が、テーブルに肘《ひじ》をついて乗り出す。

「そんなことを言ったら、自動車にも電車にも乗れないでしょう。というか、あらゆる電化製品が、使えなくなるんじゃないかな。今どき、コンピュータ制御されてない製品なんて、ほとんどありませんからね。絶海の孤島じゃあるまいし」

「確かに、彼らがコンピュータの支配範囲を、どこまでと認識しているのか、はっきりしない部分もあります。いずれにしても、コンピュータをはじめとする電子機器は、人体に有害な電波や電磁波を出すので、極力使わないようにしようというのが、彼らの教義の核をなしているのです」

汐見の口から、失笑が漏れる。

「そういうのを、教義と呼ぶのかな。そもそも、パソコンやケータイの電磁波が、人体に悪影響を与えると主張するのは、別にクルパジャだけじゃないでしょう」

「その点は、おっしゃるとおりです。ただ、クルパジャは黄色い作務衣を着ることで、その電磁波を遮断《しゃだん》できる、と主張しています。さらに、遮断された電磁波の磁場を、野々宮鈍斎のベンガラで無力化し、放逐《ほうちく》することができるというのが、彼らの考えです」

「ベンガラというのは、オランダ語からきた紅殻のことですか」

警察庁の小湊の問いに、三春の上司の箕島が応じた。

「いや、ベンガラはポルトガル語で、杖を意味するそうです。連中は、野々宮が持つごつごつした節だらけの杖を、そう呼んでいます」

小湊がうなずくのを見て、三春は続けた。

「野々宮鈍斎については、いまだにはっきりした経歴が、つかめていません。一応、本名は野々宮一郎《いちろう》、徳島市出身で年齢は六十代半ば、とされています。教団は、宗教法人の申請をしていないので、実態は分からないままです。お金の出どころは、信者によるアルバイトとお布施《ふせ》が中心で、たかが知れています。隠し資金があるはずですが、まだ把握できていません。教団本部の所在地は、先日事件を起こした練馬区中村。そのほか武蔵野市八幡町《やはたちょう》、江戸川区東篠崎《ひがししのざき》、品川区西大井《にしおおい》の三カ所に、道場があります。いずれも、信者の中にいる土地持ちの所有物、と思われます。信者の数は在家を含めて、およそ二百名程度です」

汐見が口を出す。

「たった二百人か。取るに足らぬ数だな。オウムの後継団体は、二つ合わせて千五百人くらいだそうだが、それに比べると問題にならないですね」

楠田は手を上げ、汐見を制した。

「数の問題ではないでしょう。危ない芽は、できるだけ早く摘んでしまうように、越したことはないと思う。そうでないと、いつの間にか芽が大きくなって、悪い花を咲かせますからね」

だれかが口を開く前に、三春は話を先へ進めた。

「ご存じのとおり、二週間前に教団本部の信者が、隣接するイズミ・スポーツジムへ乱入して、トレーニング中の会員やインストラクターを襲う、という事件が発生しました。さらに、十日ほど前には武蔵野市の道場付近で、住民との衝突事件が起こっています。ただし、こちらはイズミ・スポーツジム事件を知って、教団に危機感を抱いた周辺の住民が、道場や信者に対して投石を始めるなど、先に攻撃を仕掛けたのがきっかけでした。怪我人も、教団側にしか出ていません。付随的な事件ですので、この場はとりあえず最初の事件に絞って、ご説明することにいたします」

一息ついて、さらに続ける。

「イズミ・スポーツジムに乱入した際、クルパジャ側が所持していた武器らしいものは、野々宮のベンガラだけでした。他の信者たちは、何も持っていなかったのです。ただ、男の信者ばかりか女の信者も、鍛《きた》えたインストラクターが持て余すほど、尋常ならぬ力を振るった、と報告されています。そのために、ジムの側で打撲《だぼくしょう》傷を負ったり捻挫《ねんざ》した者が、何人か出ました。中でも、野々宮にベンガラで頭部を打たれた男性は、全治二週間の傷を負っています。命に別状はありませんが、当分のあいだ観察が必要な状況です」

野々宮ほか、襲撃に加わった教団信者十九名が、建造物侵入および暴行傷害の容疑で、現行犯逮捕された。現在も、拘禁されたままでいる。

「野々宮の供述によりますと、当日本部道場で信者に諭導《ゆどう》を行なっていたところ」

　三春の説明を、磯貝がさえぎった。

「すみません。その、ユドウというのは、どういう意味かね」

　三春は、軽く頭を下げた。

「失礼しました。諭導というのは、一般の辞書には載っていませんが、クルパジャでは説諭の諭、指導の導を一語にして〈ゆどう〉と読ませ、教義を授ける意味に遣っています」

　磯貝が納得した、というようにうなずく。

「野々宮が、その諭導を行なっていたところ、にわかにスポーツジムの方から、強力な怪電波が流れてきた。それを遮断し、排除するために信者を引き連れてジムへ行き、排除作業を行なったというのです。具体的には、信者がジムにいる連中をその場に押し倒し、野々宮がベンガラで相手の体を打って、電波を追い払うのだそうです。その過程で、インストラクターや会員と揉《も》み合いになり、怪我人を出す結果になった。しかしそれは、自分たちの本意ではなかった。あくまで、怪電波を除去して彼らを助けるのが目的だった、と主張しています」

　三春が言い切ると、出席者はとまどったように互いに顔を見合わせ、あいまいな笑みを浮かべた。

汐見が、そっけなく言う。

「野々宮の頭が、おかしくなっただけじゃないかな」

だれも反応しなかった。

小湊が、口を開く。

「わたしが知る限りでは、クルパジャは今回の事件発生まで、一度も問題を起こしていません。少なくとも、かつてトラブルを起こしたことがある、という報告は聞いていない。理由はともかく、野々宮ないし信者たちが今回のように、不特定多数の相手に暴力を振るったのは、今回が初めてではないか。公安調査庁の方で、過去に教団の違法行為を把握しながら、伏せていたというなら別ですが」

三春は、小湊を見た。

「伏せるなどということは、絶対にありません。公安調査庁では、そうしたトラブルの発生を確認した場合、かならず警視庁に連絡します。ご承知のように、わたくしどもは公的な捜査権も、逮捕権も与えられておりませんので、警察にお任せするしかないのです。ともかく、暴力行為に限らずクルパジャの信者が、外部とトラブルを起こしたのはこれが初めてで、その点はご指摘のとおりです」

汐見が言う。

「そうすると、今回なぜ彼らはなんの前触れもなく、外部に対して異常な攻撃行動に出たのか。何か、きっかけがあったんですか」

だれも答えず、席上が静まり返った。

少し間をおき、小湊があらためて、口を開く。

「実を言うと、それについては警察内部でも一応の推測が、行なわれています。公安調査庁のお耳にも、届いているかもしれませんが」

楠田がうなずき、三春に目を向けた。

「そのあたりに関して、殿村君から説明してもらおう」

「分かりました。わたくしたちも、警察筋でそうした推測が行なわれていることは、ある程度承知しています。しかし、その推測にどの程度の信憑性《しんぴょうせい》があるのか、公式の報告は受けておりません」

「警察側としては、推測の域を出ないものを他の省庁に軽がるしく、報告するわけにいきませんからね。むろん、マスコミにも公表しておりません」

小湊はそう言って、唇を引き結んだ。

「もしお差し支えなければ、わたくしの方の説明はここでとどめておきますので、警察サイドの見解をこの場かぎりということで、お話ししていただけないでしょうか」

三春の提案に、だれもがうなずく。

小湊は、いかにも気が進まないというように、顎を引いた。

しかし、本心はしゃべりたがっているに違いない、と三春は確信した。

案の定、小湊は眉間にしわをよせながらも、すぐに話し始めた。

「それでは、わたしの方からあくまで臆測の域を出ない、という前提でお話しします」

軽くコーヒーに口をつけ、意味ありげに三春を見る。

「殿村さんは、たまたま最初の事件の現場に居合わせた、ということですね。そのとき、ジムに侵入した信者たちの行動や振る舞いに、どこか異常なものを感じませんでしたか」

その質問は、ある程度予測していた。

「感じました。例えば、酒を飲んで酔っ払ったというか、薬物に侵されて神経をやられたというか、そんな印象でした。体が緊張でこわばり、ふだんでは考えられない強い力を、振るっているように見えました。視線も定まらず、何かに取りつかれたような目をしていた、というのが正直な感想です。そのことは、現場に駆けつけた南練馬署の署員も、気づいたと思います。おそらく野々宮以下、逮捕者全員の薬物検査が実施されたはずですが、それについても報告を受けておりません」

「やはり、まだ報告する段階ではない、との判断からでしょう」

小湊の対応に、三春は唇の裏を嚙《か》み締めた。

警察筋は、公安調査庁にもともと好感を持っておらず、積極的に協力する姿勢がないのだ。

小湊は、ひとわたり席上を見回して、話を続けた。

「容疑者の尿検査をしたところ、実は野々宮をはじめ大半の信者から、薬物反応が出たのです。具体的には、微量ながらアルカロイド系のアトロピン、ヒヨスチアミン、スコポラミンなどが、検出されました」

出席者は、一様に顔を見合わせて、絶句した。

三春は言った。

「アトロピンもスコポラミンも、よく知られた毒物ですね。もちろん、正しい用法を守れば、薬用にもなりますが」

小湊がうなずく。

「そう。これらの成分を含むことで、もっともよく知られる植物はベラドンナです。日本では、ハシリドコロと呼ばれる植物が、ベラドンナによく似た成分を持っています」

楠田が、口を開いた。

「海外のオカルト教団が、ベラドンナのエキスを信者に飲ませて、宗教的恍惚《こうこつ》に導くという話を、聞いたことがあります。クルパジャの場合も、それなんじゃないですかね」

それを受けて、小湊が言った。

「その可能性はあります。しかし、事件のあと教団本部を家宅捜索しましたが、それらしい不審な薬物は、発見されませんでした。ただ一つだけ、事件と結びつきのありそうな出来事が、報告されています」

興味を引きつけるためめか、そこで軽く言葉を止める。

「事件の少し前に、ワゴン車で教団本部にやって来た弁当屋が、信者に二十個あまりの弁当を、売ってるんです。教団は、ここ一年ほど週に一度やって来る弁当屋から、弁当を買うのが習いになっています。信者の中で、その日自前の弁当を持参していない者が、それを買うわけです。ところが、事件当日やって来たのはいつもと違う、初めての弁当屋だった。なじみの業者が、大口の注文を受けて来られなくなり、その弁当屋にピンチヒッターを頼んだ、という説明だったそうです」

磯貝が、口を挟《はさ》む。

「すると、その弁当の中に薬物がはいっていた、と」

小湊は、小ばかにしたように、首を振った。

「いや。警察も、最初はそうじゃないかと疑って、弁当の残りを押収しました。しかし、不審な薬物は、検出されませんでした」

　汐見が、拍子抜けした顔で言った。

「それじゃ、その弁当屋は犯人じゃなかったわけだ。単に教団が、疑いをそらそうとして作り話をした、ということなんでしょう」

　楠田が、そのあとを続ける。

「それで、教団の自作自演ではないかという推測が、生まれたわけだ」

　小湊は、またも薄笑いを浮かべた。

「待ってください。まだ、続きがあります。弁当には残らず、カップ入りの味噌汁がついていたことが、分かったんです。ほとんどがきれいに飲み干されて、余った汁もすでに流しに流されたあとでした。しかし、ゴミ箱に捨てられたカップの中に、残りかすがついていたんです。それを分析したところ、信者の尿から出た薬物と同じ成分が、検出されたわけです」

　だれも、何も言わなかった。

　三春は、小湊に質問した。

「その弁当業者が、薬物を混入したカップ味噌汁を売った、という証拠があるのですか」

「いや、ありません。したがって、教団側がみずからカップに薬物を混入した、という可能性も残っている」

「その弁当業者を調べれば、はっきりしたことが分かるでしょう」

汐見が言うと、小湊はうなずいた。

「もちろん南練馬署は、いつもかよって来る業者を調べ出して、事情聴取しました。彼らの供述によると、その日いつものように中杉通りに向かう途中、千川通りでタイヤの空気が抜けてしまい、教団に行くことができなかった、というんです。何者かが、ガスガンか何かで細い金属チューブを、タイヤに打ち込んだらしい。走るうちに、少しずつ空気が抜けていくように、細工をしたんですね。そのチューブが、業者の手元に残っていました。つまり、その業者が嘘をついた可能性は、まずありません。ただ、教団と正式に契約しているわけではないので、行けなくなったことを連絡しなかった。その間に犯人は、レギュラーの業者に足止めを食わせ、偽の弁当屋になりすまして教団へ行き、薬物入りの味噌汁つき弁当を売った、と推定されるわけです」

漆畑が、腕を組んで言う。

「それが事実なら、その偽弁当屋の計画的犯行ですね。ずいぶん、ずさんな計画だが」

小湊は、それを無視して続けた。

「目下、その偽弁当屋を発見すべく捜査中ですが、まだ手がかりがつかめていません。信者たちの証言を聞くと、ナンバーはもちろん車の型も色も、売り子の人相も実にまちまちで、だれもはっきりした記憶がない。確かなのは、いつも来るワゴンと売り子ではなかった、ということだけでね」

三春は、そっと息をついた。

小湊の話からは、何者かが味噌汁に薬物を仕込んだのか、それとも教団側が自作自演したのか、判断できなかった。

一連の筋書きが推測にすぎない、とはそういうことなのだ。

小湊が言う。

「だれが仕込んだかは別として、野々宮以下教団の信者が薬物の影響下にあったことは、確かな事実と思われます。アトロピンなど、ベラドンナの含有成分が体内にはいると、アルコール依存症に似た症状を起こし、体と感情の制御がきかなくなるといわれています。しばしば、異常な力を発揮したり、体が麻痺《まひ》して意識を失ったりもする。そのあげく、死にいたることも、ままあります。今回、幸いにも死者は出ませんでしたが、野々宮ら信者が示した狂乱状態は、あきらかにその影響下に生じたものでしょう」

席上に少しのあいだ、沈黙が漂う。

やがて、楠田が言った。

「こうなると、クルパジャ教団にも団体規制法を適用できるよう、法改正を検討する必要がありそうですね」

それを聞いて、磯貝が身を起こす。

「待ちたまえ、楠田君。いくらなんでも、それは短絡的にすぎるだろう。団体規制法は、オウムのように実際に無差別大量殺人を行なった団体を、対象にするものだ。怪我人が出たくらいで、そう簡単に法改正できるものではないよ」

楠田が、顔を赤くする。

「おっしゃるとおりですが、先ほども申し上げたように、危ない芽は早めに摘まないと、あとで悔やむことになりはしないか、と」

そこで言いさし、椅子の背にもたれ直した。

漆畑が、とりなすように言う。

「いずれにしても、信者たちから検出された薬物が、だれによってどのように仕込まれたのか、突きとめる必要があるでしょう。クルパジャの言う、偽の弁当屋なるものが実際に存在するのか、存在するとすればどこの何者なのか、捜査を続けなければならない。小湊審議官の方から、捜査本部に早急に捜査の進展を図《はか》るよう、お口添えをお願いしたいと思います」

3

「全球連が、クルパジャに資金援助している、という噂《うわさ》があるらしい」

棚橋嘉人《たなはしよしと》はそう言って、煙草に火をつけた。

殿村三春は、体を引いて煙を避《よ》け、棚橋を見返した。

「全球連といいますと、パチンコの業界団体ですか」

「そうだ」

全球連は、全国球戯事業協同組合連合会の略で、パチンコ店を経営するホール業者の団体だ。

そんな団体が、クルパジャに資金援助をしている、というのか。

「それは、どこからの情報でしょうか」

棚橋は、しかつめらしい顔をして、煙を吐いた。

「まあ、桜田門の筋からの情報、と思ってくれ」

警視庁情報か。

三春は、棚橋が野放図に吐きつけてくる煙を、思いきり手で払いのけたいのを、じっとこらえた。

棚橋は、公安調査庁総務部のＭＢＳ室長で、三春の直属の上司に当たる。流行遅れの、角張った黒縁の眼鏡をかけた、キャリアの官僚だ。ずんぐりした赤ら顔の男で、年齢は四十代の前半。

法務省と、その外局に当たる公安調査庁では、検察庁から来る司法試験組の力が強く、国家公務員Ｉ種試験合格者といえども、将来の展望はきわめて厳しい。

それだけに、出向検事に対する棚橋の敵愾心《てきがいしん》は、人一倍強い。

とはいえ、主要な幹部ポストのほとんどを、出向検事に押さえられている現状では、キャリア組のささやかな抵抗など、蟷螂《とうろう》の斧《おの》に等しい。

よほど、目覚ましい功績でもあげないかぎり、この先棚橋が幹部ポストに就くことは、ほとんどないといってよい。

その点は、準キャリアの三春にしても、同じことだ。

これまでは、まずまず順調に昇進してきた。

国家公務員Ⅱ種試験の合格者にすぎず、しかもまだ三十五歳の三春が管理官になったのは、マイナーな位置づけの公安調査庁にしては、きわめて異例のことといえる。

むろん、それなりの仕事はしてきたつもりだが、同僚の男性調査官の視線には露骨な軽侮や、嫉妬《しっと》の色が感じられる。

極力、気にしないように努めてはいるが、どちらにしてもこの先自分が今の職場で、幹部のポストに就くことは棚橋同様、不可能に近いだろう。

先日、公安調査庁の次長楠田久三の供をして、公共安全情報連絡会議に出席したあと、三春は棚橋に結果を報告した。

そのとき棚橋は、三春が会議で報告したクルパジャ事件に、出席者がそれぞれどのような反応を示したか、くどく説明を求めた。

三春は、出席者がいずれもクルパジャ教団に対して、さしたる危機感を抱いていないことを、率直に告げた。

「楠田次長が、団体規制法の適用を提案されたのですが、法務省官房の磯貝審議官はあまり、乗り気ではありませんでした」

乗り気でないどころか、特別審議官の磯貝喜之助は楠田の考えを短絡的、と切り捨てたのが実情だ。

楠田も磯貝も検事だが、所属によって多少の意見の相違があるのは、珍しいことではない。

信者たちを、味噌汁に混入した薬物で暴力行為に走らせたのが、正体不明の弁当屋のたくらんだことなのか、それとも教団の自作自演によるものなのか、まだ解明されていない現状では、磯貝の判断の方がまっとうだろう。

それを聞いて、棚橋は渋い顔をした。

「どうも検察の連中は、この種の事件に対して消極的だな。このところ、検察がらみの不祥事が続いているから、へたに動いてマスコミに叩かれたくない、という底意が見えみえだよ」

「今回の事件は、どう見ても偶発的なものと思われますので、いきなり団体規制法を適用するのは、やはり無理筋ではないでしょうか」

三春が言うと、棚橋は眼鏡越しにじろりという感じで、見返してきた。

「きみもわたし同様、司法試験組ではない。キャリアだろうと準キャリアだろうと、公調では出世の見込みはないんだ。違うかね」

それは棚橋の口癖でもあり、またあまりに論点をはずれた発言なので、まともに応じる気にならなかった。

それが、一昨日のことだった。

二日たって、また棚橋に室長室へ呼ばれて来てみると、今度は全球連の話が持ち出されたわけだ。

黙ったままの三春を見て、棚橋は少しのあいだ煙草をふかしたあと、突然話題を変えて言った。

「ところで、公調不要論がまたぞろ噴き出してきたことは、承知しているだろうね」

この男の悪い癖は、なんの脈絡もなく話があちこちに飛んで、混乱することだ。

「その論議は、昨日今日始まったわけではありませんから、別に気にする必要はないと思います」

三春は言ったが、棚橋は聞いていなかった。

「一時は、公調不要論が頂点に達して、廃庁の危機に瀕《ひん》したこともある。例の、オウム真理教の一件で、われわれの存在が見直されなかったら、間違いなく廃止の憂き目を見ていた。しかし、それは一時的に持ち直しただけのことで、いつまでも安閑としているわけにはいかない。共産政党はいうまでもなく、新左翼や右翼団体による暴力的破壊活動は、すっかり鳴りをひそめてしまった。今のように、オウムの後継団体を監視するだけ、といった状況に甘んじていると、またぞろ公調の存在意義をあげつらう者が、現れるだろう」

話が、どんどん別の方へ向かうのに、うんざりする。

三春は、わざとらしくすわり直して、話をもとにもどした。

「そのことと、クルパジャが全球連から資金援助を受けている、というお話とどんな関係があるのでしょうか」

話の腰を折られて、棚橋は一度唇を引き結んだ。

それから、しぶしぶのように、また口を開く。

「いいか。かりに、クルパジャが今後オウムと同じような、とんでもない事件を引き起こしたら、どういうことになるかね。今さら、あのとき破壊活動防止法を適用しておけばよかった、といってもなんの役にも立たんぞ。そうなったときは、またまたわれわれの出番が回ってくる。今度こそ、正念場だ。不要論なんか、けし飛んでしまうだろう」

三春はあきれて、棚橋の顔を見直した。

「室長はまさか、クルパジャがそうした事件を引き起こせばいい、と考えておられるわけじゃありませんよね」

そう突っ込むと、棚橋はたじろいだ。

灰皿に煙草を押しつぶし、腕組みをして椅子の背にもたれる。

「まさか。いくらなんでも、そんなことを考えるわけがない。ただ、用心するに越したことはない、と考えるだけさ。その点はきみも、同じ意見だろう」

三春は、しぶしぶうなずいた。

「おっしゃるとおり、常時警戒は必要でしょう。ただ、あらかじめそういう事態を想定して、クルパジャに対する締めつけを強めるのは、今の時点では時期尚早というか、あまり好ましくないと思います」

棚橋の顔が、不快げに曇る。

「時期尚早ね。じゃあ、どうすればいいと思うんだ」

「むしろ、クルパジャの信者たちに薬物を飲ませた、正体不明の弁当業者を突きとめることが、先決ではないでしょうか」

「そんなものが存在する、としてだろう」

「それも含めて、真相を突きとめなければ」

棚橋は手を振り、三春を押しとどめた。

「その問題は、警視庁と南練馬署の合同捜査に、任せておけばいい。こっちには、こっちの仕事がある」

「とおっしゃいますと」

棚橋はぐいと顎を引き、真正面から三春を見据えた。

「全球連が、どの程度クルパジャの活動に関与しているか、探る必要がある」

ようやく話が、もとにもどった。

「全球連が、クルパジャに資金援助しているとの情報には、信憑性があるのですか。いくら、桜田門情報といっても」

三春が言いかけるのを、棚橋はまた無造作にさえぎった。

「桜田門が、われわれにガセネタを流すわけはない」

棚橋のナイーブさに、いささかあきれる。

警視庁の公安部が、公安調査庁の存在意義に疑問を呈し、早期解体を願っていることとは常識、といってもよい。

公安調査官が、公安の刑事と現場で鉢合わせをするケースは、そうそうあることではないにせよ、まったくないわけではないのだ。

公安の刑事は、捜査権も逮捕権もない公安調査官が、自分の事案に首を突っ込んでくるのを、極端にいやがる。長期間にわたり、せっかく積み重ねてきた極秘捜査の成果を、そんなことでふいにしたくないからだ。

念のために、三春は聞いた。

「何か、捜査の端緒になるような情報が、あるのですか」

「ある。情報によれば、クルパジャとの連絡窓口になっているのは、全球連のカネマツカズナリ、という男だそうだ」

「カネマツカズナリ。どういう字を書くのですか」

「カネは才色兼備の兼、マツは松竹梅の松。カズナリは、一に成金の成と書く」

兼松一成《かねまつかずなり》。

聞いたことのない名前だ。

「全球連の、どういう立場の人ですか」

「財務担当理事だ。在日朝鮮人の二世で、池袋に自分のパチンコ店を持っている。〈レッドポニー〉という店だ、と聞いた」

そう言ってから、棚橋は探るような目をして、続けた。

「ちなみに、パチンコの業界団体に在日の韓国人や、北朝鮮の連中が多いことは、知ってるだろうな」

「はい。ほぼ、三分の二近くがそうだ、と聞いています」

「もっとも、韓国人がほとんどで、北朝鮮は全体の一割程度だがね」

「ついでながら、同じパチンコ業界団体の幹部に、警察ＯＢの天くだり組が多いことも、承知しています」

三春が付け加えると、棚橋は含み笑いをした。

「そのとおりだ。現に、全球連の専務理事は東北管区の元局長だし、事務局長はどこかの県警本部の、元警務部長だからな」

「情報の出どころは、そのＯＢたちとコンタクトのありそうな、生活安全部の筋ですか」

「いや、違う。いくら警察のＯＢでも、今現在自分が籍を置く団体の極秘情報を、そう簡単に古巣に流したりはしない。別の筋からの情報だ」

三春は、口を閉じた。

あるいは、先日の会議にも出席していた、警察庁長官官房の首席審議官、小湊広秋の筋からの情報、ということも考えられる。

会議の席上でも感じたことだが、小湊は情報を出し渋るようなそぶりを見せながら、実はしゃべりたくてしかたがないのだ。

だとすれば、間接的にちょっとした情報を流すことで、公安調査庁がどんな動きをするか、見てみようという気になったとしても、不思議はない。

三春が、そんなことを考えているとも知らぬげに、棚橋は続けた。

「とにかく、ある程度信頼できる筋の情報だから、食いついてみる価値はある。クルパジャの監視と並行して、兼松の動向にも目を光らせてもらいたい」

「分かりました」

そう応じたものの、一人で二つの対象に目を配ることは、口で言うほど簡単ではない。

人手を借りたいが、MBS室は室長を別にしてスタッフ四人と、人員が少ない。通常、室員のほとんどが単独行動のため、だれも同僚に手を貸す余裕がないのが、実情だった。

それもあって、室員はいずれも外部にしかるべき協力者を抱え、何かのおりには手伝いを頼む、という態勢になっている。

むろん、そうした協力者をただで働かせる、というわけにはいかない。手を借りた場合は、予算化された正規の調査活動費の中から、なにがしかの謝礼を払う。

ただし、帳簿に記録が残る調査活動費は、たいした額ではない。まともに遣えば、すぐになくなってしまう。

そのため、従来から公式の帳簿に残らない裏金作りが、常態化しているのだった。裏金作りは、もっとも早く実態を暴《あば》かれた警察をはじめ、検察庁や外務省などどこの省庁でも、多かれ少なかれ行なわれていることだ。

もっとも、それらの裏金の大半は幹部連中の接待費、異動時の餞別《せんべつ》や、祝儀不祝儀の費用に充《あ》てられて、現場レベルに回されることはほとんどない。

そうした事実が、内部告発等によってしだいに明らかになり、どの省庁も裏金作りのシステムをより巧妙、より複雑にせざるをえなくなった。

ことに近年は、検察庁までが現職検事の告発で苦境に立たされ、裏金作りの事実のもみ消しに、やっきになっている。

公安調査庁でも、同様の裏金がプールされているらしいが、三春のレベルまでおりてくることはないから、実態はよく分からない。

ともかく、いまだにどの組織も裏金作りをやめようとせず、より隠蔽《いんぺい》工作がうまくなっただけのことだ。

三春は、外部協力者を十人ほど抱えているが、ちょっとしたことで手を借りたり、情報をもらったりしたとき、小遣い程度の謝礼を渡すにすぎない。

ただし、それだけですむことはめったになく、自腹を切って酒食をおごることも、少なくなかった。

ばかばかしい、と思いながらそんな仕事を続ける自分が、ときどきいやになる。やめないのはただ、わずかに残るプライドのためかもしれなかった。

4

小田島稔《おだじまみのる》は、いつも背筋をぴんと伸ばした、七十前の男だ。

殿村三春にとっては、頼りになる協力者の一人だった。

小田島が、池袋の西口で〈杉の子《すぎのこ》〉という小さなバーを始めてから、かれこれ三十五年になる。

池袋に関するかぎり、小田島は開店以来のこの街の建物、道筋の変遷から、近隣の店の入れ替わりや人の出入りまで、知らぬことのない消息通といわれる。

三春は、自分の事案に池袋が関わってくると、とりあえず小田島に知恵を借りるのが、習慣になっている。

三春と小田島には、古い因縁がある。

三春は、小田島の娘優里《ゆり》と同じ私立の女子校で、中高六年間を一緒に過ごした。

互いに一人娘で、しかもともに母親を早く亡くしたことから、二人はすぐに姉妹のように、仲のいい友だちになった。

そのころから、三春は当然のごとく父親の小田島を、よく知っていた。

優里が生まれた年、小田島は土地持ちだった親の遺産を元手に、バーを開いたという話を、だいぶあとになって聞いた。

まだ景気のいい時代で、池袋も今以上に活気があったらしい。

ところが好事魔多《こうじまおお》しというか、優里は三春と同じ大学に入学してほどなく、にわかに再生不良性貧血《さいせいふりょうせいひんけつ》を発症し、半年後にあっけなく死んでしまった。

妻を早く亡くし、さらにまた一人娘まで失った小田島の嘆《なげ》きは、一通りでなかった。三春にできるのは、優里に代わって娘同様に小田島に接し、励まし続けることだけだった。

それがいくらか功を奏したのか、三春が大学を出て社会人になるころには、小田島も表向きはどうにか、立ち直ったようだった。

公安調査庁にはいってからも、三春は断続的に〈杉の子〉に顔を出し、小田島と接触を保ち続けた。

五年ほど前、父親を私鉄の衝突脱線事故で亡くし、周囲に頼る者がいなくなってから、三春は小田島に生まれ変わった父親のような、新たな親近感を覚えるようになった。

そんなことから、三春にとって小田島は単なる協力者というより、相談相手に近い存在だった。

したがって、たとえ小田島の助けを借りるとしても、実費が出ないかぎり謝礼を渡すことはなく、いつも手土産《てみやげ》ですませる。

小田島にしても、公安調査庁に協力するという意識はなく、三春個人の手助けをする感覚だろう、と思う。

小田島は、東京拘置所跡にサンシャインビルが建ったのと、ほぼ同じころに店を開いたというが、場所はJR池袋駅の西口に広がる盛り場の、ほぼど真ん中だった。

戦後から十数年、闇市《やみいち》の喧噪《けんそう》と混乱の雰囲気が残る西口も、そのころにはだいぶ整備が進んでいたらしい。それでも、東京芸術劇場などの小じゃれた施設ができたのは、ずっとあとのことだ。

まだ午後六時を回ったところで、〈杉の子〉に客の姿はなかった。

むろん、そういう時間帯を狙ったのだが、事前に電話しておいたこともあって、入り口には〈本日19時オープン〉と、貼り紙が出ていた。

三春のために、気をきかせてくれたのだ。

小田島は、二年ほど前から伸ばし始めた口髭を、親指と人差し指でつまんだ。

「久しぶりだね。最初は、電話の声が分からなかったよ」

　三春は、横目で睨《にら》むふりをした。

「またまた、お父さんたら」

　子供のころから、小田島のことをそう呼んでいるので、別に違和感はない。二人きりのときは、どうしてもその癖が抜けないのだ。

　十席ある長いカウンターの、真ん中あたりのストゥールにすわる。

　小田島は、おしぼりを差し出した。

「相変わらず、忙しいのかい」

「ええ、まあまあです」

　小田島は、手をふく三春を思慮深い目で眺め、小さく首を振った。

「三春は優里と同い年だから、今年三十五になるんだよなあ」

「ええ、もうなりました。お父さんだって、今年の暮れに七十になるはずだから、まさにダブルスコアですよね」

　三春が指摘すると、小田島は不本意そうな顔をして、耳たぶを引っ張った。

「確かにそうだけど、自分では古稀《こき》になったなんて意識は、全然ないんだよな。若いころは、七十歳なんて聞くととんでもないじじいだ、と思ったもんだがね」

「わたしだって、はたちのころ三十五歳なんて聞いたら、とんでもないおばさんだと思ったわ。でも、いざ自分がそうなってみると、そんな意識は全然ないんですよね」

小田島は、いつも三春が飲むマルガリータを作り、グラスを前に置いた。

それから、自分の好みのなんとかいうスコッチを、小ぶりのストレートグラスにつぐ。

グラスを上げ、三春がマルガリータを一口飲むあいだに、小田島は軽く喉にほうり込んだ。いつも、そういう飲みっぷりなのだ。

そのグラスを、カウンターにとんと置いて、小田島は三春を見た。

「それで、何を知りたいんだね。今日はのんびり、世間話をしに来たわけじゃないんだろう」

三春は、表情を引き締めた。

「ええ。このあたりの、パチンコ・ホールのことで、ちょっと」

兼松一成の店、〈レッドポニー〉が同じ西口の盛り場にあることは、すでに調べがついている。〈杉の子〉とは徒歩圏内だから、小田島に聞くのがいちばんだ。

「なんてホールだ」

「〈レッドポニー〉。兼松一成という、在日朝鮮人二世の男性が、経営しています」

小田島の目を、困惑とも懸念ともつかぬ複雑な色が、ちらりとよぎる。

「〈レッドポニー〉か」

「ご存じですよね、この近くのお店だし」

小田島は、あいまいにうなずいた。

「うん、知ってるよ」

それから、取ってつけたように続ける。

「店をあける前に、わたしも〈レッドポニー〉ではじくことがあるし、兼松さんもうちにときどき、顔を出すんだ」

三春はうなずいた。

「やはり、そうですか。ご近所だし、そんな気がしたんですよね」

小田島は、グラスにもう一杯スコッチを注ぎ、今度は一口だけ飲んだ。

「〈レッドポニー〉に、何か問題でもあるのかね」

そう聞かれて、三春は答えあぐねた。

これまで、小田島からそうした反問があったことは、なかったからだ。

小田島もそれを思い出したらしく、半白の髪に手をやって照れ笑いをした。

「いや、ごめん。よけいなことを、聞いちゃったな」

「かまいませんよ。わたしの仕事って、何か事件が起きたときに捜査するとか、そういうんじゃないんです。むしろ、事件が起きないように事前にチェックする、予防の仕事といった方がいい、と思います。だから、〈レッドポニー〉なり兼松さんなりが、今何かの事件に関係しているとか、そういうことじゃないから、心配しないでください」

「別に、心配はしてないよ。兼松さんとは、お互いの店の客同士というだけで、それ以上でも以下でもないんでね」

三春はマルガリータを飲み、話の先を続けた。

「兼松さんは、パチンコ・ホールの業界団体の理事を、してらっしゃいますよね」

「ああ、全球連の理事だ、という話だね」

さすがに、消息通だ。

「わたしが調べたところでは、兼松さんは現在五十五歳。お住まいは練馬区北町二丁目、東武東上線の東武練馬駅から徒歩数分の、シャンボール北町というマンションですね。在日一世のご両親は、二人ともすでに死亡。兄弟姉妹はなし。ご本人は二十七年前に、日本国籍を取得しています。そんなところですが、間違いありませんか」

三春が確認すると、小田島は軽く首をかしげた。

「よく調べたね。それだけ知ってりゃ、十分じゃないか」

「こんなのは、調べたうちにはいりませんよ。〈レッドポニー〉は、兼松さんが始めたホールなんですか」

「いや。父親の兼松ヨシナリが、終戦後まもなく始めた店だ、と聞いてるがね」

「ヨシナリは、どういう字を書くんですか」

「ヨシは吉田の吉、ナリは息子の一成と同じ成だ」

「母親も、北朝鮮の人ですか」

「そうだ。キリコさんと結婚するときは、二人ともだいぶ反対したらしいよ」

「キリコさんて」

「兼松さんのかみさんさ。希望の希に、里芋の里。日本人なんだ」

兼松希里子《きりこ》か。

「奥さんの情報は、持っていないんです。いつ結婚されたんですか」

「確か十五年前、希里子さんがはたちのときだった」

「すると奥さんは、まだ三十五ですね」

「そう。三春と同い年だ」

「ええ。でも、兼松さんとはちょっと、年が離れてますね」

「二十歳くらいの差は、今どき珍しくもないさ。希里子さんは、シングルマザーだった母親に捨てられて、児童養護施設で育ったんだそうだよ。兼松さんとは、新宿のキャバクラで知り合って、結婚したのさ。兼松さんに、見たことも会ったこともない父親の姿を、見たんだろうね」

三春は、少し身につまされたような気分になり、またマルガリータを飲んだ。

小田島が続ける。

「希里子さんは、あまりいい環境で育ったとはいえないけど、気立てのいい女性でね。たまに、二人でここに顔を出すこともあるから、知ってるんだけど」

「お二人とも毎日、ホールに出て来るんですか」

「兼松さんは、だいたい来てるようだね。希里子さんの方は、ときどきだろう」

「仲はいいんですか」

三春の問いに、小田島は軽く眉を寄せた。

「基本的には、いい方だと思う。ただ希里子さんは、かっとなりやすいたちでね。喧《けん》嘩《か》が始まると、手に負えなくなるんだ。ここでも、いきなり旦那にグラスを投げつけたり、つかみかかって洋服を引き裂いたりと、何度か往生させられたことがある。収まったら収まったで、二人ともけろりとしてるから、まいっちゃうんだけどね」

「子供さんは」

「子供はいない。二人暮らしなんだ」

小田島は、ふと思いついたようにカウンターの下に手を入れ、写真を取り出した。

「これ、去年の秋口に店のお客さんたちと、奥多摩へバーベキューに行ったときの、記念写真だがね」

カウンターに置かれた写真をのぞくと、現地の河原で撮ったらしい集合写真で、男女十四、五人ほどが写っている。

小田島は、指で二人の男女を示した。

「これが兼松さんで、その右隣が希里子さんだ」

兼松は、実年齢の五十五歳よりも老けて見える、痩せ型の男だった。地味な開襟シャツに、股上の深いスラックスという、服装のせいかもしれない。

逆に希里子は、胸元が広くあいた派手なブラウスに、細身のジーンズをぴっちりとはいた、なかなかの美人だった。そのたたずまいから、三十歳そこそこにしか見えない。

実際よりも、ずっと年齢差を感じさせる組み合わせで、写真を見るかぎりお似合いのカップルとは、いいにくい印象だ。

一瞬、貸してほしいと頼もうかと思ったが、なんとなく言いそびれた。

小田島が写真をしまう前に、兼松夫婦の顔をまぶたの裏に、しっかりと焼きつける。

三春は、あらためて聞いた。

「兼松さんて、どういう人なんですか」

「苦労人だね。まあ、おやじさんの店を継いだわけだから、生活面ではそんなに苦労はなかったと思うけど、子供のころからあれやこれや差別を受けて、つらい目にあったらしいよ。めったに、口には出さないけどね」

それは、想像にかたくない。

昨今も、拉致《らち》問題がおおやけにされて以来、北朝鮮に対する日本人の感情は悪化し、それが改善される気運はみられない。

「兼松さんは、宗教なんかに凝ったりしてませんか」

さりげなく水を向けると、小田島はきらりと目を光らせた。

「そういう話は聞かないけど、どうしてだい」

「子供がいないとすると、いくらお金を貯めても遺す相手がいないでしょう。そこに目をつけて、怪しげな新興宗教に誘い込んだり、高い数珠《じゅず》や多宝塔《たほうとう》を売りつけたりする人が、よくいますから」

考えてきた説明を、よどみなく披露する。

小田島は、首をひねった。

「そういう話は、聞かないね。兼松さんは、はったりのない堅実な人だから、簡単にだまされることはない、と思うよ」

そう言って、グラスに残ったスコッチを、ぐいと飲み干す。

グラスを置き、例の思慮深い目で三春を見る。

「何を調べているのか知らないけど、あまり危ない仕事はしない方がいいぞ」

三春は、屈託のない笑みを、浮かべてみせた。

「危ない仕事なんか、してませんよ。それとも、兼松さんのことをつつき回ると、何か危ない目にあうんですか」

小田島が、わざとらしく笑う。

「そうは言わないよ。ただ兼松さんが、北朝鮮に金を送ってるんじゃないか、と疑ってるのなら、見当違いだよ」

三春は、虚をつかれた。

「そんなこと、疑ってませんよ。それとも、そういう噂があるんですか」

小田島はそれに答えず、背後のプレーヤーのトレイを開いて、ＣＤを挿入した。

なぜか、時間稼ぎのような気がした。

古い、アルゼンチン・タンゴの曲が、流れ始める。

小田島は、向き直って言った。

「そんな噂はないよ。ただ三春が、子供なしだと金を遺す相手がいないだろう、なんて話を持ち出すものだからね」

三春は、小田島がそこまで考えを巡らしたことに、少なからず驚いた。

確かに、在日の人びとが北朝鮮にさまざまなルートで、送金をしていることは周知の事実だ。

中でも、稼ぎがしらの一つであるパチンコ業界から、北へ流れる金がばかにならない額だということは、よく承知している。

以前、万景峰号《マンギョンボンごう》が不定期に新潟港に来航していたころは、輸出禁制品の電子部品や電子機器とともに、多額の現金を持ち帰ったといわれる。

しかし万景峰号は、北朝鮮による度重なるミサイル発射実験、地下核実験のために来航禁止措置になり、現在もその状態が続いている。

そうした事情もあり、日本から北朝鮮への送金はむずかしくなったが、なんらかの方法で継続していることは、間違いない。

三春は言った。

「同僚には、そういう仕事をしている人もいますが、わたしはその担当じゃありません。わたしが知りたいのは、それとは違うんです」

小田島が、唇を引き締める。

この男は、三春が真実をすべて話すとは限らないにせよ、嘘だけはつかないことを知っているはずだ。

小田島は、口を開いた。

「差し支えない範囲で、もう少し詳しいことを聞かせてくれないかな」

無理もない注文だ。

「実は兼松さんが、個人としてか全球連理事としてか分かりませんが、ある宗教団体に資金援助してるんじゃないか、という噂があるんです。その宗教団体は、今のところたいした問題を起こしていませんが、かつてのオウム真理教のような危険集団に、変貌する可能性もあります。それで、チェックしているわけなんです」

　三春が説明すると、小田島はまた口髭をつまんだ。

「その宗教団体とは、クルパジャのことかね」

　小田島の勘のよさに、ほとんど舌を巻く。

「そうです。まだ危険な宗教団体、と決まったわけじゃないですけど」

「だけど、このあいだ練馬の教団本部が、事件を起こしたじゃないか。隣のスポーツジムに、殴り込みをかけたって、新聞で読んだぞ」

　三春は、苦笑した。

「殴り込みっていうか、あれにはいろいろと裏があるらしくて、まだ真相は分かってないんです」

　さすがに、そのとき現場近くにいて事件を目撃した、とは言えない。

「新聞報道によると、薬物を飲んでたらしいね」

　その後警察発表で、野々宮鈍斎らクルパジャの信者たちが、薬物の影響下にあったことは、明らかにされていた。

「ええ。でも、それを捜査するのはあくまで警察で、わたしたちじゃありませんから」

「どっちにしても、あれでクルパジャが過激な団体に様変わりする、という危険性が出てきたわけだろう」

「それは、否定できませんね。でも、どうして兼松さんとクルパジャが、すぐに結びついたんですか」

小田島は、グラスに三杯目のスコッチをつぎ、軽く口に含んだ。

「いつだったか忘れたけど、そんなに前のことじゃない。開店前の時間に、つまみの材料を仕込もうと、近くのスーパーへ買い出しに行ったんだ。そうしたら、すぐそばのアルテミール池袋というマンションの、機械式駐車場の少し奥まったところで、兼松さんが立ち話をしてるのが、ちらりと見えてね。その相手というのが、兼松夫婦の喧嘩の主たる原因になってる、いわくつきの女性だったのさ」

興味を引かれて、口を挟む。

「兼松さんに、奥さん以外の女性がいる、ということですか」

「どういう関係かは、わたしも知らない。もちろん、兼松さんは別に変な関係じゃない、と否定してるよ。希里子さんには、単に相談相手になってるだけだ、と言ってるし」

「その人って、どういう女性ですか」

「アルテミール池袋に住んでる、ヒガキケンジロウという在日三世の男の、かみさんなんだがね。これが、クルパジャの信者らしいんだ」

　ちょっと驚く。

「信者。しかも、人妻ですか」

「まあ、そういうことさ」

　珍しく、歯切れが悪い。

「ヒガキは、ひのきの檜に、垣根の垣ですね」

「そう。ケンジロウは、健康の健に次の次郎。かみさんの名前は、さなえ。平仮名で、さなえと書く。ご当人は、日本人なんだ。兼松さんと、同じ組み合わせさ」

　檜垣健次郎《ひがきけんじろう》に、檜垣さなえ。

「その、檜垣さなえという女性は、どんな人ですか。年齢とか、特徴とか」

「希里子さんと、似たような年格好だね。いつもサングラスをかけて、長い髪を指ですき上げるのが、癖になってるようだ。この店にも、二度ほど来たことがあるよ」

「兼松さんとですか」

「まさか。もちろん、一人でだ。旦那と来たこともない。一緒に来たら、旦那の顔も覚えてるんだがね」

「さなえさんが、クルパジャの信者だというのは」

「たまたま居合わせた、同じマンションに住んでるという客が、彼女が帰ったあと教えてくれたのさ。面識はないらしいが、彼女が黄色いムームーみたいなのを着て、ごみを出してるところを、見たそうだ。あとで、クルパジャの修行衣を週刊誌で見て、その服が同じものだと気づいた、と言っていた」

なるほど。

三春は少し考え、話を変えた。

「ところで、兼松さんはさなえさんのどんな相談に、乗ってるんでしょうね」

「さなえさんが、旦那の競馬狂いについて愚痴をこぼすのを、聞いてやってるだけだそうだよ。もっとも、希里子さんは信じてないがね。彼女は、亭主とさなえさんが浮気してるに違いない、と思い込んでるんだ」

「実際は、どうなんですか」

三春の問いに、小田島はまた口髭をつまんだ。

「さあねえ。わたしも、そこまでは知らないよ」

一呼吸おく。

「さなえさんは、クルパジャの在宅信者なのかしら。修行衣姿を目にした、と言う人がいるところをみると」

「そうかもしれないな。とにかく、そんな話を耳にしたものだから、三春に兼松さんの資金援助のことを聞かれて、なんとなくクルパジャを思い出したわけさ」

兼松が、実際に資金援助しているかどうかは別として、少なくとも一部のクルパジャの信者と、接触があることは間違いないようだ。

それにしても、さなえの夫檜垣健次郎が在日朝鮮人というのは、単なる偶然だろうか。

在日同士で、兼松と檜垣のあいだにそれなりの交流があっても、別におかしくない。

もし、男同士の交流が存在しないとしたら、兼松とさなえをつなぐのはやはり色恋か、クルパジャに関わる何かとみてよかろう。

そのとき、出入り口の扉が軽い鈴の音とともに、控えめに開いた。

眼鏡をかけた、サラリーマン風の男がおずおずと、顔をのぞかせる。

「あの、たった今七時になったんだけど、まだだめですか」

三春も小田島も、反射的に壁の時計を見た。

なるほど、すでに午後七時を一分ほど、回っている。

小田島が、目をもどして言った。

「いいですよ。その紙、はがしといてくれませんか」

眼鏡の男が、入り口の貼り紙をはがしているあいだに、三春は財布を取り出した。

「すみません、お勘定してください」

「それじゃ、千円いただきます」

小田島が、三春にただで酒を飲ませることは、めったにない。

わけもなく、そこが小田島のいいところだ、と思ってしまう。

三春は勘定を払い、持って来た〈もち吉〉の煎餅《せんべい》の紙袋を、カウンターに置いた。

ことさら、明るい声で言う。

「これ、いつものお土産ね」

小田島は、その煎餅が大好きなのだ。

「悪いね、いつも」

「こちらこそ。それじゃまた、お近いうちに」

短い挨拶を交わすと、はいって来た眼鏡の男に軽く会釈《えしゃく》して、店を出た。

忘れないように、兼松夫婦の顔形を頭の中で反芻《はんすう》しながら、路地を伝って歩く。

〈レッドポニー〉は、〈杉の子〉から五分ほどしか、離れていなかった。

さらに、そのあたりのコンビニで聞いて、アルテミール池袋の場所も確認する。

メールボックスの表示によれば、檜垣健次郎とさなえ夫婦はそのマンションの、五
○一号室に住んでいた。
それだけ確かめて、引き上げることにする。

5

三日後。

兼松一成は毎日、午前十一時ごろ東武練馬駅に近い自宅を出て、池袋の〈レッドポニー〉に行った。

妻の希里子は、殿村三春が見張りを始めた初日に、一度だけ夫と一緒に店に出た。午後二時ごろ、兼松夫婦は近くの中華料理店へ行って、遅めの昼食をとった。そのあと、希里子は一人でどこかへ消えた。池袋へ出て来た以上、そのまままっすぐ帰宅したとは思えず、どこかへ買い物にでも回ったのだろう。

最初の二日間、兼松は午後八時までホールにいて、ときどき店内を見回った。顔見知りが多いらしく、ときどき足を止めて玉をはじく客と、言葉を交わしていた。

そして三日目のこの日、初めて兼松に別の動きがあった。

午後八時過ぎ、兼松はまだにぎやかな〈レッドポニー〉を出て、池袋駅の方へ歩き出した。

朝、家を出たときとは服装が変わり、だいぶラフな格好になっていた。

途中、歩きながら携帯電話でだれかと話をし、ゆっくりと駅の構内にはいった。

ＪＲ山手線のホームに上がり、新宿方面行きのホームに立つ。

すぐに電車が来たが、兼松は乗らずに見送った。

次の電車にも、乗らなかった。そうやって、電車を三本見送った。

四本目の電車が到着する直前、階段を小走りに駆け上がって来た女が、少しも迷いのない足取りで、兼松の方に向かった。

三春はその女を、じっくり見た。

女はサングラスをかけ、てれんとした薄手のブラウスに、ぴったりした七分丈の黄色いパンツを、身につけていた。

足を速めながら、しきりに指で髪をすき上げるしぐさは、小田島稔が言った檜垣さなえの癖と、一致していた。

兼松は、女をちらりと見ただけで何も言わず、ホームにはいって来た電車に乗った。

女が、わずかに間をおくようにして、あとに続く。

三春も、斜めがけにしたバッグのベルトを握り、隣のドアから同じ電車に乗った。

電車が走り出すと、さなえと思われる女は体をくねっとさせ、ドアのそばに立つ兼松にすり寄った。

兼松は、今度は無視することなく、さなえのするままに任せて、何ごとかささやいた。

さなえも、兼松の耳元で、ささやき返す。

兼松のいでたちは、くたっとした黒っぽいジャケットに、緩めのスラックスだった。朝方、家を出たときのやぼったい外見とは、だいぶ趣が違った。

先日の写真や、遠目で見たこれまでのイメージは消え去り、どことなくあかぬけた雰囲気を、漂わせている。まだ、四十代後半のちょい悪おやじ、という印象だった。

それにしても、タクシーに乗らずに電車を使うとは、庶民的な道行きだ。

あるいは、地元で一緒にタクシーに乗るところを、だれかに見られたくなかったのかもしれない。

二人は、新宿でおりて地下道を延々と歩き、伊勢丹《いせたん》デパートのあたりで地上に出た。

交差点を渡り、裏通りの小さなビルにはいり、エレベーターに乗る。

三春は、点灯した表示盤の数字が、三階で停まるのを確かめた。

案内板によると、三階は〈昌寿司《まさずし》〉という、寿司屋だった。

三春は、そのビルから十メートルほど離れた、向かいのワインバーにはいった。

店先に、テーブルがわりの樽《たる》と椅子を出した、いわばオープンテラスのバーだ。そこからだと、ビルの出入り口が一望できるので、二人を見逃す心配はない。

白ワインを飲み、サンドイッチをつまんで、腹ごしらえをする。

二人が出て来たときは、午後十時半に近かった。

さなえは、兼松の腕にぶら下がるような格好で、人通りの多い道を歩き出した。

地元以外ならば、人目を気にする必要はないという、二人きりの振る舞いだ。

その様子を見るかぎり、兼松とさなえがそれなりの関係にあることは、容易に察せられた。兼松希里子が、夫とさなえのあいだに疑いを抱くのも、ゆえなしとしない気がする。

兼松とさなえは、そのあとすぐ近くのバーで小一時間飲み、それからもつれるようにして、靖国《やすくに》通りを渡った。

裏道を、明治通りに沿ってしばらく北へ歩き、とあるラブホテルにはいる。

それで、二人のダブル不倫の疑惑は、確かなものになった。まさか、ラブホテルにはいりながら、おしゃべりだけして帰る、ということはあるまい。

兼松は女房持ち、さなえは亭主持ちだから、さすがに泊まりはないだろう。

それにしても、路上で二人が出て来るのを待つのは、考えただけでうんざりする。

三春は、新宿の近くに車庫のあるハイヤー会社に電話して、車を一台よこしてほしい、と頼んだ。ついでに、お茶のペットボトルを買って来るように、付け加える。

ときどき利用するハイヤー会社で、やって来たのも何度か乗ったことのある、顔なじみの運転手だった。

三春は、ホテルの入り口の近くの暗がりに、車を停めさせた。

中で、ペットボトルの茶を飲みながら、待機する。

公安調査官の仕事は、ハイヤーの運転手のそれとよく似ていて、ほとんどの時間が待機でつぶれる。

何よりも、忍耐力が求められる仕事だから、うっかり注意力散漫に陥《おちい》ったり、居眠りしたりすることのないよう、気をつけなければならない。

とはいえ、監視対象の動きが止まったときは、こういう待機の仕方も許されるのだ。ましてこのあと二人がタクシーを使うのは、目に見えている。そのためにも、車を用意するのが当然だった。

ひところ、二時間だったラブホテルの制限時間が、今は三時間に延びたと聞く。二人が出て来るのは、早くても午前二時ごろだろう、と読んだ。

運転手に、人が出て来たら知らせるよう因果を含め、三春は少し仮眠をとった。

しばらくうとうとしたが、やはり見過ごすことへの不安が強く、眠気が覚めてきた。

三春の読みははずれ、兼松とさなえは早ばやと午前一時過ぎに、出て来た。

二人は、三春が乗った車に背を向けて歩き出し、すぐ先の路地を右に曲がった。明治通りに、出るつもりらしい。

三春は、運転手にライトをつけずにバックして、一つ手前の路地を右へ曲がるように、指示した。

出たところが明治通りで、一本先の路地から姿を現した兼松とさなえが、タクシーに手を上げるのが見えた。

二人は、兼松を先にして車に乗り込み、明治通りを池袋方面へ向かった。

三春も、あとを追う。

兼松は、アルテミール池袋の近くでさなえをおろし、今度は川越街道をくだった。

ほどなく、陸橋になった環八通りをくぐると、両側に陸上自衛隊練馬駐屯地が、広がり始めた。

兼松は、練馬自衛隊前と標示の出た信号で、タクシーを捨てた。

東武練馬駅から、およそ五百メートルほどの距離だろうが、兼松の住むシャンボール北町は、ここからの方が近いはずだ。

三春は、運転手から携帯電話の番号カードをもらい、このあたりで少し待つように言って、車をおりた。

兼松は信号を渡り、まっすぐな道を東武練馬駅の方へ、歩き出した。

この時間帯なら、タクシーで右折してはいれるはずだが、なぜかそうしなかった。

三春も、あとに続く。

この道は確か、まっすぐ進めば東武練馬の駅前に、直結しているはずだ。

さすがに、人通りはない。それだけに、もし足音が聞こえたら兼松は不審に思い、振り返る恐れがある。

もっとも、三春は監視や尾行調査に従事するとき、当然暗い色の服を身に着け、踵《かかと》の柔らかい靴をはく。

したがって、足音を聞かれる心配はない。

案の定、兼松は一度も振り返らなかった。

そのまま歩き続け、百メートルほど先の十字路を越えた左手の、深夜営業のコンビニに立ち寄る。

出て来たときは、ペットボトルらしきものがはいった、白いビニール袋をさげていた。

兼松は、十メートルほど道を引き返して、十字路を東へ向かった。

十字路の反対側に隠れていた三春も、少しあいだをおいて尾行を続ける。

この先、百メートルほどの左手に兼松が住む、シャンボール北町があるはずだ。そこへもどるのだろうが、一応中にはいるのを確認しようと思う。

もしかすると、深夜帰宅を巡って希里子とのあいだに、悶着《もんちゃく》が起こるかもしれない。場合によっては、修羅場が戸外に及んでくる可能性も、ないとはいえない。

左側は新築ビルの建設現場らしく、二メートルほどの高さの青いシートが、張り巡らしてある。

街灯が片側だけで、しかも間遠なためにその道は見通しが悪く、ともすれば黒っぽい服の兼松の姿が、闇に紛れてしまう。わずかな月明かりだけが、頼りだった。

少し足を速めたとき、白いフェンスの角から急に人影が飛び出し、二十メートルほど前を行く兼松に、襲いかかった。

兼松は小さく声を上げ、アスファルトの上に倒れ伏した。

どこをどうされたのか、そのままぴくりとも動かない。

三春の足も、凍りついた。

人影が、膝をついて兼松の上にかがみ込み、体を探り始める。

それを見て、一瞬ためらった三春もわれに返り、とっさに声を発した。

「待ちなさい」

同時に駆け出すと、人影はぎくりとしたように体を起こし、三春を見た。

コートの襟を立てているので、顔形はよく見えなかったが、男には違いなかった。

男は身をひるがえし、飛び出して来たのとは反対側の路地に、飛び込んだ。

三春は、仰向けに倒れた兼松のそばに、駆け寄った。

真っ先に、兼松の胸に突き立ったナイフの柄が見え、どきりとする。

しかし、次の瞬間三春は躊躇《ちゅうちょ》なく男を追って、路地に突進した。

これは、通りすがりの人間のしわざではない、という直感がある。何がなんでも、男を捕らえて事情を明らかにしなければ、兼松をつけ回した甲斐《かい》がない。

路地に駆け込んだとたん、すぐそばにひそんでいた男がものも言わずに、三春に飛びかかって来た。

三春はとっさに身を沈め、男の水月《すいげつ》に正拳を叩き込んだ。

男は、一声叫んだきり体を折って悶絶《もんぜつ》し、その場に倒れ伏した。

あっけないほどだったが、したたかな手ごたえがあったので、自分でも納得する。

三春は息をつき、男の襟首をつかんで路地の側溝まで、引きずり立てた。

思いがけず、子供のときから続けてきた空手が、役に立った。今になって、アドレナリンが回り始めたのか、体が熱くなってくる。

暗がりから飛び出して、いきなり兼松をナイフで刺すとは、いったいどういう料簡《りょうけん》なのだろう。この男は何者で、何が目的なのか。

男を仰向かせ、遠い街灯の明かりを頼りに、顔を確かめてみる。

年齢は三十歳かそこらで、身長は約百七十センチ、体重は六十キロ前後か。髭のそりあとの濃い、色白の男だ。もちろん、見覚えはない。

こういうとき、手錠を持ち歩くことができる警察官が、うらやましくなる。

しばらくは、男に目を覚まさないでいてほしい、と願う。

男の口から、胃液のようなものが垂れているのに気づき、バッグからティッシュを取り出して、ふき取った。

それをハンカチでくるみ、バッグにしまう。

何かのときに、ＤＮＡ検査に回すことができるから、むだにはなるまい。

ふと、男の締めているベルトで、後ろ手に縛り上げようか、と思った。

それより、刺された兼松のことが心配になり、三春はその場に男を横たえたまま、急いでもとの場所にもどった。

「しっかりしてください」

そばにしゃがみ、ためしに声をかけてみると、兼松はかすかに動いた。

「動かないで。すぐに、救急車を呼びますから」

ナイフは、柄の際まで深ぶかと突き立っていたが、もし切っ先が心臓をはずれているのなら、助かる望みはある。

間違っても、ナイフを抜いたりはできない。そんなことをしたら、一挙に血が噴き出して、たちまち死にいたるだろう。

携帯電話を操作して、一一九番を呼び出す。

場所と事情を説明して、バッグに電話を投げ込んだとき、兼松が右手をそろそろと上げて、三春の膝に触れた。

「だめ、動かないでください。五分かそこらで、救急車が来ますから」

兼松は、三春の膝の上で手を開き、かすれ声で言った。

「こ、これを、ク、クズワに渡して、く」

そこで、言葉が途切れる。

兼松の右手に、力なく握られているのは、月明かりではよく分からない、小さな金属のようなものだった。

三春は、反射的にそれを取り上げ、兼松に呼びかけた。

「クズワというのは、なんのことですか。だれかの名前ですか」

兼松は答えず、手をぱたりとアスファルトに落とした。

「しっかりしてください」

もう一度呼びかけたが、すでに反応がない。

脈に指を触れようとしたとき、三春は背後で靴の底がこすれる音を聞いた。

すばやく身を起こし、向き直る。

今にも、飛びかかろうとしていた例の男が、気づかれたと分かって足を止め、腰を引いた。

三春が一歩踏み出すと、男はあわててコートをひるがえし、もう一度同じ路地に逃げ込んだ。

三春は唇を引き締め、ふたたび男のあとを追った。

せっかくつかまえたのに、逃がすわけにはいかない。こんなに早く、意識がもどるとは思わなかった。

男は、三春の十メートルほど前を全速力で、逃げて行く。深夜の住宅街に、男の靴音がやかましく鳴り響き、両側の建物に反響する。

男は、一度悶絶したくせに走るのが速く、差はどんどん開いた。

男が、前方の十字路を左へ曲がったときには、差は二、三十メートルになっていた。

三春が十字路に達すると、左手の道で車のエンジン音がした。

見ると、十メートルほど先に停まっていた黒い車が、急発進するのが見えた。

車は、たちまちひとけのない暗い道路を、遠ざかって行った。

男の姿は、どこにもなかった。

自分で運転したのか、それともだれか仲間が待機していたのか、車に乗って逃げ去ったのだ。

三春は、息を切らしながら目をこらし、車のナンバーを読もうとしたが、むだだった。

ガードレールにもたれ、動悸《どうき》が収まるのを待つ。

ずっと、右手に握り締めていたものを、あらためて確かめた。

それは小さな、キャップつきの青い金属製の、ＵＳＢメモリだった。兼松はそれを、クズワに渡してくれ、というようなことを口走って、意識を失ったのだ。

襲いかかったあの男は、倒れた兼松の上にかがみ込んで、何かを探そうとした。

しかも、意識がもどったあともう一度引き返し、それを奪おうとした。

男の目当ては、このメモリだったのではないのか。何がはいっているのか知らないが、よほどだいじなものと思われる。

もし兼松に息があれば、救急車が来る前にそのあたりの事情を、聞き出さなければならない。

三春は呼吸を整えて、もと来た道を小走りに、もどり始めた。

まずは、兼松が単に意識を失っただけなのか、それとも息が絶えてしまったのか、確認する必要がある。

途中までもどったとき、どこか遠くから近づいて来る、救急車のサイレンの音が、耳にはいった。

ほっとして、なおも足を速める。

路地を抜けて、現場にもどった三春は、その場に立ちすくんだ。

兼松一成の姿は、影も形もなかった。

6

「夢でも見たんじゃないかね」

強行犯捜査係長の芦田秋五《あしだしゅうご》警部補は、そう言って小鼻を掻《か》いた。

殿村三春は首を振り、努めて冷静に応じた。

「あれが夢でしたら、まだ目が覚めていないんでしょうね」

芦田は、少しのあいだその意味を、考えているようだった。

それから、いやな顔をして言う。

「救急隊員が現場に乗りつけたとき、路上にはあんた一人待機していただけで、刺された男はおろか、猫一匹いなかった。そんなばかな話が、あるものかね」

はなから、ていねいな口をきく気がないらしい。

三春は芦田と、光中央警察署刑事課の狭い取調室に、デスクを挟んで向き合っていた。

芦田は四十代後半の、どこから見ても叩き上げの、強行犯担当刑事だった。

顔色が悪く、頬が不健康なまでにこけていて、白いものの交じった不精髭が目立つ。

酒焼けか、毛穴だらけの鼻の頭だけが、妙に赤い。

「おっしゃる意味は分かりますが、わたしの立場では犯人を追いかけているあいだに、だれかが刺された兼松を運び去ったのだ、としか申し上げられません」

「その、兼松とやらが刺されたという証拠すら、見つかってないんだぞ。救急隊員の話では、現場に血痕一つ残ってなかった、というじゃないか」

「おそらく、胸を刺したナイフが血止めの役を果たして、出血が少なかったからだと思います」

「とにかく、現場に被害者が見当たらないんじゃ、手のつけようがないだろう」

三春は、いらいらする気持ちを押し隠し、すでにした説明を繰り返した。

「さっきも申し上げたとおり、兼松の脈を確かめようとしたとき、気絶させておいた犯人が息を吹き返し、現場へもどって来たんです。それに気づいて、わたしがもう一度応戦しようとすると、その男はまた逃げ出したわけです。あとを追ったところ、今度は現場からだいぶ離れた場所まで、引っ張って行かれました。そのあいだに」

芦田がそれをさえぎり、勝手にあとを続ける。

「そのあいだに、兼松とやらは刺されたことも気づかずに、起き上がって現場を立ち去った、というわけだな」

さすがにうんざりして、三春は椅子の背にもたれた。

「かもしれませんが、少なくとも家には帰っていなかったでしょう」

現場から近い、シャンボール北町の自宅には署員が連絡をとり、兼松一成がもどっていないことを確かめた。

その上で、妻の希里子に事情を説明した、という。

もっとも、兼松が何者かに拉致された形跡がある、とだけしか伝えていない。生死については、今のところ不明、としてあるらしい。

署員の話によれば、当然とはいえ希里子はひどく取り乱して、ただちに夫を捜し出してほしいと、すごい見幕でまくし立てたそうだ。

芦田は、渋い顔をした。

「確かに兼松は、家に帰ってない。しかし、あんたの証言だけで傷害事件、まして殺人事件が発生したなどと、断定するわけにはいかないんだ。今言ったとおり、現場には血痕も争ったあとも残ってないし、コンビニで買い物をしたとかいう、ビニール袋もない。要するに、なんの遺留品もないわけだ。これじゃ、どうしようもないだろう」

「コンビニの店員は、事件の直前に兼松が立ち寄ったことを、認めたのでしょう」

「ああ、それは顔写真で、確認した。しかし、兼松がコンビニに寄ったことと、事件の発生を直接結びつけるものは、何もない。そうじゃないか」

悔しいが、そのとおりだ。

「現場のアスファルトに、靴のこすれた跡がありませんでしたか」

「あったとしても、あんたの言う事件でついたものかどうか、断定はできんだろう」

芦田は、どうだと言わぬばかりに、三春を睨んだ。

三春は、木で鼻をくくったような芦田の対応に、言葉を失った。

芦田が続ける。

「さっき、息を吹き返した犯人がもどって来た、と言ったな」

「ええ」

「ふつうは、気がついたらこっそり逃げ出すのが、常識じゃないか。それを、わざわざもどって来るとは、どういうことだ。何か、理由があったのかね」

三春は、ジャケットのポケットにはいった、USBメモリをそっと押さえた。

「分かりません。わたしが、助けを呼びに行くのを見透かして、財布か何かを奪いにもどったのかも」

「しかし、さっきの話からすると、あんたの不意をついて反撃しよう、としたみたいだ。そうするだけの、わけがあったんじゃないか」

芦田も、だてに係長を務めているわけではなく、鋭いところをついてくる。

もう一度、メモリを押さえる。

そのメモリは、あのとき兼松一成から〈クズワに渡してくれ〉、と託されたものだ。

クズワが、何を意味するかは、まだ分からない。

どちらにしても、今そのことを芦田に明かすつもりは、まったくなかった。

こんな刑事に、だいじな証拠品かもしれないものを、引き渡す義理はない。

「わたしにやられたことが、よほど悔しかったんじゃないでしょうか。不意をついて、やり返そうとしたのかも」

三春の説明に、芦田は首を振った。

「そんな説明じゃ、やはりありもしない事件をでっち上げた、と思われてもしかたがないぞ」

三春は、気分を害したふりをして、きっぱりと言った。

「お忘れかもしれませんが、わたしは公安調査庁の調査官です。嘘の申告をして、救急車を呼んだりはしません」

芦田は、きざなしぐさで、肩をすくめた。

「それは、分かってるさ。しかし、せめて何か手がかりらしいものがないと、捜査にかかれんだろう。そもそも、どうして兼松とやらを尾行していたのか、なぜ理由を言えないんだ」

「さっきも申し上げたとおり、それは職務上の機密になりますから、上司の許可なしにはお話しできません。特に、マスコミには知られたくないので」

芦田は、うさん臭そうな顔で、三春を見返した。

「兼松は、全球連の理事をしているそうだな。あちらがらみの捜査か」

「正しくは、捜査ではなく内偵ですが、兼松を調べていたことは認めます。微妙な問題なので、マスコミには伏せていただきたいんです」

「くどいな、あんたも。おれたちだって、なんでもかんでもマスコミに発表する、というわけじゃないんだ」

不機嫌そうな口調にも、三春はたじろがなかった。

「でも、かならずどこからか、漏れるものなんです」

芦田は少し考え、顎をしゃくった。

「それじゃ、いつになったら話せるんだ」

「今は、なんとも言えません。上司の了解を取れたら、お話しします」

芦田は、わざとらしくため息をつき、煙草を取り出して火をつけた。

取調室は、禁煙になっている。

昔は、容疑者に煙草を与えたりしたものだが、今はその程度でも利益供与とみなされるので、全面禁煙になっているのだ。

灰皿も、置かれてない。

しかし芦田は、いっこうに無頓着だった。

口調を変えて言う。

「兼松を刺して逃げた、というやつのことをもう一度、詳しく聞かせてくれ。年齢三十歳前後、身長百七十センチ、体重六十キロくらい。それだけじゃないだろう」

「色白で、髭のそりあとが青あおとしていた、と申し上げたはずです。そう、頭はスポーツ刈りというのかしら、短めに刈り込んでいました」

「ほら、思い出しただろうが。ほかにもまだ、あるんじゃないか」

鬼の首でも取ったようだ。

「トレンチコートのベルトを、きっちりと締めていたので、服装はよく分かりません。紺か黒のスラックスでしたから、スーツなら上も同じ色だと思います。ただし、ノーネクタイでした」

「一見、何風だ。ヤクザ風とか、サラリーマン風とか」

「ヤクザじゃないと思いますが、まっさらな堅気《かたぎ》にも見えませんでした」

「水商売か、フーゾクってとこか」

「そんな感じですね」

「ところで、そいつを一度気絶させたというのは、どんな手を使ったんだ」

「子供のころから、ずっと空手をやっていたので、とっさに正拳を打ち込みました。それが、たまたまみぞおちにはいって、当て身になったわけです」

「ほう、たまたまね。しかし、相手は間なしに、息を吹き返したんだろう」

「そうです」

「当て身を食らうと、ふつうはしばらく悶絶したまま、起き上がれないはずだがな」

「腕が鈍ったのかもしれません」

そう応じたとたん、三春は思い出した。

急いでバッグに手を入れ、ハンカチで包んだティッシュを取り出して、デスクに置く。

芦田は、疑わしげな目でそれを眺め、三春に視線を移した。

「なんだ、これは」

「このティッシュの汚れは、逃げた犯人の嘔吐《おうと》物です。当て身を食らわせたとき、吐きもどした胃液を、ふき取ったんです。これを調べていただければ、ＤＮＡも血液型も判明しますから、前科があれば身元を突きとめられます」

芦田は眉根を寄せ、機嫌の悪い口調で言った。

「なぜそんなものを、今ごろ持ち出すんだ。もっと早く出していれば、話はとんとん進んだのに」

「失念していたんです。思いがけない展開になった上に、警部補が矢継ぎ早にわたしに質問なさるので、すっかり忘れていました」

自分でも、信じられないことだが、嘘ではなかった。

芦田は、ほとんど信用していない目で三春を見返し、それからティッシュをハンカチごと丸めて、上着のポケットに突っ込んだ。

「こんなだいじなことを、忘れるとはな。捜査のイロハじゃないか」

「ご存じでしょう。わたしたちには、警察のような捜査権も逮捕権もないので、イロハを知らないいんです」

芦田は、いかにも扱いにくい女だ、という顔で三春を睨みつけた。

それは、三春も十分自覚していたが、この手の刑事の言いなりになるのは、まっぴらごめんだった。

芦田が、嫌みな口調で続ける。

「もう一度、バッグの中を調べてみたらどうだ。まだ何か、出し忘れてるものがあるかもしれんぞ」

三春はそれを、無言で受け流した。

芦田は、しばらく靴の爪先で床を叩いていたが、ようやく口を開いた。

「続きを聞こう。そいつが目を覚まして、また逃げるのを追いかけた、と」

しつこいのが取り柄らしく、何度でも同じことを聞いてくる。

三春は、辛抱強く応じた。

「そうです」

「そうしたら、角を曲がったところに車が待機していて、そいつに乗って逃げたんだな」

「ええ。仲間が待っていたのか、自分で運転していたのかは、断定できません。ただ、あのすばやい発進からすると、仲間が待っていた可能性が高い、と思います」

「で、車のナンバーは見そこなった、と」

「残念ながら」

芦田は引き出しをあけ、中から地図を取り出して、デスクに広げた。

光中央署管内の地図だった。

「これが練馬区北町二丁目の信号で、ちょっと東へはいったここらあたりが、事件があったと称する現場だ」

いちいち、言うことが気にさわる。

芦田は、煙草を挟んだままの指で地図を示し、じろりと三春を見た。

「その男は、ここからどっちの方角へ逃げて、どっから車に乗ったんだ」

三春は地図を引き寄せ、その箇所を示した。

「ここから、こういうルートで逃げて、ここで車に乗りました」

芦田が、地図を引きもどす。

「すると距離は、ざっと百五十メートルってとこだな。全力疾走すると、かなりこたえるだろう」

「こたえました」

「犯人は、陸上の選手か」

三春は、苦笑した。

「かもしれませんね。確かに足が速かったから」

「逃げられたあと、あんたは歩いて事件現場にもどったわけだな」

「ええ。すっかり、息が上がったので」

「現場から追い始めて、またもとの現場へもどるまでに、どれくらい時間がかかった」

少し考える。

「四、五分はかかったと思います。車が発進したあと、その場でしばらく息を整えましたし、帰りはすごく長く歩いた気がしましたから」

「だとすれば、そのあいだにだれかが現場から兼松を車に乗せて、運び去る時間はあったな」

芦田が、ようやくまともなことを言ったので、三春はほっとした。

同時に、ふと思いついたことを、口にする。

「車に乗って逃げた犯人が、別の道からわたしより先に現場へ舞いもどって、兼松を回収したという可能性も、ありますね」

　確かに、ありうることだ。

　芦田も、虚をつかれたように体の動きを止め、眉根を寄せた。

　それから、煙草をぽとりと床に落として、踏みにじった。

「まあ、だれかが運び去ったと仮定すれば、その可能性もあるな」

　しつこい上に、負けず嫌いらしい。

　急に疲労を感じて、三春はため息をついた。

「今夜はこれくらいにして、続きはあしたにしていただけませんか」

　芦田が、ぐいと唇を引き結ぶ。

「あんたが、よけいな通報さえしなければ、おれは宿直室で朝までゆっくり、寝ていられたんだ。これはあんたが、自分でまいた種じゃないか」

「すみません。もしかすると、警部補が言われたとおり、わたしは夢を見ただけかもしれませんね」

　芦田は、鼻で笑った。

「今さら、そりゃないだろう。あしたの朝、あんたの上司のＭＢＳ室長とやらに報告して、詳しい話をする許可を取ってくれ。こっちも、近隣の警察署や病院に手配して、被害者と加害者の発見に努める」

そう言ってから、また付け加える。

「被害者と加害者が、いるとしてだがな」

7

「新聞には、何も出ていなかったがね」

棚橋嘉人はそう言って、眼鏡の縁を人差し指で押し上げた。

殿村三春は、少し胸を張った。

「朝刊の締め切りが、過ぎていたからだと思います。そうでなくても、被害者が現場から消えてしまったので、警察は当面発表を控えるかもしれません。なにせ、事件発生を裏付ける証拠は、わたしの証言だけですから」

朝一番で、ＭＢＳ室長室の応接セットにすわり込み、手短に前夜の出来事を報告したところだった。

棚橋が、不機嫌な顔で言う。

「被害者が消えたのに、どうして救急車なんか呼んだのかね。呼ばなければ、光中央署にも連絡が回らなかったし、事件にならなかったはずだ」

「被害者がいなくなったのは、救急車を呼んだあとなんです。一一九番にかけたとき、自分の身元を明らかにしてしまったので、そのまま消えるわけにいきませんでした。被害者が、致命傷に近い傷を負っていることは、間違いなかったですし」

棚橋は渋面をこしらえ、ソファの背にどさりと体を預けた。

「兼松を尾行していたことを、担当刑事に話したわけだな」

「はい」

「ただ、通りすがりに犯行を目撃して救急車を呼んだ、と言っとけばよかったのに」

何ごとによらず、いつも口先だけで糊塗《こと》しようとするのが、この男のやり方なのだ。

「それはどうでしょうか。わたしは、短時間ながら犯人の意識を奪って、念のため嘔吐物も採取しました。それを渡したおかげで、わたしが虚偽の申告をしたわけでないことが、立証されたんです」

「言ってみれば、それもよけいなことだったんだ。公安調査官は、おまわりじゃないんだからな」

「そのときは、被害者がいなくなるなどと、考えもしなかったものですから」

辛抱強く反論しながら、三春はむしろそれを楽しみつつある自分を、意識した。

棚橋の、いらいらする様子を見ることに、意地の悪い快感を覚える。

棚橋は、おおげさにため息をついた。

「兼松を尾行していた、と警察に告げたのはまずかった。しかし、その理由を明かさなかったので、まあよしとしておこう」

「ただ兼松が、全球連の理事だという事実を認めてしまいましたから、北朝鮮がらみの内偵であることは、察しがついたと思います」

棚橋がソファから、つと背を起こす。

「クルパジャがからんでいることは、しゃべってないだろうな」

「それについては、何も話していません」

三春の答えに、棚橋はほっとしたように、またソファに背をもどした。

「それで、どうなんだ。兼松が生きている可能性はあるのか、ないのか」

「心臓のあたりを一突きですから、ショックで即死してもおかしくない状況でした。わたしが様子を見たときは、まだわずかに息がありましたが、意識はなかったと思います。すぐに病院に運び込まないかぎり、そう長くはもたない感じでした」

「今朝までのあいだに、光中央署からなんの連絡もないんだな」

「ありません。兼松が、どこかの病院に運び込まれていれば、かならず警察に連絡がはいるはずです。その知らせがない以上、もはや生きている可能性はない、とみていいでしょう」

「どこかに捨てられるか、埋められるかしたわけか」

三春が答えずにいると、棚橋はちょっとしらけた様子で、先を続けた。

「きみは、だれが兼松を運び去った、と思うね」

「正直なところ、分かりません」

「兼松を刺した男の仲間、ということは考えられないかね」

「その可能性が高いことは、確かです。ただ、その仲間が近くにいたのなら、最初にわたしが犯人に駆け寄ろうとした時点で、加勢に出て来るのが普通じゃないでしょうか。そこがちょっと、引っかかります」

そうした方が、はるかに事が簡単だ。

殺さぬまでも、邪魔な三春の抵抗力を奪ってしまえば、楽に目的を果たすことができたはずだ。

なぜ、そうしなかったのだろう。

そのかわり、三春の二度目の追跡を振り切った犯人は、仲間に拾われたその車で先に現場にもどり、瀕死の兼松を運び去った。

そう考えるのが、やはり妥当なように、思えてくる。

いずれにしても、一味はひそかに何かを奪い取るつもりで、兼松を襲ったに違いないのだ。

そして、その何かとは兼松が三春に託したＵＳＢメモリ、とみてよいだろう。

棚橋が、少し体を乗り出す。

「どうしたんだ。何か、思い出したことでも、あるのか」

三春は、メモリがはいったポケットから手を離し、紙コップを取った。

まずい茶を一口飲み、おもむろに言う。

「ちょっとしたことですが、兼松は意識を失う前に人の名前らしきものを、口にしたんです」

棚橋の目を、好奇心の色がよぎる。

「人の名前。どんな名前だ」

「クズワという風に、聞き取れました」

「クズワ。そんな名前は、聞いたことがないぞ。地名じゃないのか」

「自宅のパソコンで調べたかぎりでは、全日本女子バレーボールチームの監督を務めた中に、葛和某《なにがし》という人がいます。葛飾区《かつしか》の葛に、平和の和と書いて、クズワと読むんですけど」

「葛和ねえ。バレーには興味ないし、聞き覚えがないな」

「ともかく、人の名前と考えて差し支えない、と思います」

「兼松は、きみに刺した男の名前がクズワだ、と伝えようとしたんじゃないか」

三春は、考えるふりをした。

「かもしれませんね。どちらにしても、調べてみる価値があるでしょう」

棚橋も、むずかしい顔をこしらえて、二度うなずく。

「そうだな。とりあえず、兼松の奥さんとかパチンコ店の従業員、全球連の理事あたりに聞くのが、手っ取り早いだろう」

それから、三春を見て続けた。

「兼松が、クズワという名前を口走ったことは、光中央署の連中に話したのか」

「いいえ、話していません。わたしの言うことに、最初から半信半疑の様子でしたので」

三春の返事に、棚橋は満足そうにうなずいた。

「それでいい。めどがつくまで、手の内を明かす必要はない」

「実は午後から、また光中央署へ事情聴取を受けに、出頭する約束になっています。兼松を、どのような理由で内偵していたのか、芦田警部補に厳しく追及されるでしょう。ゆうべは、上司の許可を取る必要がある、と言って突っぱねましたが、どうしましょうか」

棚橋は、下唇を親指と人差し指でつまみ、軽くしごいた。

「全球連の一部の理事、つまり北朝鮮系の理事が非合法に、祖国へ送金している疑いがあるので、それを内偵するために尾行していた、と言っておけばいい」

そんなところだろう、と三春も思う。

「それ以上は、公安調査庁長官に聞いてください、と言います」

棚橋は笑い、それから念を押すように付け加えた。

「間違っても、クルパジャの名前は出さないようにな」

「分かりました」

ソファを立って頭を下げ、急ぎ足で室長室を出る。

席にもどると、ほかの室員は全員出払っていた。人数が少ないのでみな忙しく、ほとんど席の温まる暇がないのだ。

かたちばかり、パソコンの電源を入れる。

USBメモリのことを、棚橋に報告しなかったのは、誤りかもしれない。ただ、ほかの室員も多かれ少なかれ、棚橋を煙たがっている。そのため、報告の一部を省略するケースも、けっこう多いのだ。

三春が、出庁前に自宅のパソコンで調べたところ、メモリに記憶された文書のタイトルは、〈特別調査費帳簿〉となっていた。なぜか、そのタイトルが読み出されただけで、肝腎の中身は見られなかった。

呼び出すための、パスワードが分からないからだった。

それは別としても、タイトルの〈特別調査費〉というのが、気になる。

予算化された費目なら、多くの省庁に〈調査活動費〉という、正式の名称がある。それが〈特別調査費〉となれば、表に出ない裏帳簿の疑いが出てくる。

名称こそ違え、どの省庁にもその種の裏帳簿が、存在している。したがって、〈特別調査費〉というだけでは、どこのものとも断定できない。

ただ、兼松が理事を務める全球連に、警察ＯＢの天くだりが多いことを考えれば、警察関係の裏帳簿ではないか、と考えたくもなる。

もっとも、そんなものをなぜ兼松が持っていたのか、という疑問は残る。

そもそも、棚橋は三春に兼松の内偵を命じたとき、警察筋からの情報に基づくものだ、とほのめかした。

確証はないが、先日公共安全情報連絡会議で一緒だった、警察庁長官官房首席審議官の小湊広秋が、情報源ではないかという気がする。

あのとき小湊は、さしてクルパジャに興味なさそうな様子を見せつつ、ジム襲撃の原因になった薬物の混入経路について、熱心に解説していた。

小湊が棚橋に耳打ちして、兼松とクルパジャの関係を探らせようとした可能性は、大いにあると思う。

芦田秋五警部補とは、午後二時に光中央署で会うことになっていた。

三春は早めに昼食をすませ、電車を乗り継いで東武東上線の東武練馬へ向かった。

芦田に会う前に、兼松の妻希里子を訪ねて、話を聞くつもりだった。

電車の中でも、あれこれ考えをこねくり回す。

兼松を刺した男は、自宅のあるシャンボール北町のすぐ近くで、待ち伏せしていた。状況からして、そうとしか思えない。

しかし、何時に帰って来るか分からぬ男を、暗がりで何時間も待つなどということが、ありうるだろうか。通常は、考えられないだろう。

もっとも、兼松を尾行する三春を二重に見張る仲間がいて、犯人に携帯電話で帰りの時間や、道筋をその都度通報したというのなら、話は別だ。

その場合、犯人も三春の存在を承知しているはずだから、目の前でいきなり兼松を刺し殺し、何かを奪い取ろうとするという展開は、不自然だろう。

それくらいなら、犯人が当てもなく待ち伏せしているところへ、おりよく兼松がもどって来たと考える方が、まだましのように思える。

ともかく、不審なことだらけだ。

東武練馬駅から、歩いてシャンボール北町へ向かう。

マンションの近くまで来たとき、道路を北の方から走って来たパトカーが、すぐそばで停車した。

助手席から巡査がおり、後部座席のドアをあける。

車から出て来た女を見て、三春は足を止めた。

兼松の尾行を始めた日に、一度だけその女が一緒に池袋の店へ出るのを、目にした覚えがある。

そばで見るのは初めてだが、兼松の妻希里子に間違いない。

どうやら希里子は、光中央署へ行っていたらしい。

希里子が、走り去るパトカーをちらりと見送り、マンションの入り口に向かうのを待って、三春は声をかけた。

「兼松さんの奥さんでいらっしゃいますか」

希里子は、首筋につぶてが当たったように、びくりとして向き直った。

三春は、安心させるために身分証明書を開きながら、そばに行った。

「突然お声がけして、すみません。わたしは、公安調査庁の殿村という者ですが、少しお時間をいただけませんか」

希里子は、とまどった顔で、三春を見返した。

「どういうご用件でしょうか」

美人には違いないが、バー〈杉の子〉の小田島稔が見せてくれた、例の記念写真の雰囲気ほどには、若くない。

わざとらしいほど地味な、グレーのワンピースに同色のカーディガンを着た女で、同い年のはずの自分より、年上に見える。

「ご主人の件で、お尋ねしたいことがあるのです」

それを聞いて、希里子の顔が険しくなった。

「主人のことでしたら、今光中央署で担当の芦田警部補に、全部お話ししましたけど」

「わたしは、警察の者じゃないんです。ゆうべ、ご主人が刺されたとき現場近くにいて、刺した男を目撃した者です」

三春が言うと、希里子はめまいがしたように足元をふらつかせ、白いハンドバッグをぎゅっと握り締めた。

「とおっしゃると、救急車を呼んだかたですか」

「そうです。ただ、救急車が来る前にご主人の姿が、消えてしまいまして」

それを聞くと、希里子は三春を逃がすまいとするように、腕をつかんだ。

急《せ》き込んで言う。

「ちょっと、お上がりになりませんか。ゆっくり、お話をうかがいたいので」

そのまま身をひるがえし、目の前の白い瀟洒《しょうしゃ》なマンションに向かって、のめるように駆け出す。

三春は、エントランスにはいって行く希里子を、あわてて追いかけた。

希里子が、操作盤にキーを差し込んでドアをあけ、エレベーターホールに向かうあとから、小走りについて行く。

兼松の部屋は、六階の六〇五号室だった。

希里子は、何度もドアの鍵穴をがちゃがちゃいわせ、ようやく解錠した。

中へはいろうとして急に声を上げ、その場に凍りついたように立ちすくむ。

「どうしたんですか」

三春が、そう言いながら肩越しにのぞくと、一・五メートル四方ほどの広い玄関に、パンプスや男物の靴、サンダル、ジョギングシューズなどが、散乱しているのが見えた。

壁際の、シューズボックスの戸が開いており、中のものをそこへぶちまけたようだ。

それだけではない。

奥へ続く廊下の、物入れらしき扉が全部あけ放たれ、本や段ボール箱その他のがらくたが、竜巻にでも飛ばされたように、散らばっているのだった。

「だ、だれがこんなことを」

希里子は、そのまま絶句した。

とっさに三春は、何者かがこの居室を家捜ししたのだ、と直感した。

茫然《ぼうぜん》と立ち尽くす、希里子の肩に手をかける。

「すぐに、光中央署の芦田警部補に連絡して、ここへ来るように要請してください。きっと、家中がこの状態だと思います」

「は、はい」

希里子は、あわてて携帯電話を取り出すと、指で操作を始めた。すでに番号が、登録されているらしい。

何度も押し間違えたあと、やっと相手につながる気配がした。

三春は、希里子にうなずきかけて、携帯電話を渡してもらった。

耳を当てると、ぶっきらぼうな声が返ってくる。

「どうしたんですか、奥さん。忘れものですか」

芦田の声だった。

三春は、一息に言った。

「公安調査庁の、殿村です。今、兼松さんの奥さんと一緒に、ご自宅にはいったところです。家の中がめちゃめちゃに、荒らされた形跡があります。すぐに、来ていただけませんか」

「なんだと。奥さんは今まで、うちの署にいたんだぞ」

「その不在のあいだを狙って、家捜しされたようなんです」

芦田は、それを無視した。

「どうしてあんたが、そこにいるんだ」

「そちらへうかがう前に、奥さんのお話を聞こうと思って来たところへ、ちょうど奥さんがもどって来られたんです」

「奥さんは、二時間ほどしか署にいなかった。往復にかかる時間を入れても、不在にしたのはせいぜい、二時間半だぞ。そのあいだに、だれかが家捜ししたというのか」

嚙みつくような芦田の声に、三春は受話口から少し耳を離した。

「そのようです。ともかく、すぐにこちらへお願いします」

通話を切る。

8

殿村三春は、兼松希里子の背を押すようにして、玄関から廊下に上がった。

散乱した履物、廊下を埋め尽くす本やがらくたは、光中央署員が駆けつけて来るまで、そのままにしておくことにする。

リビングルームも、テーブルや応接セットこそ無事だったが、キッチンの引き出しやサイドボードの開き戸は、全部中身が床に投げ出されていた。

念のため、希里子にもいっさい手を触れないように、言い含めた。

「十分かそこらで、芦田警部補が来ると思います。現場を荒らさないように、立ったままでいましょう」

三春は言ったが、希里子は耳にはいらないように、聞き返してきた。

「だれが、だれがこんなことを、したんですか」

「ゆうべ、ご主人を襲った連中のしわざかもしれません」

希里子は唇を震わせ、途切れとぎれに言った。

「主人がゆうべ、ナイフで胸を刺されたというのは、ほんとですか」

「ええ。わたしが、この目で見ましたから」

希里子の喉が、ゴルフボールでも飲み込んだように、大きく動く。

「もう、死んでいたんですか」

そのむきつけな問いに、少したじろぐ。

「いいえ、まだ息はありました。ただし、かなり深い傷でした。すぐに病院に運べば、あるいはと思ったんですが」

希里子は、バッグからハンカチを取り出して、目がしらを押さえた。

「夫はいったい、どこへ連れて行かれたんですか。ひとに恨みを買うようなことは、何もしていないのに」

三春は、さりげなく腕時計を確かめた。

ぐずぐずしていると、芦田秋五警部補が来てしまう。

希里子の肘をとらえ、さりげなく質問した。

「つかぬことをお尋ねしますが、奥さんはクズワという名前の人物に、お心当たりはありませんか」

あまりに唐突すぎたせいか、希里子は肩を揺らして足を踏み替え、ハンカチの陰から三春を見た。

「クズワ。クズワですか。いいえ、知りませんけど」

「ご主人の口から、クズワという名前をお聞きになったことは、ありませんか」

念を押すと、希里子は少し考えてから、首を振った。

「ありません。耳慣れない名前ですから、聞いたら忘れないと思います。でもその人が、どうかしたんですか」

「ほかでちょっと、ご主人がその名前を口にしたことがある、と聞いたものですから」

三春はごまかし、すぐに話題を転じた。

「ご自宅に、家捜しされるようなだいじなものを、何か置いておられますか。ことに、ご主人がとてもだいじにして、どこかにしまっておられたようなものは、ありませんか」

希里子は、視線を宙に浮かせてしばらく考え、力なく首を振った。

「そういうものは、ないと思います。主人はいたって無趣味でしたし。だいじにしていたといえば、亡くなった両親の写真くらいでしょうか」

三春は、一呼吸おいた。

「念のためお尋ねしますが、ご主人は在日二世でいらっしゃいますよね」

「はい」

答えた希里子の目に、わずかな警戒の色が浮かぶ。

「お付き合いのあった、同胞のみなさんの中にご主人と特に親しいかたが、どなたかおられませんか。全球連の理事でいらっしゃるので、そちらの関係は数が多いでしょうから、省いていただいてかまいません」

「つまり、プライベートなお付き合い、ということですか」

「そういうことになりますね」

希里子は、にわかに鼻孔をふくらませて、ハンカチを下ろした。

探るような目で、三春を見返す。

「理事のみなさんは別として、パチンコ業界には親しい同胞が、何人かいますけど」

「業界関係じゃなくて、ほかにいませんか」

希里子は考えるか、考えるふりをした。

「さあ、あまり詳しくは、知りません」

「檜垣健次郎、という名前に心当たりは」

前触れなしに突っ込むと、希里子の目に動揺の色が走った。

「檜垣、健次郎ですか」

希里子は、明らかに時間稼ぎのために、繰り返した。

「ご存じのはずです。檜垣さんは、〈レッドポニー〉からそれほど離れていない、アルテミール池袋というマンションに住んでいる、と聞いています」

希里子の視線が揺れる。

「ええと、はい。以前、主人から檜垣さんの名前を、聞いたことがあるかも」

「檜垣さんの奥さんの、さなえさんをご存じですか」

それを聞いたとたん、希里子の目にめらめらと炎が燃え立った。

「わたしは知りませんが、主人は檜垣さんも奥さんもよく知っている、と思います」

ほとんど、投げつけるような口調だった。

希里子が、夫と檜垣さなえの仲を疑っている、という小田島稔の話はほんとうらしい。

「ご主人と檜垣さんは、どういうお付き合いなんですか」

「さあ。ときどき、二人で競馬に行ったりは、してるようですけどね」

小田島の話では、兼松は檜垣の競馬狂いについて、さなえが愚痴をこぼすのを、聞いてやっているとのことだった。

「ご主人は」

三春が言いかけたとき、インタフォンが鳴った。

モニター画面に、芦田秋五の顔が大写しになる。

「芦田です。あけてください」

希里子が、救われたようにモニターのところへ行き、返事をして解錠ボタンを押した。

それ以上、希里子に質問するチャンスは、失われた。

二時間後。

三春は芦田と、前夜と同じ光中央署刑事課の取調室に、デスクを挟んで向かい合っていた。

「警察の、ちょっとした隙をつくなんて、連中もなかなか大胆ですね」

三春が言うと、芦田はそれを敏感に皮肉と感じ取ったらしく、唇をねじ曲げた。

「兼松の所在を突きとめるのに、体のあいた署員を全部投入したからな。まさか、だれかがマンションへ押し込むとは、思わなかった」

「奥さんには、署から迎えの車を出したんですか」

「ああ、出した。あまり、パトカーの送り迎えは好ましくないが、一般車両が出払っていたからな」

「そのとき、巡査をエントランスに一人でも残しておけば、あんなことにはならなかったのに」

率直に言ったが、芦田はあからさまに聞こえないふりをして、煙草に火をつけた。

「ともかく、これでいくつかのことが、明らかになったわけだ。ゆうべ兼松を襲ったやつは、兼松から何かを奪い取ろうとしてたんだ。ところが、あんたという邪魔がはいって、失敗した。それで、兼松を拉致する手段に出たわけだが、結局やつは狙ったものを持っていなかった。その結果、今日の家捜しになった、ということだろう」

なるほど、一応筋道が通っている。

「ただ、そのものが狙いなら何もいきなり刺さずに、何人かで襲って車に押し込む方が、ずっと簡単でしょう。証拠が残る恐れもないし、車の中でゆっくり調べられるわけですから」

三春が反論すると、芦田は野放図に煙を吐いて、灰を床に叩き落とした。

「どっちみち、兼松を始末するつもりだったんだろう。それで、単なる物盗り強盗のしわざに見せかけようとした、ということさ」

三春は手を振って、露骨に煙を避けた。

「問答無用で刺したのは、兼松が目的のものをいつも持ち歩いている、と認識していたからでしょう。どうして、それほど確信があったのか、不思議だわ」

「兼松は、肝腎のものを持ってなかったが、自宅マンションの鍵は持っていた。だから、連中は時をおかず家捜しに踏み切った、ということだな」

「どこか近くから、様子をうかがっていたんですね。奥さんは、迎えのパトカーで行ってしまう。見たところ、立ち番の巡査もいない。それで、押し込むことにしたんでしょう」

芦田が、憮然《ぶぜん》とした顔になる。

「連中は、エレベーターを使っていない。監視カメラを避けるために、わざわざ階段をのぼったんだ。管理人も、ゴミ置き場の掃除でいなかったし、目撃者はゼロだ。階段や廊下には、カメラがついていないから、どんなやつらが何人で来たのか、はっきりしない。用心深い連中だよ」

そのとおりには違いないが、どうも釈然としないものがある。

芦田は煙を吐き、独り言のように先を続けた。

「それにしても、連中は家捜しまでして兼松から、何を奪おうとしていたのかな」

少し間をおき、三春は口を開いた。

「家捜しの結果、彼らが目的のものを見つけて持ち去った、という形跡はありましたか」

「奥さんの話じゃ、金目のものには手がつけられていない。なくなったのは、デスクの上のパソコンと、そのまわりにあったメモリカードとかの、記憶メディアだけらしい。奥さんは、パソコンをやらないので、詳しいことは分からない、と言ってるがね」

ポケットに入れたままの、例のUSBメモリが急に重くなったような気がして、三春はすわり直した。

「すると、彼らが捜していたのは何かのデータ、ということでしょうか」

「そうなるだろうな。連中が捜しているのは、兼松が身につけて持ち歩けるような、小さいものだ。USBとかメモリカード、とみて間違いあるまい」

それにしても、あのおおぎょうな家捜しのやり方は、どんなものだろう。まるで、麻薬か覚醒剤でも、捜しまくったようではないか。

芦田が、にわかにデスクに肘をつき、顔を寄せてくる。

「その記憶データと、あんたが兼松を尾行していたことと、何か関係があるのか」

三春は、上体を引いた。

芦田の襟元から、ぷんと漂ってくる煙草のにおいが、吐き気を催《もよお》させる。

芦田は、追い討ちをかけた。

「答えられないなら、そろそろ兼松を尾行していた理由を、聞かせてもらおうか。上司の許可を取る、と約束したはずだぞ」

約束した覚えはないが、あまりかたくなになりすぎても、先ざき具合が悪いだろう。今後情報を取るにも、支障が出る恐れがある。

「全球連の理事たちのうち、北朝鮮系の理事が非合法な手段で、祖国へ送金している疑いがあります。それを内偵するため、疑わしい理事を公安調査官が手分けしながら、尾行しているわけです」

芦田は表情を変えず、じっと三春の目を見つめた。

三春も同じく、芦田の目を見返す。

ここで目を伏せたりしたら、嘘を見抜かれてしまう。

芦田は、やおら上体を椅子の背にもどすと、長くなった煙草の灰をやけにていねいに、床にばらまいた。

「非合法送金ねえ。どんな手段で、だ」

「それが分からないから、内偵してるんです。証拠がみつかったら、警視庁公安部に通報します」

芦田の目が光る。

「なぜ、本庁なんだ。うちの署にも、警備課の公安担当がいるぞ。兼松は、管内の住民だしな」

今どき縄張り争いとは、笑わせてくれる。

三春は、肩をすくめてみせた。

「そのときは、併せてこちらにも、ご報告します」

「連中が奪おうとしてるのは、その非合法送金に関する極秘情報じゃないのか」

「かもしれません。もし、犯人一味がつかまった場合は公調にも、その極秘情報を提供していただけますか」

しらじらしいのを承知で、そう言ってみる。

芦田は、まんざらでもなさそうに、うなずいた。

「まあ、内容によってはな」

三春は、気を悪くしたような顔をこしらえたが、内心は笑いたい気分だった。

まじめな口調で言う。

「ともかく、兼松の行方《ゆくえ》が分からなくなった以上、内偵を続けることはできません。捜査に進展がありましたら、その都度ご連絡いただけますか。たとえば、マンションに押し込んだ連中の目撃情報とか、盗まれたパソコンが出てきたとかいう話があれば、こちらも捜査に協力できるかもしれません」

芦田が、口の中で唸《うな》るように何か言ったので、話は終わったと判断した。

立ち上がったとたん、芦田が唐突に口を開く。

「まだ、聞いてないことがある」

「なんでしょうか」

「ゆうべ、兼松が現場で刺されるまでの、足取りさ。あんたは、ずっとやっこさんのあとをつけてたんだから、詳しく承知しているはずだ」

三春は、ゆるゆるとすわり直した。

この刑事は、いやな男には違いないが、ばかではない。

昨夜兼松は、JR池袋駅のホームで檜垣さなえと落ち合い、新宿へ回った。

新宿三丁目の〈昌寿司〉で寿司を食べ、近くのバーで小一時間飲んだあと、明治通りの裏手のラブホテルにはいった。

考えながら、三春は言った。

「兼松は、夜八時過ぎに〈レッドポニー〉を出て、池袋駅で女と落ち合いました」

「どこのだれだ。知ってる女か」

「わたしは知りませんし、兼松とどういう関係かも分かりません。女は、くろうとかもしれません。デートクラブか何かの」

「どんな女だ」

正直に、さなえの外見や服装を、言って聞かせる。

嘘をついても、いずれ立ち回り先に確認をとれば、分かることだ。

ただし、檜垣さなえと正確に特定するまでには、時間がかかるだろう。

それに、三春がさなえを知っているという証拠は、何もない。

少なくとも、小田島稔以外は。

光中央署を出たとき、下着が気持ち悪いほど冷や汗で、濡れていた。

9

総務部の隅の、空きデスクの上に置かれた黒電話が、突然鳴り出した。

ベテランの女子社員、鍬形博美《くわがたひろみ》があわてた様子で席を立ち、受話器を取る。

村野滋之はちらり、と博美に目を向けた。

その電話は、総務部員が緊急時に外部との連絡に使用するもので、外からかかってくることはめったにない。

広告会社全通では、セクションごとに代表番号が割り当てられており、外からの電話はそこにかかってくるのが、普通なのだ。

受け答えをしていた博美が、送話口を押さえて向き直り、村野に声をかける。

「次長。こちらに、マツミヤさんというかたから、お電話がはいってますけど」

村野は、背筋を伸ばした。

「ぼくにか」

まさか、自分への電話とは思わなかったので、ちょっと焦る。

だいいち、マツミヤという名前に、心当たりはない。

未知の人物が、緊急用の電話に名指しでかけてくるとは、どういうことだろう。

とまどいながら、村野は席を立って博美のところへ行き、受話器を受け取った。

一息入れて応じる。

「もしもし、お電話代わりました」

「お呼び立てして、すみません」

耳に届いたのは、きびきびした女の声だった。

「はあ」

ますますとまどい、言葉が続かない。

女は続けた。

「わたくしは、公安調査庁の監察審議官をしております、マツミヤアキコと申します。総務部次長の、村野滋之さんでいらっしゃいますか」

公安調査庁と聞いて、頭が混乱する。

名称と存在は知っているが、公安調査庁とは業務上も個人の立場からも、まったくつながりがない。

切り口上で応じる。

「確かに村野ですが、どういうご用件でしょうか」

「突然お電話して、申し訳ありません。実は、先日起きたラゴス公使館のカジノ事件について、お話をうかがいたいのです」

いきなり、ラゴス公使館の名前を出されて、村野はぎくりとした。

あの事件のあと、ラゴス公使館の分室には行っていないし、先方から連絡もない。

自分としても、なかったことにしたいくらいなのだ。

しかし、相手は関係者以外に知らないはずの、例の秘密カジノの存在を把握しており、さらに問題の事件についても先刻承知、という口ぶりだ。

いや、単にかまをかけているだけ、ということも考えられる。

時間を稼ぐために、意味もなく聞き返した。

「とおっしゃいますと」

「お分かりでしょう。村野さんが、あの秘密カジノの会員だったことは、よく承知しております」

決めつけられて、村野は唾をのんだ。

あのとき、公使館のアグスティン・カンポスは、カジノのことも事件のことも、決して外部に漏らさないよう、会員たちに強く要請した。

それさえ守れば、いっさいの秘密を闇に葬《ほうむ》るので、安心してほしいと請け合った。

むろん、どの会員も異を唱《とな》えることなく、カンポスの要請に従うと約束した。

にもかかわらず、マツミヤアキコと名乗る相手の女は、確かにその秘密を嗅《か》ぎつけており、村野が会員だったことまで把握している。

いったいどこから、情報を入手したのだろう。

警戒心が頭をもたげ、受話器を握り直す。

「ご用件を、おっしゃってください」

つい、声が硬くなった。

それにかまわず、相手は先を続ける。

「詳しいことは、お目にかかったときに、お話しいたします。急で申し訳ありませんが、これから三十分ほど、お時間をいただけませんか。だいじな用件ですので」

口調はていねいだが、うむを言わせぬ押しの強さがある。

「これからですか」

反射的に聞き返して、村野は壁の時計を見た。

午後三時二十四分だった。

答えあぐねていると、相手がさりげなく言う。

「この件がおおやけになると、村野さんご自身にもあまりいい結果にならない、と思いますが」

それは遠回しな、というよりむしろ露骨な、脅し文句だった。

考えている余裕はない。

マスコミに漏れたりしたら、会社としても放置するわけにはいかないだろう。指摘されたとおり、村野にとって好ましくない結果になる恐れがある。

相手が、なぜあの一件を承知しているのか、またそれによって何をするつもりなのか、聞き出さなければならない。

そのためには、会うしかないだろう。

もう一度、受話器を握り直した。

「分かりました。今、どちらですか」

「そちらのビルの、西口玄関の前のベンチです。わたしは、黄色いコートを着ています」

どうにも、いやな気分になる。

相手はすでに、下に来ているのだ。これでは、逃げるにも逃げられない。

「それじゃ、五分後に」

村野は受話器を置き、露骨に好奇の目を向けてくる博美を無視して、席にもどった。上着を取り、白板の自分の欄に〈十六時半もどり〉と書いて、総務部のフロアを出る。

西口玄関におりると、ガラス越しに正面の植え込みのベンチにすわる、黄色いコート姿の女が、目にはいった。

玄関を出るより早く、なぜか女はすぐに村野を見分けたらしく、すっと立ち上がった。

癖のない、肩先までの髪を頭頂で二つに分けた、三十代後半から四十代前半くらいの、大柄な女だった。

特に目を引くところのない、ごく平凡な顔立ちの持ち主だ。もしかすると、変装用ではないかと思われるほど場違いの、黒縁の眼鏡をかけている。

女は、村野本人かどうか確かめようともせず、ハンドバッグを探って名刺を抜き取り、差し出してきた。

「アポイントもなしに、突然お訪ねしてすみません」

いやも応もなく、村野も名刺を渡す。

女の名刺には、公安調査庁総務部付監察審議官、松宮亜樹子《まつみやあきこ》とあった。まったく、心当たりのない名前だ。

「どこかこの辺に、あまり会社のかたと出くわさないような、喫茶店でもありませんか」

亜樹子に言われて、村野は表通りの先を指で示した。

「三分ほど離れたところに、古くてかび臭い喫茶店があります。そこなら、だれも来ないでしょう」

全通は、外堀《そとぼり》通りをはいった赤坂通りに面しており、村野の言った喫茶店〈ミラボー〉は、通りを渡った裏の路地にある。

店は、いつものようにかび臭く、客はだれもいなかった。

一目で、長いあいだ地上げを拒否してきたことが分かる、ビルの谷間の古い建物だ。

すでに、七十代後半と思われるマスターが、店を切り回している。

マスターは、テレビの国会中継を見るのに夢中で、客が来たのが迷惑そうだった。

出てきたコーヒーは、ぬるい上にひどく苦かった。

亜樹子が、前置きなしに切り出す。

「ラゴス公使館分室の、秘密カジノでの出来事をできるだけ詳しく、お話ししていただけませんか」

村野が拒絶することなど、考えてもいないという口調だ。

しかし、村野としてもこのごり押しに近い女の要求に、おとなしく応じるのは業腹だった。いくらかでも、抵抗の姿勢を見せなければならない。

「松宮さんは、どこから秘密カジノのことを、お聞きになったんですか。それに、わたしがそこの会員だ、ということも。公使館では、厳重に情報管理をしていたはずですが」

「情報源については、申し上げられません」

にべもない口調だ。

「せめて、公安調査庁がなぜあのトラブルに、特別な興味を抱いておられるのか、教えていただけませんか。あれは、あくまでラゴス公使館内部での遊びですから、日本国内の法律を適用することはできない、と理解していますが」

村野が言うと、亜樹子は唇の端をわずかに持ち上げ、そっけなく応じた。

「それはもちろん、承知しています。ただ、お電話でも申し上げたように、この一件がおおやけになると、お困りになるのは村野さんじゃありませんか」

たび重なる脅しに、さすがにむっとする。

「それは、公務員による一般市民への脅迫、と取られかねませんよ」

「どう受け取っていただいても、けっこうです」

取りつく島もない、冷ややかな返事だった。

高い壁に向かって、一人でしゃべっているような錯覚を覚え、村野は小さくため息をついた。

　ぬるいコーヒーを飲み、ようやく覚悟を決める。

「何からお話しすれば、いいんですか」

「そのカジノに、村野さんが出入りするようになったきっかけから、先日起きた事件のてんまつまで、順を追って詳しく聞かせてください」

　それを聞くまで、村野を解放するつもりはないらしい。

　こうなったら、できるだけ早く終わらせるしかない。

　大学時代の友人の紹介で、カジノに出入りするようになったことから始めて、鴨下郁代と知り合ったいきさつまでを、ざっと説明する。

　亜樹子は口を挟まず、黙って先を促した。

　しかたなく、郁代をカジノに紹介するつもりで連れて行き、最後の最後にとんでもない展開になったことを、正直に話す。

　聞き終わると、亜樹子は質問した。

「その鴨下郁代という女性は、最初マクヒュー・インコーポレーテッドなる貿易商社に、勤務していると言ったんですね」

「そうです。現に、わたしがその会社に電話したときには、確かに在籍していました。電話に出た同僚の女性が、鴨下はただ今外出しております、と言いましたから」

「だとしても、あなたが知り合った鴨下郁代と、マクヒューに勤める鴨下郁代とが、同一人物とは限らないでしょう」

亜樹子の言葉に、虚をつかれる。

「しかし、ケータイの番号を言って伝言を頼んだら、ちゃんと彼女からコールバックがありましたよ」

「名義を借りていただけ、ということも考えられますよね」

そこまでは考えが及ばず、村野は返事に窮《きゅう》した。

亜樹子が、口調を変えて続ける。

「事件のあと、彼女のケータイに電話してみましたか」

村野はためらったが、しぶしぶうなずいた。

「ためしに、翌日かけてみたんですが、つながりませんでした。あれはたぶん、レンタルのケータイですね。用がすんだので、解約したんでしょう」

「マクヒューには、かけてみませんでしたか」

「かけてません」

「なぜですか。在籍していたことが確かだとすれば、かけてみてもいいんじゃありませんか」

村野は、少し考えた。

「なんというか、ケータイがつながらないと分かったとたん、急に不安を覚えたんです。彼女とは、二度と関わらない方がいいんじゃないかと、そんな気分になりましてね。それで、かけるのをやめたわけです」

亜樹子は、いかにもまずそうにコーヒーを飲み、話を変えた。

「それでは、白金台警察署の方は、いかがですか。鴨下郁代は、そこの生活安全課の警部補だ、と身分を明らかにしたわけですし、電話してみてもいいのでは」

村野は、失笑した。

「するわけないでしょう。彼女が電話に出てきたら、なんと言うんですか。例の金を返してください、とでも」

亜樹子は、にこりともしなかった。

「かりに、その出来事が鴨下警部補の公務だとしたら、押収したお金はどうなると思いますか。賭博行為を、治外法権で立件できないとすれば、金を押収しても証拠物にはなりません。いったいそのお金は、どこへ行ってしまうんでしょうね」

「そんなこと、わたしに聞かれてもね。署長の金庫に収まって、署内で有意義に遣われるんじゃないですか」

どの警察署でも、巧みに裏金をこしらえていることは、周知の事実だ。

ひところ、それが外へ漏れて世上の非難を浴びたものの、今ではとんと話題にものぼらず、元の木阿弥になってしまった。

亜樹子が、さらに押してくる。

「彼女が一人で、あるいは組んだ仲間と示し合わせて、そのお金をネコババするとは思いませんか」

「まさか」

村野はそう言ったきり、絶句した。

確かに、悪いことをする警察官が増えているのは、承知している。

しかし、本物の警察官が外国公館に押し入って、秘密賭博の金を強奪するなどという話は、あとにも先にも聞いたことがない。

まして、一介の女性警察官にそんな度胸と才覚があるとは、とうてい思えない。

亜樹子が、軽く体を乗り出す。

「ためしに、マクヒューと白金台署に電話して、鴨下郁代という女が実在するかどうか、確かめていただけませんか」

逆に村野は、体を引いた。

「勘弁してくださいよ。彼女とは二度と関わりたくない、と言ったでしょう」

亜樹子は、小さく首をかしげた。

「どちらにしても、彼女のケータイとあなたのケータイの両方に、二人の通話記録が残っていますよね」

「通話記録は、全部消してしまいましたよ。サーバーには、残ってるかもしれませんが」

「メールは」

考えてみると、郁代とメールのやりとりをした覚えは、一度もない。

そもそも、互いにアドレスを教えてなかったことに、気がつく。

「メールは、しませんでした。アドレスも知りません」

亜樹子が、分別くさい顔をする。

「そうですか。彼女にうまく、立ち回られましたね」

「そのようですね」

力なく認めた。

完璧にしてやられたと分かり、あらためて打ちのめされる。

10

松宮亜樹子が聞いた。

「それでは、マクヒューの電話番号を、覚えておられませんか」

ふとその気になって、村野滋之は携帯電話を取り出した。

通話履歴をたどって行くと、果たして最初にマクヒューにかけた発信記録が、一つだけ残っていた。

消し忘れたらしい。

「ありました」

それを聞いて、亜樹子が手を上げる。

「待ってください。あなたのケータイからは、かけない方がいいでしょう」

そう言って、ハンドバッグの中に手を入れ、別の携帯電話を取り出した。

「足のつかないケータイです。これを使って、まずマクヒューに電話してみてください」

レンタルの携帯電話らしい。

あまり気は進まなかったが、村野はしぶしぶ手を差し出した。

受け取ったものの、いざとなると腰が引けてくる。

「もし、鴨下郁代が出てきたら、どうするんですか」

「出てきたら、まず村野さんがご存じの鴨下郁代かどうか、確かめてください。もし、相手が当人であると認めたら、今夜にでも会う段取りをつけるんです」

村野は驚き、亜樹子の顔を見直した。

「会う、ですって。それどころか、彼女は電話に出てきませんよ、きっと。出てきたとしても、本人だとは認めないでしょう」

「ともかく、やってみてください」

亜樹子にせっつかれて、村野はやむなく携帯電話を開いた。

さりげなく、店内を見回す。

相変わらず客はおらず、マスターは国会中継に夢中だ。

通話記録の番号を見ながら、渡された携帯電話のナンバーボタンを、押していく。

少しのあいだ、受話口に沈黙が流れたあと、メッセージが聞こえた。

「おかけになった電話番号は、現在使われておりません」

むしろほっとして、村野は携帯電話を亜樹子に差し出した。

亜樹子はそれを耳に当て、一秒ほどメッセージに耳を傾けたあと、そっけなく言った。

「やっぱりね。マクヒュー・インコーポレーテッド、という会社は電話帳にも載っておらず、ネットを検索しても出てきませんでした。住所も架空のものでしょうし、実在しない会社に違いないわ」

村野は、あっけにとられた。

亜樹子は事前に、下調べをしてきたらしい。

納得できずに言う。

「しかし、わたしが電話したときは間違いなく、存在してたんですよ。女子社員が、ちゃんと応答しましたし」

亜樹子は黙って、村野の顔を見返した。

少し間をおき、抑揚のない声で言う。

「では、今度は白金台警察署に、かけていただけませんか」

その口ぶりからすると、マクヒューの電話がつながらないことは、とうに予測していたようだった。

村野は、ため息をついた。

「署の番号を、知らないんですが」

「わたしが、生活安全課の直通番号を押しますから、話してください」

こちらもあらかじめ、番号を調べてきたらしい。用意周到な女だ。

これでは、肚《はら》を決めるしかない。

マクヒューはだめだったが、白金台警察署には確実につながるだろう。

「もし彼女が出てきたら、どう言えばいいんですか」

亜樹子は、少し考えるしぐさをした。

「声を聞けば、彼女本人かそれとも別人か、区別がつきますか」

「ええ、たぶん」

　そう答えて、考えを巡らす。

　あのとき、郁代は確かに警察手帳を、提示した。拳銃を所持していたし、実際に撃ってもみせた。

　郁代が警察官であることは、間違いないように思われる。

　もっとも、警察手帳の中身をチェックしたわけではないから、偽物だという可能性もないではない。拳銃にしても、官給品とは限るまい。

　壁に当たった弾丸を調べれば、はっきりさせられるかもしれないが、ラゴス公使館にそれを期待するのは、むずかしいだろう。

　亜樹子が言う。

「本人と分かった場合、相手があくまでしらばくれるようでしたら、署長に面会して事情をぶちまける、と言ってやってください」

　村野は、顎を引いた。

「そんなこと、できませんよ。この件がおおやけになったら、迷惑するのはわたしなんですから」

「ただ、脅しをかけるだけですよ。とにかく、会う約束を取りつけてください。あとはわたしの方で、引き受けますから」

亜樹子に、きっぱりと言い切られて、反論できなくなる。

亜樹子は、そんな村野の様子をちらりと眺め、携帯電話の番号を押した。

村野は、自分の携帯電話をポケットにしまい、亜樹子の電話を受け取った。

コール音が五回鳴ったとき、野太い男の声が応答した。

「はい、生活安全課」

とっさに、でまかせを言う。

「わたしは、マクヒュー・インコーポレーテッドの野村といいますが、鴨下警部補はご在席でしょうか」

「カモシタ。カモシタ警部補ですか」

声に不審の色がある。

「はい。鴨下郁代警部補ですが」

「生活安全課には、カモシタという者は在籍しませんが」

案の定だ。

村野は、腹の底に重くて熱い澱《おり》がたまったような、いやな気分になった。

はなから、そういう返事を予想していたことに、初めて気づく。

念のために、もう一度聞いた。

「もしかすると、ほかの部署だったかもしれません。白金台警察署の中に、鴨下さんという女性警察官は、おられないでしょうか。実はその、大学の同期会の名簿を作るために、連絡先を確認しているもので」

「カモシタという者は、ほかの部署にもいませんね。あたしは、この署に八年勤務しているので、署員を全部知ってますから」

相手の口調が、ぞんざいになる。

それ以上は、押せなかった。

「分かりました。お手数かけて、すみません」

村野は通話を切り、携帯電話を亜樹子に突き返した。

「いませんでした。やはり、偽刑事だったんですよ」

亜樹子は、その結果もまた予想していたように、顔色も変えず携帯電話をしまった。

村野は続けた。

「考えてみると、彼女は最初からわたしを利用するつもりで、名前も身分も詐称してたんですね。しかも、ラゴス公使館やカジノのメンバーが、警察に被害届を出せないことを、見越していた。今ごろ、彼女は仲間とあの金を山分けしたあげく、どこかで豪遊してますよ」

亜樹子は、頰の筋一つ動かさなかった。

「そうかもしれませんね。それを確かめることができただけでも、村野さんに協力していただいた甲斐が、ありました」

その落ち着いた口調には、負け惜しみの色などみじんもなかった。

むしろ村野の方が、拍子抜けしたかたちだった。

亜樹子が続ける。

「最後に、秘密カジノの会員について、少し聞かせていただけませんか。たとえば、人数とか」

「ときに、入れ替わりがありましたが、だいたい十五人前後ですね」

「会員の名前とか、仕事とかはいかがですか」

「名前はすべて仮名ですし、勤務先とか仕事についての情報は、互いに明かさない約束になっていました。だからこそ、秘密が保たれたわけです。まあ、松宮さんは別として、という意味ですが」

亜樹子はにこりともせず、その皮肉を無視した。

「顔を合わせれば、見分けられますか」

「全部は無理でしょうが、何人かは分かると思います」

「覚えておられる名前を、教えていただけますか。仮名でけっこうですから」

記憶をたどる。

「男では篠原、斎藤、和田、高柳、島本。女では吉本、岩下、桜木といったところですかね。名字しか、分かりません」

「その人たちの顔を、写真で見分けられますか」

村野は、首をひねった。

「写真じゃ、どうですかね。一緒に、カジノのテーブルを囲めば分かる、と思うけど」

つい軽口を叩き、自分で笑ってしまう。

しかし亜樹子は、笑わなかった。

眼鏡を押し上げ、バッグの中を探る。

おもむろに、手札サイズの写真を何枚か取り出し、村野に向けて横一列に並べた。

「この中に、今おっしゃった名前のだれかに該当する人が、いないでしょうか。見覚えがあるとか、なんとなく似ているといった程度でも、かまいません」

村野は、ちらりと写真に目を向けたものの、躊躇した。

亜樹子が、さらに押してくる。

「ご迷惑はかけませんから、正直におっしゃってください」

しかたなく、写真に目を落とした。

ちょうど十枚ある。いずれも、カラーで撮られたバストアップの写真で、顔の大きさはまちまちだ。

正面からの、きちんとしたポートレートもあれば、いかにも望遠レンズで撮影したらしい、ピントの甘いものもある。

十人のうち、二人は女だった。

村野は、それらの写真を一枚ずつ、見ていった。

女二人には、見覚えがない。

男の中に、知った顔が二つあった。

どちらも、ピントが甘いか手ぶれしたかで、輪郭がぼやけている。しかし、見分けがつかないほどではない。

一人は、あのとき村野と郁代に食ってかかった、斎藤と呼ばれるでぶの小男。

もう一人はその斎藤をたしなめ、事をあくまで穏便にすませようとした、四十前後の押し出しのいい男。

確か、高柳と称していた。

村野は、その二人の写真を亜樹子の方に、ずらした。

「会員の中に、この二人がいました。ほかの連中には、見覚えがありません」

亜樹子は、それ以外の写真をまとめてバッグにしまい、残った二枚を並べ直した。

「この人たちは、なんという名前で呼ばれていましたか」

「こちらの男は、斎藤と称していました」

「斎藤。どんな男ですか」

「見たとおり、だいたい五十代の前半という年格好で、ずんぐりむっくりの小男でした。横柄《おうへい》なやつで、ほかの会員からは好意を持たれていなかった、と思います。ただ、金をたくさん賭けるので、ラゴス公使館としては上客だったかも」

亜樹子は、もう一枚の写真を示した。

「こちらは」

「高柳と名乗っていました。よけいなことをしゃべらず、勝っても負けても態度を変えない男でしたね。天性のギャンブラー、という感じかな」

「村野さんは、この二人と親しくしていましたか」

「いや、カジノの中で互いに親しく話すことは、ありませんでしたね。わたしだけじゃなく、みんなそうでした。フロアを仕切っていた、公使館のカンポスという男が、それを禁止したんです。親しくなると、ついプライベートな会話になって、互いに秘密を漏らす恐れがある、と考えたんじゃないかな」

「でも、まったく口をきかなかったわけでは、ないでしょう」

「いや、正直なところ、ほとんどありませんでした。大勝ちしたときに、おめでとうとか声をかける程度で」

「鴨下郁代が金を持ち去ろうとしたとき、この二人の反応はどうでしたか」

さっき、事件の経過を亜樹子に説明したとき、そこまで詳しい話はしなかった。

やむなく、口を開く。

「鴨下郁代が正体を現したとき、斎藤は彼女を連れて来たわたしに、文句をつけてきました」

「なんと言って」

「どういうことなんだ、とか警察官と知って連れて来たのか、とかね。斎藤だけじゃなくて、どの会員もわたしを責めたくなるのが、当然でしょう。逆の立場だったら、わたしもそうしますよ」

「そのあと、斎藤はどうしましたか」

「鴨下郁代に矛先《ほこさき》を転じて、ほんとうに警察官かどうか警察手帳をちゃんと見せろ、と追及しました」

「それから」

「鴨下郁代は、それならあなたがた会員にも免許証なり、会社の社員証なりを提出してもらう、と反撃しました。そう言われると、会員は勤務先や家族に知られたくないので、斎藤も含めてみんな動揺しました。そのとき、高柳が何か言い返そうとする斎藤を、たしなめたんです。だれも、事を大きくしたくないはずだから、公使館のカンポスに処理を任せよう、と言ってね」

「カンポスは、どうしましたか」

「いろいろ抗議しましたが、結局鴨下郁代の言いなりになるしか、方法がありませんでした。なにしろ、拳銃で脅されたわけだから」

「脅しのために、発砲したと言いましたね」

「ええ。まだ弾があの分室の壁に、めり込んだままかもしれない」

「カンポスが、とうにほじくり出して、処分したでしょう」

「たぶんね。公使館にも、事情聴取に行かれたんですか」

「いいえ」

亜樹子は言下に否定し、それ以上何も付け加えない。

村野は、冷たくなったコーヒーを、喉に流し込んだ。

「ともかく、鴨下郁代に金を持ち逃げされたものの、わたしたちは事を穏便にすますことができた、と思っていたわけです。今日、松宮さんがわたしの前に、現れるまではね」

村野が言うと、亜樹子は含み笑いをして、残った二枚の写真をバッグにしまった。

「わたしとしても、事を荒立てる気はありません。今日、わたしが村野さんにお目にかかって、お話をうかがったことはあくまで非公式、と考えていただきます。わたしも、このことを他言するつもりはありませんから、村野さんもわたしと会ったことは、忘れてくださってけっこうです。お分かりですね」

最後の念押しは、ほとんど強圧的な響きを伴っていた。

村野は、ひどく不快な気分になったものの、不承不承うなずいた。

「分かりました」

「もう一つだけ。あなたのケータイから、これから言う番号にかけてください」

うんざりしたものの、しかたなく携帯電話を構え直して、一応確認する。

「相手はだれですか。なんと言えば、いいんですか」

亜樹子は、薄笑いを浮かべた。

「何も言う必要はありません。わたしのケータイに、あなたの番号を登録するだけです」

11

ドアが閉じる瞬間、殿村三春は電車を飛び出した。

すばやくホームを見渡し、前後の車両をチェックする。

三春を追って、ホームに飛び出して来た者は、だれもいなかった。

走り始めた電車を見送り、ほっと息をつく。

庁舎を出て、霞ケ関駅から地下鉄で反対方向に向かい、途中で三回電車を乗り換えて、行きつもどりつした。その都度、だれかに尾行されていないかどうか、入念に気配をうかがった。

そして今、乗ったばかりの電車から飛びおり、最後のチェックをしたところだ。

これで、かりに庁舎からつけられていたとしても、まくことができたと確信する。

改札口を抜けて、地上に出た。

ＪＲの、市ケ谷駅前でタクシーを拾い、池袋へ向かう。

途中、念のため何度か後方を確認したが、特定の車が追随して来る様子はなかった。

用心しすぎかもしれないが、念を入れるに越したことはない。

兼松一成を襲った連中は、目当てのものを手に入れそこなった。

だからこそ、大胆にも一昼夜とたたぬうちに、兼松のマンションに押し入って、家捜しをしたのだ。

それでも、捜し物が見つからなかったとすれば、事件当夜兼松が接触した檜垣さなえ、そして三春自身に探索の手を伸ばすだろう。

犯人一味は十中八九、さなえと三春の身元を承知しており、危険は目前に迫っている。

場合によっては、二人に対して兼松のときと同様、荒療治に出てくる恐れもある。

もし、連中の捜しているものが、兼松から託された例のＵＳＢメモリなら、それを手元に置くのは、爆弾を抱えるのに等しい。

とはいえ、連中も今度はいきなり命を狙うような、ばかなまねはしないはずだ。

さなえにしろ三春にしろ、とりあえず身柄を拘束するなりして、ＵＳＢメモリの所在を尋ねるだろう。

逆に、そのときこそ相手の正体を知る、絶好のチャンスになる。

タクシーの中で、三春は素通しの眼鏡をかけ、スカーフを取り出した。

近ごろ、スカーフを頭からかぶる若い娘など、とんと見かけなくなった。よほど風の強い日でも、まず目にしない。

しかし、三春はそれを承知で、スカーフをかぶった。装いが目立てば、記憶はそこだけに集中して、ほかの部分への注意がおろそかになるから、むしろ好都合なのだ。

池袋駅の西口で車を捨て、デパートですきやき弁当とお茶を、二つずつ買う。

それから、路地をたどって〈杉の子〉へ向かった。

この日は月曜日で、〈杉の子〉の定休日だった。

三春は昼過ぎ、西武池袋線の富士見台に住む小田島稔に電話をかけ、少し相談ごとがあるので、夕方店に出て来てもらえないか、と頼んだ。

休みの日に、わざわざ店に呼び出すのも気が引けたが、自宅には行きたくなかった。

これも、公務といえば、公務だからだ。

小田島は、いつものようにわけも聞かずに分かったと応じ、五時半には店に出ているから、ノックしてくれと付け加えた。

店の扉には、〈月曜定休〉の札が出たままになっていた。

三春は、人通りが途切れるのを待って、ノックした。

五秒とたたぬうちに、ドアが開いて小田島が顔をのぞかせ、中に入れてくれる。

「すみません、お休みの日に」

「いいんだ。どうせ、退屈してたんだから」

小田島はドアに施錠《せじょう》して、カウンターの中にはいった。

スカーフに眼鏡、という常ならぬ三春のいでたちを見ても、何も言わない。仕事の内容を知っているためか、よけいなことを聞こうとしないのが、小田島のいいところだった。

三春はストゥールにすわり、持って来た弁当とお茶を置いた。

「そこで、買って来たんです。付き合ってください」

すきやき弁当を見て、小田島の頰がほころぶ。

三春は、小田島の好物を知っているのだ。

小田島が、カウンターから出て来て、三春の隣にすわる。

箸《はし》を割りながら、さりげなく言った。

「新聞で見たけど、何かトラブルに巻き込まれたようだね。例の、兼松のことだけど」

「ええ。でも、新聞報道だけでは何があったのか、分からないでしょう」

「そうだね。兼松が刺されたらしいことと、そのあと行方不明になったこと。それだけだね、分かったのは」

三春に関するかぎり、新聞報道はいい意味で、予想がはずれた。

光中央署の強行犯捜査係長、芦田秋五は意外にもマスコミ発表を、最小限に抑えた。

深夜の管内の路上で、何者かが通行人をナイフで刺したこと、目撃者が救急車を呼んでいるあいだに、被害者の姿が消えてしまったこと。

被害者は、近隣の聞き込みから全球連の理事、兼松一成とみられること。

兼松は、現場から徒歩数分のマンションに住んでいるが、姿を消したまま帰宅していないこと。

事件当日の夕方、経営する池袋のパチンコ店を出たあと、刺されるまでの兼松の足取りは、まだ不明のままであること。

報道されたのは、だいたいそんなところだった。

救急車を呼んだ目撃者については、名前や勤務先をはじめ性別、年齢も公表されていない。

おそらく、芦田警部補自身の判断と思われるが、これは三春にとってありがたい展開、といえた。もし、身元を明らかにされていたら、そのときの状況を聞きたがる記者が、現れるに違いないからだ。

それに、三春が公安調査庁の職員だと分かった場合、マスコミは在日朝鮮人二世でもあり、全球連の理事も務める兼松との関わりを、当然疑うに違いない。

そうなると、三春が事件現場に居合わせたことも、ただの偶然とは思わないだろう。

ともかく、救急車が現場に来たとき被害者は消えており、事件が発生した痕跡もなかったことから、大半の記者が興味を失ったらしい。

むろん、光中央消防署の救急隊に補足取材すれば、三春の身元を知ることもできたはずだが、そこまでする物好きな記者はいなかったようだ。

小田島が言う。

「事件を目撃して、救急車を呼んだのは三春なんだろう」

三春は、少しためらったものの、結局うなずいた。

「ええ、わたしです」

昔から、小田島は勘の鋭い男だった。

死んだ娘の優里も三春も、高校時代におもしろ半分に喫煙したり、飲酒したりしたことがあるが、決まって小田島に知られてしまい、きつく叱られたものだ。

「あの日はずっと、兼松をつけていたのか」

「ええ。やはり兼松は、檜垣さなえとできていたようです」

「ふうん」

小田島は、さして関心のない様子でうなずき、何も言わなかった。

しかし、そうであっても不思議はない、という表情だった。

「あの日、兼松は池袋駅で檜垣さなえと落ち合って、新宿へ回りました」

三春が続けると、小田島は左手を上げてそれを制した。

「その話は、聞かないことにしよう。わたしは、知らない方がいいだろう」

もっともだと思い、三春は口をつぐんだ。

小田島はお茶を飲み、話を変えた。

「それより、兼松は刺されて姿を消したあと、どうなったのかな。遺体でも見つかっていれば、新聞に載ると思うんだが」

「わたしの目には、すぐにでも手当てしないと命が危ない、という感じでした。連れ去ったのは、彼を刺した犯人一味だと思います。その連中が、その後彼をどう扱ったかによりますが、あまり望みはないでしょう」

小田島は、口髭をつまんだ。

「犯人の狙いは、なんだったのかね。刺すのが目的なら、あとで連れ去る必要はない。拉致するのが目的なら、いきなり刺したりはしないはずだ」

　そのとおりだ。

　思い切って言う。

「彼らの狙いは、たぶん兼松が所持していたあるものを、奪い取ることだったんです」

　早食いの小田島は、もうすきやき弁当を食べ終わって、お茶を飲み干した。

　少し考えてから、おもむろに口を開く。

「兼松を刺したはいいが、たまたま邪魔がはいったために、連中は目的のものを奪いそこなった。それで、順序があべこべになったけれども、やむなく瀕死の兼松を拉致した、というわけかね」

「たぶん、そうだと思います」

　小田島は、三春を見つめた。

「連中が、目的のものを奪いそこなったのは、三春が邪魔を入れたからだね」

「ええ」

　小田島に理詰めで迫られると、どうしてもたじたじとなる。

　高校時代から、そうだった。

小田島が続ける。

「せっかくさらったのに、兼松がそいつを身につけていないと分かったら、連中はどうするだろうね」

「兼松に、そのもののありかを白状させよう、とするでしょう。兼松が、それまで生きていれば、の話ですけど。あの様子では、たぶん」

そこで三春は、言葉を途切らせた。

小田島が、そのあとを引き取る。

「もし兼松が死んだら、死体をだれにも見つからないように、どこかへ処分する。その上で、兼松のかみさんなり親しい友だちなりに接近して、ブツのありかを突きとめようとするだろうな」

なんと応じていいか分からず、三春は口をつぐんだままでいた。

小田島は、なおも続けた。

「犯人一味は、当然兼松の家族や身辺に、捜索の手を伸ばすだろうね」

三春はうなずいた。

「ええ。実は事件の翌日、彼らは早くも兼松の自宅に、侵入しました。警察発表は、ありませんでしたけど」

それを聞くと、小田島は声を出さずに口をほう、という形にした。

「事情聴取のために、奥さんが光中央署へ行っているあいだに、侵入したんです。ただ、捜しものは見つからなかった、と考えられます」

そのときのいきさつを、手短に話して聞かせる。

小田島は唇を引き締め、眉根を寄せた。

「なんだか三春も、だいぶ危ない縁に立たされている、という感じだね」

「そうかもしれませんね」

「兼松からも、自宅からも捜しものが見つからなかったとすれば、一味はあの日兼松が接触した檜垣さなえと、三春自身に接触しようとするんじゃないかな。まあ、連中が二人の身元を探り出した場合、の話だが」

三春は、弁当を三分の一ほど残して、お茶を飲んだ。

「その可能性は、ゼロではないでしょう」

そう言ったあと、すぐに続ける。

「檜垣さなえは、新聞報道で今度の事件を知ったでしょうし、平静ではいられないと思います。事件のあと、ここに顔を出してませんか」

「出してないね。しばらく、ごぶさたしたままだ」

「わたしは、自分で用心するからだいじょうぶですが、彼女には一応警告しておく必要がある、と思います。もしかして、彼女のケータイの番号なんか、ご存じありませんよね」

小田島は、思慮深い顔をした。

「旦那のケータイなら、分かるかもしれない。事件のあとで、かみさんは来てないかと言って、店の電話にかけてきたんだ。その番号が、残ってればね」

「残ってるかしら」

「固定電話には、そんなに頻繁にかかってこないから、まだ消去されてないだろう」

小田島は電話のところへ行き、液晶のディスプレイを見ながらボタンを操作した。

口髭をつまんで言う。

「登録した相手だと、名前が表示されるんだ。番号しか出ないのが、一つだけある。ケータイじゃなくて、固定電話の番号だったけど」

「檜垣健次郎かどうか、分からないでしょう」

「局番がここと一緒だから、池袋に住んでるやつに違いない。たぶん、檜垣の家の電話だろう。ほかの地元の客なら、みんな登録されてるからね。どうする。かけてみるか」

三春は、ためらった。

「ご主人は、ここへ来たことがないんでしょう。それに、奥さんと兼松の関係も、知らないはずだし」

「そうとは限らないぞ。その種の噂は、どこから伝わるか分からないからね」

三春は考えた。

「それじゃ、わたしがかけてみます。ご主人が出たら、間違い電話のふりをしますから」

小田島は首を振りふり、コードと一緒に電話を運んで来た。

ディスプレイに、番号が出ている。

小田島がボタンを押すと、自動発信機能が働いた。

コール音が四度鳴ったとき、受話器が取られる。

「はい、檜垣ですが」

女の声だった。

さなえに違いない。

とっさに言う。

「ご主人はいらっしゃいますでしょうか」

「あいにく、不在にしておりますけど。どちらさまですか」

冷や汗と、安堵《あんど》の吐息が同時に出た。

「わたしは、〈レッドポニー〉の兼松さんの知り合いで、殿村と申します。突然お電話して、申し訳ありません」

一瞬、沈黙が漂う。

兼松と聞いて、緊張した様子だ。

「主人に、どういったご用件でしょうか」

「すみません。実は、奥さんに内密のお話があって、お電話したのです。ご主人がご不在で、むしろ好都合でした」

「いったい、どういうことですか」

にわかに、声がとがった。

「兼松さんが、行方不明になったことは、ご存じですね。新聞でごらんになった、と思いますが」

息をのむ気配がする。

そのまま、返事がない。

三春は続けた。

「それについて、だいじなお話があります。ほうっておくと、奥さんにも兼松さんと同じような危険が、降りかかるかもしれません。奥さんと兼松さんのことは、よく承知しています。恐縮ですが、これからちょっと〈杉の子〉まで、お運びいただけませんか」

さなえは、なおも沈黙を守った。

「ご存じですよね、〈杉の子〉は」

念を押すと、ようやく返事がある。

「あの、近くのバーの〈杉の子〉なら知ってますけど、今日はお休みじゃないかしら」

「そうですけど、マスターにお願いして、あけてもらったんです。そちらのマンションには、裏口がありますか」

「ありますけど」

「念のため、エレベーターを使わずに階段をおりて、裏口から出てください」

「どうしてですか」

「わけは、あとでお話しします。三十分以内に、お越しいただけますか」

返事を待たずに、電話を切る。

小田島は、また首を振った。

「来ると思うかね、彼女」

「来るでしょう。兼松との関係を知っている、とほのめかしましたから」

小田島は苦笑した。

「三春も、なかなかやるねえ」

小田島が、電話をカウンターの端にもどすのを待って、三春は言った。

「お父さんに、お願いがあるんですけど」

「なんだい」

小田島は、三春の隣にすわり直した。

三春は、ジャケットのポケットから例のＵＳＢメモリを取り出し、小田島の前に置いた。

「これを、預かってほしいんです」

小田島は、珍しい昆虫でも眺めるような目で、それを見下ろした。

しばらくして、三春を見る。

「もしかして、兼松を刺した犯人一味が捜しているのは、これかね」

まったく、勘の鋭い男だ。

「その返事は、保留にさせてください。お父さんを、トラブルに巻き込みたくないので」

「兼松から、いつ手に入れたんだ」

三春は、クズワという名前だけを伏せて、事件当夜の経緯をざっと説明した。

小田島は腕を組み、メモリに目をもどした。

「こいつに、何が記録されているかを聞いても、教えてもらえないだろうね」

「〈特別調査費帳簿〉と、タイトルだけは分かってるんですけど、中身はパスワードがかかっていて、読み出せないんです。わたしも、今の段階では何がはいっているのか、まったく分かりません」

そのとき、扉にノックの音が聞こえた。

小田島が、ストゥールをおりて、内鍵をはずした。

12

檜垣さなえが、店にはいって来た。

急いで出て来たはずなのに、若草色の趣味のよいツーピースを、きちんと着こなしている。先日と同じ、サングラスをかけたままなのが、服装にそぐわない。

さなえと入れ替わりに、小田島稔が戸口に立った。

「ちょっと、その辺でお茶してくるから」

そう言い残し、店から出て行く。

よけいなことに関わりたくない、というより自分がいては話しにくいだろう、という配慮のように思われた。

殿村三春は、念のためドアを施錠した。

向き直って、さなえに頭を下げる。

「お電話した、殿村です。お呼び立てして、すみません」

さなえは、スカーフに眼鏡をかけた三春を見て、少しとまどった顔をした。

サングラスのまま、短く挨拶を返す。

「どうも」

目が隠れていても、顔立ちのよさは見てとれた。

三春とほぼ同年配の、三十代半ばといった年格好だが、妙にそわそわしている。尾行したとき、兼松一成に見せたような媚《こ》びの色は、かけらほどもない。

三春は、カウンターに広げた弁当の空き箱を、片隅に寄せた。

さなえにストゥールを示し、自分もその隣にすわる。こういうときは、まともに向き合うより並んで話をした方が、抵抗感が少ない。

さなえが、顔をのぞき込んでくる。

「なぜ、〈杉の子〉なんですか。どうして、わたしがこの店を知っているって、ご存じなんですか」

その質問は、予期していた。

「マスターの小田島さんから、檜垣さんがここへ二度ほど見えたことがある、と聞いたのです」

「マスターを、知ってらっしゃるの」

「ええ。小田島さんは、わたしの若死にした友だちの、父親なんです。わたしも、父親を早く亡くしてしまったので、お互いに父娘《おやこ》のような関係が続いています」

さなえは、なんとなく納得のいかない風情で、唇を引き締めた。

しかし、それ以上は聞こうとしなかった。

三春は、あらためて口を開いた。

「実は、わたしは公安調査庁の総務部に、勤務しています。あとで、めんどうなことにならないように、お名刺を差し上げるのは控えますが」

身分証を取り出し、さなえに示す。

さなえは、とまどいの表情を浮かべながら、それをのぞき込んだ。

「殿村三春さんね」

「そうです」

三春がうなずくと、さなえはサングラスを取り、とがった声で言った。

「でも、公安調査庁って、どういうことですか。兼松さんのお知り合いだって、そうおっしゃったのに」

目に、不安といらだちの入り交じった、複雑な色が浮かんでいた。

三春は身分証をしまい、しおらしく頭を下げた。

「すみません。知り合い、というのは嘘です。そう言わないと、来ていただけないと思ったものですから」

「どんなご用件か知りませんが、嘘をついて呼び出すなんて」

さなえは言葉を切り、さもあきれたと言わぬばかりに、首を振る。

「どうしても、檜垣さんとお話しする必要があったので、やむをえませんでした」

三春が応じると、さなえはぷいと顔をそむけて、そっけなく言った。

「どういうお話ですか」

「実は、いろいろと複雑な事情があって、ここしばらく兼松さんのことを、調べているのです」

さなえの頰の筋が、ぴくりと動く。

三春は、さなえが何か聞き返すだろうと思って、少し待った。

普通なら、自分と親しい男が調べられていると聞けば、その理由なり内容なりを知りたがるはずだ。

しかし、さなえは口をつぐんだまま、何も言わない。それがいかにも、不自然な気がした。

三春は息を吸い、前触れなしに切り込んだ。

「兼松さんが行方不明になった日の夜、檜垣さんは彼とずっと一緒でしたよね」

さなえは、ぎくりとした様子で顎を引き、そのまま凍りついた。

「お電話でも申し上げましたが、兼松さんがあの日以来行方不明になったことは、新聞でお読みになったはずです。でも檜垣さんは、その直前まで彼と一緒だったことを、警察に届けていらっしゃいませんね」

念を押したが、さなえは喉を動かしただけで、なおも口を閉ざしたままだ。それがそのまま、返事になっていた。

ちなみに、兼松一成の行方は依然として知れず、死体らしきものも見つかっていない。

三春は体を斜めにして、さなえの顔をのぞき込んだ。

「もう一度言いますが、お二人の関係はよく承知しているつもりです。檜垣さんのお立場では、警察に出頭しにくいことも分かります。ですが、心配なさらないでください。わたしは、そのことを調べているわけではないし、ご主人にも警察にも言うつもりはありません。ここだけの話にする、とお約束します」

さなえはカウンターに目を落とし、長い髪を神経質に指ですき上げた。

「わたしと兼松さんのこと、だれにお聞きになったんですか。ひょっとして、ここのマスターですか」

「わたしたちは調査のプロですから、調べようと思えばどんなことでも、調べられます」

答えになっていなかったが、さなえが何か言い出さないうちに、追い討ちをかける。

「ちなみに、マスターの小田島さんが、お二人のことを知っていると考える理由が、おありですか。たとえば、兼松さんと一緒にここへ来たことがある、とか」

小田島から、一緒に来たことはないと聞かされていたが、質問をそらすためにそう尋ねた。

さなえは、強く首を振った。

「いいえ。ここにはわたし一人で、二度ほど来ただけなんです。兼松さんはもちろん、主人とも来たことがありません」

そう言ってから、殊勝な口調で続ける。

「兼松さんとは、別に変な関係じゃないんです。ただ、主人に誤解されたくなくて」

あとは察してほしい、というように言葉をのみ込んだ。

どうやら、自分の質問がはぐらかされたことに、気がつかないようだった。

「でも、あの日新宿のラブホテルにはいって、しばらく一緒に過ごしましたよね」

容赦なく指摘すると、さなえはうつむいた。

抑揚のない声で応じる。

「わたしたちのあとを、つけていたんですか」

「というか、兼松さんを尾行していたのです。お二人の関係を調べるのが、目的ではありませんでした。兼松さんを尾行中に、たまたま檜垣さんが割り込んできた、というだけのことです」

それを聞くと、さなえは弁解がましい口調で言った。

「あの日はお酒を飲みすぎて、だいぶ酔っていたんです。それでつい、勢いであんなことになってしまって。あれが、初めてでした」

三春の観察では、そうは思えなかった。

あの日さなえは、さほど酔っているように見えなかったし、あれが初めてという感じでもなかった。

しかし、それを追及するのはやめる。

「ラブホを出たあと、兼松さんはタクシーであなたを池袋まで、送って行きましたね。身元を突きとめるために、わたしは尾行の対象を、あなたに変えたのです。それで、アルテミール池袋にお住まいだ、と分かりました」

むろん嘘で、実際にはマンション名も電話番号も、小田島に教えられたのだった。部屋番号だけは、あとで自分で確かめた。

ついでに、さなえの夫の檜垣健次郎が上野で〈あけぼの食品〉という、韓国料理の食材の店を営んでいることも、調べ上げてある。

憮然とするさなえに、三春は考える余裕を与えず、話を進めた。

「兼松さんは、全国球戯事業協同組合連合会という、パチンコ店の団体の理事をしておられますね。全球連、と略称していますが」

「ええ」

「それに、在日二世でいらっしゃいますよね」

「ええ」

言下に答え、すぐに付け加える。

「主人の檜垣も、在日ですよ。三世ですけどね。ご存じですか」

そのことも、小田島から聞かされていた。

「はい」

正直に認めると、さなえは少し鼻白んだ様子で、口元を引き締めた。

「そういえば、あなたも兼松さんの奥さんの希里子さんも、純粋の日本人ですよね」

その言葉に、さなえはいくらかきっとなって、背筋を伸ばした。

「それが、どうかしたんですか」

「別に、どうもしません。なんとなく、いろいろとご苦労があるのではないか、と思っただけです」

「苦労なんて、ありませんよ。わたしの周囲には、そのことでとやかく言う人なんか、いませんから」

強い口調だった。

三春は、ひるまずに言った。

「ご主人が在日三世だということと、あなたがクルパジャに入信されたことのあいだに、何か関係がありますか」

不意打ちを加えると、さなえは顔を上げて三春に目を向け、指先でサングラスをもてあそんだ。

「わたしが、クルパジャの信者だということを、どうしてご存じなんですか。わたしのことも、調べたんですか」

「調査のプロだ、と申し上げたでしょう。あなたも、そのことを隠しておられるわけではない、はずです。現に、あなたがクルパジャの黄色い修行衣を着たまま、外へ出るのを見たという人がいますし」

さなえは、ちょっと顎を引いた。

「そんなことまで」

さすがに、驚いた様子だった。

「あなたも、信者だということを隠すつもりなら、修行衣を着たまま外へ出たりは、しませんよね」

さなえは、無言で少しのあいだ三春を、見つめていた。

それから、あらためてサングラスをかけ直す。

濃い茶色のレンズの後ろで、天井のトップライトを反射した瞳が、かすかに光った。

おもむろに言う。

「もちろん、隠してなんかいません。クルパジャは、オウム真理教とは違いますから」

三春は、一拍おいた。

「でも、先日練馬にあるクルパジャの教団本部で、ちょっとした事件がありましたよね。信者たちが、いっせいに隣のスポーツジムへ押しかけて、乱暴を働いたとか」

さなえは目をそらし、ボトルが並んだ正面の棚を見た。

「あれは、教団の責任じゃありません。だれかが、お弁当だか味噌汁だかに薬物を混入して、信者を異常行動に駆り立てたんです。新聞にも、そう出ていました」

きっぱりと言い切る。

それは、事実だった。

事件後の鑑定の結果、教祖の野々宮鈍斎をはじめとして、スポーツジムに乱入した信者全員の体から、薬物反応が出た。

検出されたのはアトロピン、スコポラミンなど、ベラドンナに含まれる毒物だった。

その毒物は、問題の弁当屋から買った弁当につく、カップ入りの味噌汁に混入されたもので、乱入した信者たちは例外なしに、それを飲んだことが判明した。

幸い、命にかかわるような量ではなかったが、いずれもにわかに気分が高揚して、体や感情の制御がきかなくなる量には、達していたそうだ。

信者たちに弁当を売ったのは、いつもやって来る弁当屋ではなく、別の業者だった。

いつもの弁当屋は、走行中にワゴンのタイヤをパンクさせられ、教団に行くことができなかった、という。

そのあいだに別の弁当屋が、代わりを頼まれたと称して教団に乗りつけ、信者たちに弁当を売ったのだった。

これらの事実は、直後の公共安全情報連絡会議の席上で、警察庁長官官房首席審議官の小湊広秋から、説明があった。

その後の捜査で、クルパジャ教団が宗教的恍惚感を得るために、ベラドンナを使用していたのではないか、あるいは自分たちを被害者に仕立てるため、自作自演を仕組んだのではないか、との疑惑は一応消えていた。

とはいえ捜査本部もまだ、すり替わった不審な弁当屋を突きとめるまでには、いたっていない。

ともかく、そうした経緯で教祖以下信者たちは全員、処分保留となって起訴を免れた。教団と、スポーツジムおよび被害者の会員のあいだにも、早ばやと示談による和解が、成立した。

そのあたりのことは、すでに新聞で詳しく報道されている。

一方、光中央警察署の強行犯捜査係長、芦田秋五警部補からはその後連絡がない。芦田には、兼松襲撃の犯人の嘔吐物をぬぐい取った、ティッシュを渡してある。DNA鑑定に回されたはずだが、なんの音沙汰もないところをみると、前科のない男だったのだろう。

それに、さなえに警察が接触した気配がないところから、芦田があの夜兼松と一緒だった女を、特定していないことは明白だった。

三春は、新たに質問した。

「いつごろ、どんな理由でクルパジャの信者になったのか、教えていただけますか」

さなえが、さも不快そうな顔をこしらえて、三春を見る。

「そんなことを、あなたにお話ししなければならない義務は、ないと思いますけど。個人情報ですから」

「差し支えなければ、ということです」

「差し支えはないけど、兼松さんとのことをちらつかせて、脅しまがいに返答を強要するのは、フェアじゃないと思うわ」

食ってかかるような口調だ。

「まさか。脅したり、強要したりするつもりは、ありませんよ。答えていただけないのでしたら、お尋ねするのは控えることにします」

あっさり引き下がると、さなえはほっとしたように肩の力を緩め、すわり直した。

三春は、その隙をついた。

「あの乱入事件の日、あなたも教団本部に行ってらしたんですか」

「え。ええ、行ってましたよ」

反射的に答えてから、さなえは急にうろたえたように、もう一度すわり直した。

13

すかさず、追及する。

「あなたはあの事件で、逮捕されていませんよね」

檜垣さなえは、虚勢を張るように背を立てた。

「もちろん、されていません」

もちろん、を強調する。

殿村三春は、畳みかけて聞いた。

「取り調べは」

「取り調べっていうか、事情聴取はされましたけどね」

「それだけですんだのは、あなたがほかの信者たちと違って、スポーツジムに押しかけなかった、ということですね」

「ええ」

短く答えて、さなえはハンドバッグから煙草を取り出し、火をつけた。

大きく煙を吐き、それを手で払いのける。

煙が散るのを待って、三春は話を先へ進めた。

「あなたは、あの日弁当屋が売りに来たお弁当を、買わなかったわけですね」

「買いませんでした」

「お弁当についている、カップ入り味噌汁も飲まなかった、と」

「ええ。本部へ行くときは、いつも自分で作ったお弁当とお茶を、持って行きますから。あの味噌汁を飲んでいたら、わたしもほかの人たちと一緒に、警察に引っ張られたでしょうね」

「そうですね。事件が起きたときの様子を、話していただけませんか」

さなえは、サングラスの後ろで、眉根を寄せた。

「そのことは、もう警察で何度も話しましたけど」

「わたしは、警察の者ではありません。ご存じと思いますが、公安調査庁はオウム真理教の事件以来、過激な行動に走る恐れのある宗教団体、思想団体等をウォッチしているのです」

さなえは顔を振り向け、先を続けようとする三春をさえぎった。

「さっきも言ったように、クルパジャはオウム真理教とは違います。今回の事件に関するかぎり、クルパジャは加害者じゃなくて、むしろ被害者だと思いますけど」

その口調の強さに、三春は少したじろいだ。

「クルパジャを、オウムと同列に見ているわけではありません。たとえば、だれかが今度の事件を仕組んで、クルパジャを危険な宗教団体に仕立て上げよう、としている可能性もあります。そうしたたくらみを暴いて、クルパジャに対する疑惑を晴らすことも、わたしたちの仕事ですから」

少し譲ってみせると、さなえはまたサングラスをはずして、三春を見た。

「たくらみって、だれがそんなことをするんですか」

「それはわたしにも、分かりません。その一方で、危険な存在ではないことを印象づけるために、クルパジャ自体が仕組んだ事件ではないか、という疑いも消えたわけではないのです。信者のだれかが、出入りの弁当屋のワゴンをパンクさせて、かわりの弁当屋になりすますことも、ありえますからね。それも、お弁当を買った本部の信者たちにさえ、気づかれないように」

さなえが、目を三角にする。

「でも、警察では自作自演の線はないと判断した、と新聞に出てたじゃありませんか」

「それは、あくまで今のところ、という意味でしょう。その線を、完全に捨てたわけではない、と思います。警察は必要に応じて、新聞をうまく操作しますからね」

さなえは、せわしげに煙草を吸い、煙を吐き散らした。

「信者たちが、自分で味噌汁のカップに毒物を仕込むなんて、ありえないでしょう。教団本部から、その毒物が発見されたわけでもないし。いつもの弁当屋とすり替わって、お弁当を売りに来たあの業者のしわざに、違いありませんよ。クルパジャの評判を落とそうとして、別の宗教団体がやったことかもしれないわ」

「警察はその両方の面で、捜査を進めているはずです。いずれ、真相が分かるでしょう」

さなえは、唇をゆがめた。

「どんな真相だか。なんとかかんとか言って、警察や公安調査庁はありもしない犯罪を、でっち上げるんじゃないんですか」

灰皿を引き寄せ、乱暴な手つきで煙草をもみ消す。

三春は、ことさら穏やかな口調で言った。

「でっち上げるなんて、とんでもない。わたしたちは、常にあらゆる可能性を念頭に置いて、仕事を進めるだけです。先入観を持っていたのでは、それこそ捜査を誤りますから」

さなえは、突然ストゥールをすべりおりると、カウンターの端のくぐり戸を抜けて、中にはいった。

酒の棚から、〈ヒガキ・サナエ〉と名札のついた、〈山崎〉の十二年もののボトルを取り、カウンターに置いた。

グラスを二つ出し、三春に掲げてみせる。

「お飲みになりますか」

三春は、わずかにためらったものの、すぐにうなずいた。

「ありがとうございます。薄めの水割りにしてください」

さなえは氷を取り出し、水割りを作り始めた。

二度しか来ていないわりに、店の勝手をよく知っているようだ。

濃いのと薄いのと、二つ作った水割りをカウンターに置いてから、さなえはまた外に出て来た。

すわり直して、グラスを合わせる。

一口飲んで、さなえは言った。

「ほかにもまだ、お話があるんですか」

「ええ、あと少しだけ。あの日、お弁当を売りに来た業者のことで、何か思い出すことはありませんか。ワゴンのナンバーとか、ボディに書いてあった業者名とか、売り子の顔や年格好とか」

「警察でも言いましたけど、わたしはお弁当を買う必要がなかったので、建物から出なかったんです。買った人たちに、聞いてください」

南練馬署の取り調べによると、弁当屋のワゴンや売り子についての証言は、ひどくまちまちだったという。

一時は、自作自演を突きとめられないように、わざと証言を不統一にしているのでは、との疑いもあったらしい。

いずれにしても、三春の耳にクルパジャ事件の捜査情報は、ほとんどはいってこなかった。

スポーツジムの会員に、何人か軽傷者が出ただけで不起訴、しかも和解が成立したとなると、捜査の方向が変わるだろう。乱入事件そのものより、問題の不審な弁当屋の存在を突きとめることが、主たる目標になるに違いない。

当初加害者とされたクルパジャからも、今や悪質な毒物攻撃を受けた被害者として、早急に真相を解明してほしい、との要求が出されている。

三春は、前置き抜きで聞いた。

「ところで、クルパジャの宗教活動の資金は、どこから出ているのですか。信者のお布施だけ、とは思えませんが」

さなえは、飲みかけたグラスを下げ、ゆっくりと三春を見た。

「教団は信者に、いっさいお金を求めないんです。教団は食品飲料、ファッション雑貨、衣料品など複数の取り扱い業者と、委託販売の契約をしています。信者はその販売を引き受けて、そこから得た収益を本部に納めるだけです。もちろん、余裕のある信者がお布施を出すことも、ありますけどね」

その答えは、あらかじめ用意されていたように、よどみがなかった。

かりに、教団に何か隠された収入源があり、それに兼松一成がからんでいるとしても、さなえは口を割らないだろう。

三春はグラスに口をつけ、さなえをじっと見て言った。

「兼松さんが襲われたり、どこかへ連れ去られたりしたことについて、何か心当たりはありませんか」

さなえも、水割りを飲む。

「心当たりって」

「だれかの恨みを買っていたとか、仕事上のトラブルを抱えていたとか、そういったことです」

さなえは天井を見上げ、考えるしぐさをした。

「心当たりはないですね。それほど、深いお付き合いじゃないので」

「新聞には出ていませんが、兼松さんを襲った連中は彼から、何かを奪うつもりだったらしいんです。ところが、襲われたとき兼松さんはそれを、身につけていなかった。そのために、拉致されたとみられています」

「何を奪おうとしたんですか」

「分かりません。もしかして、新宿のラブホテルにはいったとき、兼松さんから何かだいじなものを、預かりませんでしたか」

とぼけて聞くと、さなえは怒ったように首を振った。

「預かりませんよ、何も。だいたいからして、なぜあなたはそういったことを詳しく、知ってらっしゃるの」

三春は、それを無視した。

「兼松さんを拉致した連中は、彼が目的のものを持っていないのを知って、あなたに狙いをつける可能性があります」

さなえは、ぎょっとしたように、上体を引いた。

「なぜ、わたしに」

「あの日彼らは、わたしと同じように兼松さんを見張っていて、あなたとラブホテルにはいったことを、承知しています。そのとき彼が、あなたに目的のものを預けたのではないか、と考えるかもしれません」

さなえは、頬をこわばらせた。

「その人たちって、いったいだれなんですか」

「わたしもまだ、把握していません」

さなえの喉が動く。

「どっちにしても、わたしは何も預かってないわ。そう言ったじゃないですか」

「でも、彼らはそれを知らないし、確かめようとするでしょう。かりに、あなたが否定したとしても、信じないと思います」

さなえの目に、不安の色が広がる。

「信じなかったら、どうなるんですか」

「わたしの口からは、言えません」

さなえに恐怖感を与えるために、三春はわざと突き放した。

さなえは恐ろしそうに、頬に手を当てた。

容赦なく切り込む。

「兼松さんは、あなたを通じてクルパジャ教団と、接触してるんじゃありませんか」

さなえは、いかにもぎくりとした様子で、顎を引いた。

水割りを飲み干し、押し殺した声で言う。

「兼松さんは、クルパジャとなんの関係も、ありません」

それなり、ストゥールからおりた。

「これで、失礼します」

そう言って、サングラスをかけ直す。

三春も、床におり立った。

頭を下げて言う。

「今日は、急にお呼び立てして、申し訳ありませんでした。もしかすると、あの夜兼松さんとあなたが一緒だったことを、警察が突きとめるかもしれません。ですが、さっきも申し上げたとおり、兼松さんを拉致した連中が警察より早く、あなたに接触してくる恐れがあります。もし、実際に危害が及びそうな事態になったら、兼松さんから預かったものはわたしに渡した、と言ってやってください」

とまどったように、瞬《まばた》きする。

「何も預かってないって、言ったじゃありませんか。どんなものかも、知らないし」

「否定しても、彼らはおそらく信じないでしょう。そのときは、封印された小さな箱を預かったけれど、わたしに呼び出されて取り上げられた、と言ってください。そうすれば、それ以上あなたに手出しすることはない、と思います」

サングラスの後ろで、さなえは眉を軽くひそめた。

「あなたに押しつけちゃっても、かまわないんですか」

「かまいません。あなたも、彼らに襲われたり脅されたからといって、今さら警察に相談するわけには、いかないでしょう」

「先に警察が来ちゃったら、どうすればいいかしら」

「そのときは、正直に話すしかありませんね。ともかく、彼らからなんらかの働きかけがあったら、できるだけ早く小田島さんに電話して、わたしに知らせるように言ってください。小田島さんから、わたしに連絡してもらいますから」

さなえは少し考え、小さくうなずいた。

「分かりました」

向きを変えようとする、さなえの腕を三春は軽くとらえた。

「最後に、もう一つ。クズワという名前に、聞き覚えはありませんか」

さなえは、サングラスの縁を押し上げた。

「クズワ。人の名前ですか」

「ええ」

さなえは、また少し考えてから、首を振った。

「知りませんね。聞いた覚えがないわ。それじゃ、これで」

自分で内鍵をはずし、そそくさと店を出て行く。

それから十分ほどして、小田島稔がもどって来た。

小田島は、何ごともなかったようにカウンターの中にはいり、先刻食べた弁当のから箱や、さなえが作った水割りのグラスを、手早く片付けた。

三春がすわり直すと、小田島はてきぱきとマルガリータを作り、カウンターに置いた。

「何か、収穫はあったかね」

「彼女が、何か隠していると分かったことが、収穫といえば収穫かも」

小田島は、自分用に小ぶりのショットグラスを出し、スコッチをついだ。

例によって、それを軽く口の中へほうり込み、むずかしい顔をする。

「檜垣さなえは、よりによってなぜこの店へ呼び出されたのか、不審に思っただろうね。何か言わなかったか」

「マスターを知っているのか、と聞かれました。それで、わたしたちの関係を正直に話して、お父さんからさなえさんがこの店に二度ほど来た、と聞いたことだけは打ち明けました。ただし、兼松との関係や住まいの場所を聞いたことは、いっさい口にしていません。その点は、安心してください」

小田島は、苦笑した。

「まあ、彼女もばかじゃないから、察しはついただろうがね」

それから、ジャケットのポケットに手を入れ、USBメモリを取り出した。

先刻、三春が預かってほしい、と託したものだ。

「これなんだが、もし三春がそうしてほしいと言うなら、この種のものを解読できる知り合いに、頼んでみてもいいんだがね」

パスワードがかかっていて、〈特別調査費帳簿〉というタイトルしか分からない、めんどうなメモリだ。

むろん、公安調査庁でも解読する手立てはあるが、MBS室長の棚橋嘉人に黙っていた手前、それはできない。

「お心当たりが、あるんですか」

「近くの友愛《ゆうあい》大学で、スパコンの研究をしている准教授が、うちの客なんだ。普通のメモリのパスワードなら、簡単に解読できるんじゃないかと思うよ」

三春は、興味をそそられたものの、迷った。

「でも、第三者に見られてはまずい内容、ということもありますし」

「その准教授は、解読することにしか関心がない男で、中身には興味がないんだ。心配ならやめておくけど、必要になったらいつでも言ってくれ」

「ありがとうございます」

小田島を巻き込みたくはないが、いざとなったら力を借りよう。

14

翌日の夕方。

殿村三春は、八丁堀にある全国球戯事業協同組合連合会の、事務局に行った。

理事長の奥山正一《おくやましょういち》には、あらかじめ電話で面会の約束を取りつけ、兼松一成の件で話を聞きたい、と言っておいた。

兼松が刺されたとき、自分が現場にいたことも正直に伝えた。

奥山は、銀髪をヤマアラシのように立てた、六十代半ばの男だった。黒縁の眼鏡をかけており、レンズのせいで目が一回り大きく見える。

奥山が日本人であることは、すでに調べがついていた。

女の事務員が、お茶を運んで来る。

事務員が出ていくと、奥山は言った。

「警察の事情聴取でも言いましたが、兼松さんは全球連の財務担当理事として、業界のために尽力してくださった。こんなことになって、まことに残念です」

まるで、兼松の死が確定したような口ぶりに、三春は眉をひそめた。

奥山が、あわてて付け加える。

「つまり、死体が消えるというか、刺されたときは息があったとしても、それからすでに何日もたちますから、もう生きてないような気がしましてね」

「ですが、まだ遺体が見つかっていないので、ご存命の可能性もありますよ」

「生きていれば、とうに兼松さんか警察から連絡があっても、不思議はないでしょう。まあ、わたしどもも生きていてほしいと、そう願ってはいるんですが」

ぎこちない空気が漂う。

三春は、話を変えた。

「財務担当といいますと、兼松さんはどのようなお仕事を、していらしたのですか」

ほっとしたように、奥山の口元が緩む。

「名称どおり、全球連のお金の出し入れを担当する、重要な仕事です。地震や、台風の被災者に対する義援金や、福祉団体や施設に対する援助といった、寄付行為の推進も担当しています。業界の存在をアピールしたり、イメージアップを図ったりする、広報の仕事も兼ねてるんですよ」

三春はすなおに、感心してみせた。

「それは、けっこうなことですね。ほかにも、まだありますか」

気をよくしたように、奥山は続けた。

「広報といえば、最近パチンコ業界を巡る詐欺《さぎ》事件が多いので、ウェブサイトや店頭で注意を呼びかける、防犯広報の仕事も増えてますね。パチンコ、パチスロの攻略法を教えますとか、客寄せのための出玉デモンストレーション係募集とか、うまい話で釣って金を巻き上げる詐欺が、あとを絶たないんです」

口の端に泡をため、なおも言いつのる。

「逆に、そういう詐欺にあった人を救済します、といって金をだましとる手口もありますよ。まったく、よくも思いつくものだと感心するほど、いろんな詐欺があるんです。引っかかる方も、引っかかる方ですがね」

三春は、咳払いをした。

「広報のお仕事は、よく分かりました。ほかの質問をしても、よろしいでしょうか」

奥山は、眼鏡をはずして二、三度瞬きし、レンズをふいた。

眼鏡をかけ直して言う。

「いいですよ。なんでしょう」

「この業界には、北朝鮮の出身者がかなりおられますけど、故国への援助はどうなっていますか」

奥山は、ソファの背にゆっくりと体を預け、両手の指を突き合わせた。

「現在、全球連としてはなんの援助も、していません。個々の会員が、自分の判断で援助することは、あるかもしれませんがね。それも、万景峰号が日本入港禁止になってから、むずかしくなっています。少なくとも、全球連としては把握していません」

三春が黙って見返すと、奥山は背を起こして続けた。

「むろん、公安調査庁がそのあたりのことに、興味を抱かれるのは分かります。しかし、わたしどもは法を破るようなことを、いっさいしていませんよ。このところ、北朝鮮に対する風当たりも、強いですしね」

三春は、牽制球《けんせいきゅう》を投げた。

「全球連の活動予算は、当然兼松さんが管理しておられると思いますが、そのチェックをなさっていますか」

奥山は、意外なことを耳にするというように、顎をぐいと引いた。

「もちろん、月ごとに税理士と監査役がチェックしますし、そのときはわたしも立ち会いますよ」

「これまで、何か不審な点に気づいたとか、そういうことはありませんか。もちろん、ここだけの話でけっこうですが」

奥山は、少しむっとしたように鼻孔《びこう》を広げ、眼鏡の縁を押し上げた。

「ここだけも何も、別に不審な点はありませんよ。なぜそんなことを、お聞きになるんですか。兼松さんが、全球連の金を不正使用している、とでも」

そう言って、唇をぐいと引き結ぶ。

三春は、ほほ笑んでみせた。

「何もなければ、それでいいのです。このところ、団体役員による横領、使い込みがだいぶ増えているので、念のためお尋ねしただけです」

一息ついて、別の質問をする。

「兼松さんは、宗教団体のクルパジャと接触があるようですが、そのことは把握しておられますか」

奥山は目を見開き、膝がしらを握り締めた。

「クルパジャと、ですか。いや、そんな話は、聞いたことがありませんね。どこで、お聞きになったんですか」

「情報源は申し上げられませんが、わたし自身が兼松さんとある信者のあいだに、接触があることを確認しました」

奥山は落ち着きを失い、ソファの上ですわり直した。

「まさか、そんな。クルパジャといえば、先日練馬かどこかで学校の体育館に、殴り込みをかけたとかいう、あれでしょう」

「学校の体育館ではなくて、スポーツジムです」

奥山は、聞いていなかった。

「あの事件は、クスリを飲んでトランス状態になった、熱狂的な信者のしわざですよ。そのうち、連中はもっと強力な毒物をばらまいて、無差別殺人を図るかもしれない。われわれが、そんな危険な連中と接触するなんて、ありえませんよ。誤解もはなはだしい」

　怒りのせいか、口元が軽くひきつる。

「全球連が、とは言っていません。単に、兼松さん個人が接触している、と申し上げただけです」

三春が応じると、奥山は気勢をそがれたように、上体を引いた。

「接触というと、どの程度のことをいうんですか。折伏《しゃくぶく》を受けたとか、そういうことですか」

「違います。兼松さん自身が、クルパジャに入信したとかするとか、そんな話ではありません」

「では、何がおっしゃりたいんですか」

「故国に送金するかわりに、彼が陰でクルパジャを援助していたりしたら、全球連としてもまずいのではないか、と思ったのです。ただ、帳簿に不審な点がないのでしたら、心配ないでしょうが」

「もちろん、兼松さんに限って、そんな心配はありませんよ」

そう答えたものの、奥山の目には不安めいた色が、浮かんでいた。

三春は、ハンドバッグを引き寄せた。

「もう一つだけ、お尋ねします。全球連の関係者か、兼松さんとお付き合いのあるかたの中に、葛和さんという人はおられませんか」

「クズワですか」

「はい。たぶん、葛飾区の葛に、平和の和と書きます」

「クズワ、クズワねえ」

奥山は眼鏡をはずし、汚れてもいないレンズをハンカチで、丹念にふいた。

眼鏡をかけ直し、おもむろに首を振る。

「いや、聞いたことがありませんね」

三春はソファを立ち、奥山に頭を下げた。

「お忙しいところを、ありがとうございました」

外に出ると、すでに暗くなっていた。

携帯電話で、光中央警察署の芦田秋五警部補に、連絡をとる。

強行犯捜査係の刑事が、係長はたった今食事に出たばかりで、一時間はもどらないと言った。

八丁堀から地下鉄日比谷線に乗り、六本木で都営大江戸線に乗り換えて、終点の光が丘駅へ向かう。

一時間近くかけて、ようやく目的地に着いたときは、午後七時半になっていた。

光中央署は、駅から五分ほどのところにある。

もう一度電話すると、芦田はまだ食事からもどっていなかった。

三春は、電話を受けた刑事に携帯電話の番号を言い、もどったら連絡するように伝えてほしい、と頼んだ。

駅前のピザハウスにはいり、とりあえず腹ごしらえをする。

急いで食べたにもかかわらず、芦田は電話をかけてこなかった。

八時を回った。

業を煮やして、トイレからまた電話する。

すると、今度は当人が出てきた。

「もどられたらお電話してくださいって、お願いしておいたんですけど」

苦情を言うと、芦田はそっけなく応じた。

「聞いてないな。だれに伝言したんだ」

「名前は聞きそびれましたが、そちらの刑事さんです」

「おれがもどる前に、飯を食いに出ちまったんだろう」

「メモも、ありませんでしたか」

「なかった。それより、なんの用だ」

「お目にかかりたいんです。捜査の、その後の進展をお聞きしたい、と思って」

「なんの進展もないよ。あれば、こっちから連絡する」

「今、光が丘駅前のピザハウスに、いるんですけど」

「約束した覚えはないがね」

けんもほろろ、とはこのことだ。

「事件の翌日、兼松の自宅マンションに押し入って、家捜しした連中の目撃情報は、まだありませんか」

「ないな。団体で押しかけたのならともかく、一人か二人のしわざだとしたら、目撃情報がないのもしかたがないさ」

「あの夜、兼松と一緒だった女の身元は、分かりましたか」

それについては、檜垣さなえの外見と容貌をほぼ正確に、伝えてある。

芦田は、おもしろくなさそうに言った。

「まだ、つかんでない。二人がはいった寿司屋、バー、ラブホの聞き込みでも、素性を特定できるような情報はなかった」

それを聞いて、警察がさなえのことを割り出すにしても、まだしばらく時間がかかることが分かった。

三春は、一拍おいた。

「別に、お目にかかってご報告するほどの情報は、ありませんね」

皮肉を言うと、電話の向こうで小さく舌打ちする音が、耳に届いた。

それから、すぐに球を投げ返してくる。

「夕方、全球連の理事長のところへ、聞き込みに行ったそうじゃないか」

ぎくり、とする。

奥山正一が芦田に、しかもこれほど早く報告するとは、考えもしなかった。

「電話があったんですか」

「あそこには、おれも聞き込みに行ったからな。だれか、兼松のことを調べに来るやつがいたら、知らせるように言っておいたのさ」

唇を引き締める。

全球連には、警察のOBもはいり込んでいるから、そのあたりの連絡は密なのかもしれない。予想しておくべきだった。

芦田は続けた。

「あんた、兼松とクルパジャの関係を根掘り葉掘り、聞いたそうだな」

案の定、そのことも奥山から、聞いたのだ。

三春が黙っていると、芦田はさらに続けた。

「言いたくないなら、それでもかまわんさ。こっちも、そのつもりで対応する」

それきり、電話が切れた。

15

二日後の、午後遅く。

殿村三春は、西武新宿線の鷺ノ宮駅から中杉通りを歩き、クルパジャ教団の本部道場に近い理髪店、〈スマイリー〉に行った。

例の、スポーツジム乱入事件が起きたとき、三春はその店でヘアカットしながら、情報収集をしていたのだ。

中にはいると、客はだれもいなかった。

先日カットしてくれた、高梨という若者が待ち合い用の椅子にすわり、新聞を読んでいた。

「いらっしゃいませ」

そう言って立ち上がった高梨は、三春を見たとたんに動きを止めた。

「あの、もしかして、お客さんは」

　そこで言葉を、途切らせる。

　この日、三春は軽いコートの下に薄手のニット、デニムのパンツにスニーカーという、前回とがらりと異なるいでたちだった。

　軽く会釈する。

「先日はどうも、失礼しました。あの騒ぎで、お勘定をしないまま消えてしまって、ごめんなさい。今日は、その代金をお払いしようと思って、来たんです」

　高梨が、やはりそうかというような顔で、会釈を返した。

「いや、こちらこそカットし終わらないうちに、あんなことになってしまって、失礼しました」

「でも、カットはほとんど終わっていたし、あのあと髪をいじってないの。別に、おかしくないでしょう」

　そう言って、高梨に見えるようにくるり、と一回りしてみせる。

　高梨は笑った。

「でも、中途半端はよくないですから、もう一度やり直しますよ。代金は、それからにしてください」

「分かりました。ついでに今日は、顔剃りもしてもらおうかしら」

　コートを掛け、ショルダーバッグを置いて、チェアにすわる。

仕事に取りかかると、高梨は待ち兼ねたように、切り出した。

「だけど、お客さんも驚いたでしょう、あんな事件に出くわして」

「ほんと、びっくりしたわ。実は、あれを見に行っているあいだに、そのあと人と会う約束をしていたのを、ふっと思い出してね。あわてて、鷺ノ宮駅に向かったのよ。それで、お店にもどれなくなっちゃって」

さりげなく弁解して、垣根を取り払おうとする。

「お客さん、一一〇番に電話してと叫んで飛び出したきり、もどって来られなかったじゃないですか。どうしたのかな、と思って」

「悪かったわね。カット代を踏み倒したみたいで、ずっと気になっていたの。やっと、今日時間ができたので、お金を払いに来たわけ」

鏡の中で、高梨が笑い返した。

「わざわざ、すみません。もしかして、乱闘事件に巻き込まれたんじゃないか、なんて心配してたんですよ」

そんなやり取りをするうちに、しだいに空気がなごんできた。

ほどなくカットが終わり、顔剃りにはいる。

カミソリの合間に、三春はさりげなく聞いた。

「スポーツジムと教団のあいだで、示談が成立したらしいわね」

マスクをした高梨が、小さくうなずく。

「新聞に、そう書いてありましたね。信者が異常行動に走ったのは、外部の人間に毒物を飲まされたからで、教団には法的責任がないとかなんとか」

「その後、教団と近所の人たちの折り合いは、どんな具合なの」

「教祖のじいさんが、幹部と一緒にスポーツジムや町内を訪ね回って、謝罪と事情説明をした、と聞きました。自分たちも被害者の一人だ、というような話をしたそうです」

「町の人たちは、それで納得したのかしら」

「謝罪は受け入れたようですね。ただ、漠然とした不安みたいなものは、消えないでしょう。かりに、あれがクルパジャの自作自演でないにしても、ほかからそういう謀略を仕掛けられる教団は、やはり危険な存在ですからね。スポーツジムは、それまで開放していた裏口を封鎖して、出入り口を表玄関一本に絞りました。間違っても、また襲われたくないでしょうし」

無理もないだろう。

「出て行け運動が再燃する、という可能性はないのかしらね」

「信者たちは、今までにもまして町内の清掃とか、違法のビラや看板を撤去する作業に、熱を入れ始めましたね。ゴミの集積所を巡回して、カラスを追い払うようなことも」

それからしばらく、当たり障りのない話に終始した。

あまり、クルパジャのことを根掘り葉掘り聞くと、変に思われる恐れがある。

顔に蒸しタオルを載せられたとき、入り口のカウベルが軽い音を立て、だれかがはいって来た。

足音からして、一人や二人ではないようだ。少し緊張する。

「あ、いらっしゃいませ」

そう挨拶した高梨の声音から、顔なじみの客らしいと見当がついた。

「マスター」

高梨が、蒸しタオルから手を離して、奥にいるらしい父親を呼んだ。

そのすきに、三春はタオルの下で横目を遣い、わずかな隙間から入り口を見た。

ぎくり、とする。

黄色い、作務衣らしきものを着た男たちの姿が、外の明かりを背に受けて影のように、ぼんやりと浮かんだ。

顔は見えないが、節だらけのごつい杖を持った腕が、ちらりと見える。

すぐにクルパジャの教祖、野々宮鈍斎に違いないと見当がついた。

奥から、高梨の父親が急いで出て来る、あわただしい物音がする。

「どうもどうも、いらっしゃいまし」

挨拶をしているあいだに、高梨が蒸しタオルを取った。

細目で様子をうかがうと、野々宮をはじめ信者とおぼしき三人の若者が、物珍しげに三春に目を向けてきた。

理髪店に女がいるので、とまどったらしい。

三春は目を閉じ、耳だけすました。

野々宮と思われる、よくとおる力強い声が言う。

「過日は、思いもよらぬトラブルを引き起こしまして、こちらをはじめ近隣のみなさんにも、ご迷惑をおかけいたしました。心より、おわびいたします」

ばかていねいな挨拶だった。

「いえいえ、どういたしまして」

ぎこちない返事をする、マスターの声。

「本日は、わたしだけ軽く刈りそろえてもらおう、と思いましてな。若いのはみんな、社会見学ですじゃ」

野々宮の語り口は、ばかていねいな上に今どきはやらない、田舎風の老人言葉だった。どことなく、わざとらしい感じがする。

「かしこまりました。それじゃ、野々宮さんは、こちらへどうぞ。あとのみなさんは、そちらでお待ちください」

マスターに言われて、野々宮がいちばん奥のチェアに、向かう気配がする。おつきの信者たちは、待ち合い用の椅子にすわったようだ。

高梨は、手早く三春の顔に化粧水を塗り、乾いたタオルで軽く叩いた。

「はい、どうも。お疲れさまでした」

そう言って、チェアを起こす。

三春としては、野々宮たちの会話を少しでも聞きたかったが、終わってしまってはそれ以上、長居するわけにいかない。

信者たちの、控えめな好奇の視線を浴びながら、勘定をすませる。

店を出て、それとなく周囲を見回した。

髪を紫色に染め、赤いチョッキ姿の犬を連れた、中年の女。

蕎麦《そば》屋の前で、メニューを眺めている、白いジャケットを着た若者。

不動産屋の案内板に見入る、トレンチコート姿のずんぐりした男。

スマートフォンをいじりながら、わき目もふらずに歩いて来る、水商売風の女。

別に、不審な人間は見当たらない。

いつものことだが、これは尾行や監視の有無を確かめるための、儀式のようなものだ。

だいぶ日の傾《かたむ》いてきた中杉通りを、鷺ノ宮駅の方へ向かう。冷や汗をかいていた。

携帯電話を取り出し、カットのあいだ切っておいた電源を、入れ直す。

小田島稔の携帯電話から、着信がはいっていた。かかったのは、電源を切ってすぐのことらしく、すでに一時間以上たっている。

今ごろ、小田島は自宅から店へ向かう途中の、時間帯ではないか。電車の中かもしれない。

躊躇したものの、電柱の陰に足を止めて、ボタンを押す。

小田島は、すぐに出た。

「三春です。今、だいじょうぶですか」

「ああ。スーパーで買い物して、店に着いたところだ」

「よかった。お電話いただいたとき、仕事で電源を切っていたものですから。すみませんでした」

「いいんだ。実は、夕方檜垣さなえから、電話があってね。店にかかった電話が、ケータイに転送されてきたんだ」

三春は、携帯電話を握り締めた。

「さなえさんから」

「そうだ。何かあったら、マスターに連絡しろと言われた、と言っていた。ほんとうか」

「ほんとうです。勝手に、中継ぎをお願いしてしまって、すみません」

どうやら、例の連中がさなえに接触してきた、とみえる。

「別に、かまわないよ。彼女の伝言は、三春から直接自分に電話してほしい、ということだった」

「それで」

「それだけさ。ケータイの番号を、教えてくれたよ。わたしも一応、登録しておいたが」

「メモしますから、ちょっと待ってください」

三春はその場にしゃがみ、小田島の言う檜垣さなえの番号を、メモした。

電話を切ったあと、それを電話帳に登録する。

腕時計を見ると、ちょうど五時半だった。

登録した番号に、かけてみる。

呼び出し音は鳴ったが、檜垣さなえは出てこなかった。三度試したが、同じだった。

三春は電柱の陰を出て、また通りを歩き始めた。

ほどなく、右手に例のスポーツジムの建物が、迫ってくる。

ふと思いついて、その角を右へ曲がった。

裏手に回ると、スポーツジムとほぼくっつくようなかたちで、簡易な造りの二階建ての建物が、建っていた。

塀もフェンスもないため、道路と敷地の境目がはっきりしない。

正面手前に、そこだけ取ってつけたような玄関が張り出し、驚くほど達筆な手で〈クルパジャ教団本部道場〉と、縦書きの大きな門札が掲げてある。カムフラージュする気は、はなからないらしい。

車は、玄関の横に設けられた駐車スペースに、直接乗り入れるようだ。古い型のカローラと、真新しいRV車が少し間をあけ、一台ずつ停まっている。

そこなら、弁当屋がワゴンを乗りつけて商売をするのに、十分の広さがある。

建物自体は安普請だが、想像したよりも大きい。窓の部分には、侵入や投石を防ぐためか、黄色い金網が張ってある。

あまり近づくこともできず、三春は周囲に注意を払いながら、その場で耳をすました。

かすかに、アラブ風の旋律やお題目のようなものが、流れてくるような気がする。

しかし、建物の内部に吸音材でも張ってあるのか、はっきりとは聞こえない。

公安調査官といえども、教団施設への立ち入り検査の許可を得ていないので、中にはいることはできない。

迷っていると、突然ショルダーバッグの中で携帯電話が鳴り始め、三春はあわてて
その場を離れた。

スポーツジムの裏手までもどり、携帯電話を引っ張り出す。

登録したばかりの、檜垣さなえからだった。

「殿村さんですか」

押し殺した声だ。

「はい、殿村です。さっき、小田島さんから連絡を」

しゃべりかけるのを、さなえがさえぎって言う。

「電話があったんです」

三春はすぐに、話を切り替えた。

「彼らから、電話があったんですね」

「いいえ、兼松さんから」

虚をつかれて驚く。

「兼松さんから。生きてらしたんですか」

「分かりません。そのことで、直接お話ししたいんです。お目にかかれませんか」

頭が混乱し、考える余裕がない。

「いいですよ。今、どちらですか」

「本部道場です」

三春は反射的に、クルパジャの建物を見返った。

「本部道場って、鷺ノ宮のですか」

「ええ。殿村さんは」

聞き返されて、ちょっとためらったが、正直に応じた。

「実はわたしも、すぐ近くにいるんです。外へ、出て来ていただけませんか」

「すぐ近くって」

面食らった様子だ。

「道場の、すぐ近くです」

「どうして」

さなえは、質問しかけたもののすぐにやめ、急いで続けた。

「分かりました。それじゃ、中杉通りを背にして道場の前を通りすぎると、五十メートルくらい先に児童公園があります。着替えて、十分くらいでそこへ行きますから、待っていてもらえますか」

「了解しました」

16

ブランコと砂場と滑り台だけの、昔ながらの小さな公園だった。

殿村三春は、奥の木陰のベンチに、腰を下ろした。

自分が、本部道場の近くに来たもっともらしい理由を、ひねり出そうとする。しかし、なかなかいい考えが、浮かばない。

結局、正直に言うしかない、と肚を決めた。

檜垣さなえは、正確に十分後に、公園にはいって来た。

ジーンズに紺のブルゾン、という軽装だった。小さなスポーツバッグをさげている。

小走りにやって来て、隣にすとんとすわった。

のっけから、聞いてくる。

「どうして、道場の近くにいらしたの。まさか、わたしをつけて来たんじゃ、ないでしょうね」

三春は、わざと笑ってみせた。

「違いますよ。このあいだの、乱入事件が近隣にどんな影響を与えたか、聞き取り調査に来ただけです」

さなえは、疑わしげな目をして、三春を見返した。

「何か、分かりまして」

いかにも、昔の奥さま口調の気取った聞き方に、内心苦笑する。

こんな口をきくのは、身構えている証拠だろう。

「いいえ、別に。近所の人たちは、むしろクルパジャに同情的でした」

嘘を言うと、さなえはかすかに口元を緩めた。

「そうでしょう。わたしたちは、むしろ被害者なんですから」

それを無視して、三春は続けた。

「さっそくですけど、電話のことを話していただけませんか。かけてきた相手は、ほんとうに兼松さんだったんですか」

さなえは、大きく息をついた。

「だと思います。電話があったのは、ゆうべ遅くでした。ちょうど主人が、お風呂にはいっているときだったので、気づかれずにすみました」

「どんな様子でしたか、兼松さんは」

急き込んで聞くと、さなえは少し体を引いた。

「兼松さんらしくない、なんだか弱よわしい声だったわ。刺された傷が、まだ治ってないんだ、と思いましたけど」

「くどいようですが、ほんとうに兼松さんだったんですか。声とか話し方とか、あるいは話の内容とかから、見当がつきませんか」

　さなえはうつむき、足元の地面を見つめた。

「そう言われると、自信がないわ。相手が、兼松ですって名乗ったので、疑いもしませんでした。刺されたのに、だいじょうぶなんですかって聞いたら、心配しなくていいと言うだけで、何も説明しないんです」

「兼松さんはなんのために、あなたに電話してきたんですか」

「それが、なんの前置きもなしに、これから人を使いに出すので、例のものを渡してやってほしい、と言うんです。例のものって、あなたが言ってらした、あれのことでしょう。どんなものか、知らないけど」

　三春は、唇を引き締めた。

　兼松一成がさなえに、そんな電話をするだろうか。

　兼松の言う〈例のもの〉が、あのＵＳＢメモリを指すことは間違いあるまい。

　それにしても、苦しい息の下でそれを託した相手を、さなえだと誤認する可能性があった、とは考えられない。

　さなえが、顔をのぞき込んでくる。

「兼松さんが、そんなこと言うなんておかしい、と思いませんか」

「そうですね。それであなたは、なんと答えたんですか」

「どんなものか知らないけど、兼松さんから何かを預かった覚えはない、と言ってやったんです。だって実際に、預かってないんですから。そうしたら、兼松さんはとぼける必要はない、何も言わずに渡してやってくれ、とまたしつこく言うのよ」

やり切れない、という風に首を振る。

三春は、少し考えた。

「だれかが、無理やり兼松さんに電話をかけさせた可能性は、ありませんか。つまり、兼松さんがその例のものとやらを、あなたに預けたと嘘を言ったために」

さなえは、三春を見た。

「ええ、そうね。その可能性もあるわね」

「あるいは、拉致した犯人が兼松さんになりすまして、あなたからそのものを回収しようと、偽電話をかけたのかもしれませんね」

三春が指摘すると、さなえは音もなく喉を動かした。

「そう言われると、兼松さんの声じゃなかったかもしれない、という気がしてくるわ。何がなんだか、分からなくなってきた」

三春は、さなえの腕に触れた。

「それはともかく、その電話のやり取りの続きを、話していただけませんか」

さなえは、肩を落とした。

「いくら、預かった覚えがないと言っても、兼松さんは聞こうとしないの。とにかく、使いの者に渡してくれ、の一点張り。しかたがないからわたし、あなたに言われたとおりのことをそのまま、伝えてやりました」

「つまり、その例のものとやらは公安調査庁の、殿村三春という調査官に渡した、と言ってやったんですね」

「ええ、そうです。それで、よかったんでしょう。あなたが、そうしろっておっしゃったんだから」

さなえは口を引き結び、後ろめたそうにうつむいた。

三春は、背筋を伸ばした。

「そう、それでいいんです。ところでその電話は、ゆうべの何時ごろだったんですか」

さなえは、顔を上げた。

「ええと、十一時半近かったかしら」

それから、三春に不安げな目を向け、先を続ける。

「ゆうべなり今日なり、だれかがあなたを訪ねて行きませんでしたか。兼松さんの使い、と称する人が」

「来ていませんね、今までのところは」

三春の返事に、さなえは納得したように、深くうなずいた。

「そうよね。まさかその人たちも、いきなり公安調査庁へ乗り込むほど、ばかじゃないでしょう」

それから、ふと眉を曇らせる。

「でも兼松さんが、預けてもいないものを取りに行かせるなんて、わたしにそんな電話をしてくるはずは、絶対にないわ。やっぱり、電話してきたのは偽の兼松さんよ。きっとわたしに、かまをかけたんだわ」

「あるいは、兼松さんがわざと見当はずれのことを言って、だれかに電話を強要されていることを、訴えたかったのか。どちらかですね」

さなえは、むずかしい顔をした。

「今考えると、やっぱりあれは兼松さんの声じゃない、と思うわ。いくら、刺されて衰弱しているにしても、あんな風にしゃべる人じゃないもの」

三春にしても、心臓のあたりを一突きにされたあの状態で、兼松が無事に生き延びることができた、とは考えられなかった。

たとえ、間をおかずに救急病院に運び込まれ、腕のいい医師の緊急手術を受けたとしても、そんな電話をかけられるほどの急な回復は、望めないだろう。

それに、どこの病院からもそうした救急患者の報告は、上がっていない。

これはやはり、兼松を拉致した一味が兼松になりすまし、さなえに電話をかけたとみるのが、妥当だろう。

さなえが言う。

「もし、兼松さんの使いを名乗る人が、あなたの前に姿を現したら、即刻逮捕してくださいね。兼松さんを刺した人たちの、一味に違いないんですから」

「逮捕はできないにしても、しかるべく対処します」

さなえは、きっとなった。

「逮捕すれば、いいじゃありませんか。そのためにあなたに預けた、とわたしに言わせたんでしょう」

公安調査官が、そうした強制捜査権を持たないことを説明するのは、めんどうくさい。

「ともかく善処しますから、心配なさらないでください。時間を割いていただいて、ありがとうございました」

三春が礼を言うと、さなえは不満げな様子を残しつつ、ベンチを立った。

「わたし、西武池袋線の中村橋駅まで、歩いて行きます。あなたは」

「わたしは西武新宿線の、鷺ノ宮駅です。そこの中杉通りまで、ご一緒しましょう」

三春が腰を上げて言うと、さなえはわずかに躊躇の色を見せたものの、先に立って歩き出した。

公園を出て、中杉通りの方へ向かう。

クルパジャの本部に差しかかったとき、黄色い作務衣を着た信者らしき一団が、前方からやって来るのに気づいた。

先頭にいるのは、野々宮鈍斎だった。散髪を終え、若い信者たちを引き連れて、道場へもどるところらしい。

一本道で逃げ場がなく、三春は焦った。

隣を歩くさなえも、心なしか歩き方がぎくしゃくしている。

野々宮たちは、五メートルほどまで近づいて、立ち止まった。

さなえも三春も、同じように足を止めた。さなえの緊張が、伝わってくる。

あらためて見直すと、野々宮がついているのは飴色《あめいろ》に光る、みごとに節くれ立った杖だった。

その杖はベンガラと呼ばれ、クルパジャが有害と称する電磁波の磁場を、無力化する力があるという。

事実かどうかはともかく、ほれぼれするような杖であることは、間違いなかった。

連れの信者たちは、いずれも二十代前半と思われる、頼りなげな若者だ。

どう散髪したのか、ほとんど白くなった野々宮の髪は逆立ち、半分渦を巻いている。頬から顎をおおう髭は、優に胸元までの長さがあった。

野々宮は、鋭い眼光をさなえに向けた。

「そちらのお嬢さんは、あんたのお知り合いかな」

さなえは、気をつけの号令をかけられたように、その場に直立した。

「はい。いいえ、知り合いというわけではなくて、顔見知りといった程度の」

そこまで言って、あとは言葉をのみ込む。

野々宮は、三春に目を移した。

「おまえさんはさっき、床屋で顔を剃っておったお嬢さんじゃな」

相変わらずの、芝居がかった老人言葉だ。

「はい」

しかたなく認めると、野々宮はにやりと笑った。

「女子《おなご》が、美容院に行かずに床屋に行くからには、それなりのわけがあろうて。髪結い床は、江戸の昔から町内の噂を集めるのに、格好の場所よ。おおかた、わが教団の評判でも聞き出そうと、立ち寄ったんじゃろう。それとも、わしのひが目かな」

三春は、野々宮の勘のよさに、驚いた。

口を開く前に、さなえがあわただしく割り込む。

「そうに、違いありません。この人は、公安調査庁の調査官なんです。クルパジャのことを、調べ回ってるんです」

さなえの突然の変貌に、三春はあっけにとられた。

先日来、さなえは友好的とまではいえないにせよ、少なくとも敵対的な態度ではなかった。

それが突然、野々宮を前にして自分の立場を守ろうとする、保身の態度に出るとは思わなかった。

公安調査庁と聞いて、若い信者たちが少し色めき立つ。

野々宮は、ベンガラを上げてそれを制止し、三春を見た。

「ほんとうかね、公安調査官というのは」

やむをえず、三春は身分証明書を出して、目の前にかかげた。

「ほんとうです」

野々宮は、それをちらりと見ただけで、ゆっくり首を振った。

「やはり、そうか。いずれは、木っ端《こっぱ》役人が嗅ぎ回りに来るに違いあるまい、と思っておったよ。それにしても、公安調査官が張り切ってお出ましとは、ご苦労なことだ。わが教団を、オウムと同類扱いしておるのかな」

三春は、身分証明書をしまった。

「いいえ、そんなつもりはありません。ただ、このあいだのような事件が、また発生するといけないので、念のため視察に来ただけです」

　そう答えたものの、受け身になった自分を意識する。

「公安調査庁が、特定の団体の活動を調査したり監視したりするには、それなりの根拠が必要じゃ。あんたは公安審査委員会に、わが教団の観察処分でも請求するつもりか」

　野々宮は、自分たちが置かれた立場を、よく認識しているようだ。

「そんなことは、考えていません。少なくとも、今のところは」

「しかし、床屋で近所の噂話を聞き出したり、勝手に信者に接近して情報を集めるのは、そういう目的があるからじゃろう」

　語り口は老人めかしているが、どうしてなかなか手ごわい男だ。

　これ以上相手をしていると、よけいなことまでつつかれる恐れがある。

「お気にさわったようでしたら、おわびします。お弁当の味噌汁に、毒物を入れた犯人がつかまれば、クルパジャに対する疑いも全面的に晴れるでしょう。そのときまで、同じようなことが起こらないように、わたしたちも警戒を怠《おこた》らないつもりです」

　野々宮は唇を引き結び、三春の顔をじっと見返した。

「あちこち嗅ぎ回ったところで、わが教団にやましいことがない以上、むだな努力に終わるじゃろう。お引き取りいただこうか」

三春は、軽く頭を下げた。

「失礼します」

さなえを見ずに、野々宮たちの脇をすり抜け、中杉通りへ向かう。

信者たちの視線を、痛いほど背後に感じたが、振り向かなかった。

さなえが、三春とのいきさつを真っ正直に、野々宮に話すことはあるまい。いくら相手が教祖でも、兼松一成とダブル不倫をしていた事実や、そのために警察と関わりを持ちたくない弱みを、打ち明けたりはしないだろう。

中杉通りを、鷺ノ宮駅の方へ歩きながら、さなえの話を反芻する。

前夜、さなえに電話して来た相手が、実際に兼松本人だったかどうかは、はなはだ疑問だ。

瀕死の重傷を負った兼松が、それほど短時日で回復するとは、とても思えない。預けてもいないさなえに、例のものを引き渡してほしいなどと、電話するはずがないのだ。

それにしても、三春に渡したとさなえから聞かされたのに、犯人一味からいまだに接触がないのは、どういうことか。前夜から数えれば、すでに十数時間もたつのだ。

外を歩くときは、尾行や監視に留意するのが習性になっているが、これまでのところその気配はない。

さなえの話を聞いたあとでは、むしろ何も起こらないことの方が、不気味だった。

鷺ノ宮から、西武新宿線の電車で中井まで行き、大江戸線に乗り換えた。

さらに、中野坂上で丸ノ内線に乗り換え、霞ケ関へ向かう。

一度庁舎にもどり、ＭＢＳ室長の棚橋嘉人をつかまえて、これまでの経過を報告するつもりだった。あるいは、警察庁の筋から光中央署とは異なる、新たな情報がはいっているかもしれない。

丸ノ内線に乗り換えたとき、何か首筋のあたりにちりちりするような、妙な感覚を覚えた。それは先刻、クルパジャの信者たちの視線を背中に感じたときと、よく似ていた。

頃合いを計って、三春は電車の揺れでよろけたように装い、わざとおおげさに体をねじった。

体勢を立て直しながら、すばやく周囲の様子をうかがう。

車内はさして混んでおらず、何人かの乗客がよろけた三春に反応するように、視線を向けてきた。

その中に、まるで三春の動きに関心を示さず、中吊りを眺めている男がいた。

髪をスポーツ刈りにした、三十代後半に見える男だった。トレンチコートの襟から、いかつい顎がのぞいている。

その雰囲気からして、ただの無邪気な勤め人には見えない。

これといった理由はないが、あまりにもその男が自分に無関心なので、かえって気になった。

むろん、自分のことを人目を引くほどの美人だ、とは思っていない。

とはいえ、今のようにわざとらしい動きをすれば、だれでも反射的に目を向けてくるのが、ふつうではないか。

さほど離れていないのに、その男が瞬き一つしなかったのは、むしろ不自然だ。

ふと、理髪店〈スマイリー〉を出たとき、不動産屋の案内板を眺めていた、トレンチコートの男のことを思い出す。

よくは見なかったが、同一人物だろうか。

だとすれば、その男が同じ電車に乗っているのは、偶然ではないだろう。あとをつけて来た、と考えてもおかしくない。

それを確かめるため、三春は四谷三丁目で電車をおり、地上に出た。

17

すでに、日が暮れている。

殿村三春は、新宿通りを四谷の方へ少し歩き、杉大門通りの入り口を左にはいった。

いかにも、行く先は決まっているという思い入れで、足ばやに歩く。背後を見返るような、素人くさいまねはしない。

もし、トレンチコートの男があとを追って来なければ、ただの思い違いにすぎなかったことになる。

しかし、自分の勘には自信があった。

それに、兼松を拉致した連中にしても、いたずらに時間を費やす余裕はなく、そろそろ動きを見せていいころだ。

五分ほど歩くと、車が引っ切りなしに行き来する、外苑東通りにぶつかった。そこを、右に折れる。

その広い通りを、道なりにまっすぐ北へ向かえば、靖国通りの真上をまたぐ曙橋《あけぼのばし》を越えて、最終的に早稲田に通じる。

曙橋の、少し手前の信号が、青になった。三春は、横断歩道から通りの向かいに渡り、同じ方向に歩き続けた。

橋のたもとまで来たとき、斜め掛けにしたショルダーバッグを前に回し、足を止める。

バッグを開き、探しものをする感じで十五秒ほど、時間を稼いだ。尾行者がいるなら、これで十分引きつけたことになるだろう。

橋の左側に、真下を走る靖国通りにおりる階段があり、三春はそこへ足を向けた。その階段は、昼間でも人ののぼりおりがまばらな、いわば真空地帯だった。だれかを襲うには、打ってつけの場所といえる。

緑に塗られた、鉄の手すりの階段をおり始めたとき、橋の上で車のタイヤがアスファルトをこする、耳障りな音がした。

続いて、ドアがあわただしく開閉する音。

時をおかず、歩道を乱れ打つ複数の靴音が、耳を打った。

踊り場で足を止め、階段の上を振り仰ぐ。

そこに、三人の男が姿を現すのを見て、少し焦った。こちらは女一人だし、相手はせいぜい二人だろう、と思っていたのだ。

しかも、なぜか三人の中に電車で目にした、トレンチコートの男の姿はなかった。

リーゼントに革ジャン。パンチパーマにブルゾン。スキンヘッドに薄手のパーカ。

いでたちはまちまちだが、三人ともまともな世界の人間ではない。前後して、どやどやと駆けおりて来た男たちのうち、先頭のパンチパーマがそばをすり抜け、階段の下方に回り込む。

あとの二人は、踊り場の少し上で足を止めた。

行く手をふさがれて、三春は手すりを背にした。

「何をするの」

わざと、緊張と脅えの色を見せつつ、コートのポケットに手を入れる。

パンチパーマが、下方から応じた。

「おれたちと一緒に、車に乗ってもらうぜ。おとなしくしてりゃ、手は出さねえよ」

その、紋切り型のせりふや口のきき方で、男たちが事情を知らぬただの使い走りだ、と見当がつく。

肝腎の相手は、おそらく上の車の中だろう。めんどうな展開になった。

スキンヘッドが踊り場におり、手にしたものをかざして見せる。

「手荒なまねは、したくねえんだよな。これを食らうと、目から火花が散るぜ」

頭上に取りつけられた街灯の、ぼんやりした明かりの中に浮かんだのは、スタンガンらしきものだった。

三春は、筋肉を引き締めた。

むろん、三人が相手では不利なことは明らかだが、狭い踊り場ならなんとかなる。

「あんたたちはだれ。わたしは、公安調査庁の調査官よ。妙なことをしたら、ただではすまないわよ」

わざとらしく、警告してみせる。

スキンヘッドの後ろから、リーゼントが口笛でも吹きそうな感じで、うそぶいた。

「そんな役所は、聞いたことがねえな。さっさと、上へもどろうぜ。お迎えの車を、用意してあるからよ」

「あんたたち、だれの使いなの」

「知ったこっちゃねえよ」

「どこへ行くつもり」

「乗れば分かるさ」

「いやだと言ったら」

「怪我したかねえだろう」

お定まりのやりとりに、いささかうんざりする。

三春は少し考えるふりをして、しぶしぶのようにうなずいた。

「いいわ。どこへでも、お供しようじゃないの」

スキンヘッドは、三春がおとなしく従うとは思わなかったのか、とまどった顔をした。

「騒ぐんじゃねえぞ」

三春は、手すりから背中を離して、顎を小さく動かした。

「そこをどいて」

スキンヘッドが、反射的に道をあけようとして、腕を下げる。

その隙をとらえ、三春はコートのポケットから手を出して、握り締めたスタンガンをパーカの胸に、思い切り押しつけた。

スキンヘッドは、悲鳴を上げて自分のスタンガンを落とし、白目をむいてその場にくずおれた。

「このあま」

リーゼントが声を裏返してののしり、スキンヘッドが落としたスタンガンを、拾い上げようとする。

三春は、男のこめかみ目がけて蹴《け》りを入れ、その反動で背後へ向きを変えるなり、駆けのぼってきたパンチパーマに、スタンガンを突き出した。

パンチパーマは危うくそれを避け、突き出された手首をすばやくつかむなり、思わぬ力でねじり上げてくる。

股ぐらに、膝蹴りを食らわせようとしたが、相手は体を半身にしてそれを避け、三春をねじり倒しにかかった。

男は、いくらか格闘技の心得があるらしく、痩せた体つきにも似ず力が強い。三春は右腕がしびれ、踊り場に膝をついた。男の体が死角にはいり、拳も蹴りも繰り出すことができない。

パンチパーマが、仲間に声をかけた。

「おい、そっちのスタンガンを使って、やっちまえ」

スキンヘッドが、ふらふらと立ち上がるのが、目の隅に見える。

自費で買ったスタンガンが、期待したほど長い効果を発揮しないと分かって、三春は愕然《がくぜん》とした。

リーゼントが、踊り場に落ちたスタンガンを拾い上げ、スキンヘッドに渡す。

三春は腕に力を入れ、自分のスタンガンをパンチパーマに向けようとしたが、相手の腕はびくともしない。

だめだ、このままではやられてしまう。

そう思ったとき、階段の上から怒声が降ってきた。

「やめろ。警察だ」

同時に、鋭い呼び子の音が鳴り渡った。

男たちが、ぎょっとしたように動きを止め、階段の上を見上げる。

次の瞬間、パンチパーマは三春を踊り場にねじり倒し、階段を駆けおり始めた。

それを見て、スキンヘッドもリーゼントもあわてふためき、三春の体を飛び越えるようにして、パンチパーマのあとを追う。

橋の上で、車が急発進する音が聞こえた。

三春は、手すりにつかまって体を起こし、男たちを追おうとした。

しかし、男たちは階段をすごい勢いで駆けおり、風を食らって靖国通りに姿を消した。

体の力が抜ける。

追いつけそうもないし、追いついたとしても使い走りの下っ端では、なんの役にも立つまい。

警察、という言葉に異常に反応したところをみると、臑《すね》にそれなりの傷を持つ連中なのだろう。

それにしても、相手があんなちんぴらを使ってくるとは、思わなかった。

階段を、小刻みに駆けおりて来る靴音に、三春は振り向いた。

暗くなった空を背に、トレンチコートを着たスポーツ刈りの男の姿が、くっきりと浮かび上がった。

「だいじょうぶですか」

目の粗《あら》い、サンドペーパーがこすれるような声に、少したじろぐ。

三春は、さりげなくスタンガンを、ポケットにしまった。

「はい、だいじょうぶです。ありがとうございました」

うつむいて、デニムの膝の汚れを払いながら、考えを巡らす。

この男が、自分のあとをつけていたことは、やはり間違いない。そうでなければ、今ここにいるはずがない。

自分に対して、何か働きかけがあるとするならば、この男だろうと三春は思っていた。しかし、実際に襲って来たのは使い走り同然の、ちんぴらたちだった。

あの連中は、知らずにこの男の先回りをした、ということだろうか。

いや、と考え直す。

この男が、さっきのちんぴらたちとぐるではない、という保証は何もない。危ないところを助け、こちらの警戒心を解いて油断させようと、一芝居打ったのかもしれないではないか。

男が、また声をかけてくる。

「ほんとに、だいじょうぶですか」

三春が、あまり丹念に膝を払っているので、いたたまれなくなったらしい。

三春は体を起こし、男をまともに見た。

「失礼ですが、警察のかたですか」

男は首を振った。

「いや、違います。警察だとどなれば、たいていのちんぴらは逃げますから」

「でも、ホイッスルを吹かれましたよね」

「ああ、あれは万が一のときのために、いつも持ち歩いてるんです。役に立つことは、めったにありませんが」

三春は、一拍おいて尋ねた。

「あなたがどなった直後に、橋の上に停まっていたどこかの車が、急発進しませんでしたか」

男が、すぐにうなずく。

「ええ、鎖《くさり》を解かれたドーベルマン、という感じでね。今の連中を、橋の上まで乗せて来たから、仲間なんでしょう」

「どんな車でした」

「黒のワンボックスカーでしたね。車種は分かりませんが」

「いろいろと、観察力が鋭くていらっしゃるんですね」

少し皮肉を込めて言うと、男は照れたように笑った。

「実は、ずっとあなたを尾行していたので、一部始終を見届けることができたわけです。もっとも、あなたがここで襲われるとは、予想してませんでしたがね」

驚きを通り越して、半ばあきれてしまう。

まさか、この男が自分から尾行していたことをばらす、とは思わなかった。やはり、連中の仲間ではない、ということか。

三春が言葉を失っていると、男はじれったげに肩を動かした。

「尾行には、気がついていらした、と思いましたがね。庁舎を出て、練馬の理髪店に行ったあと、クルパジャの本部へ回るあいだ、ずっとつけてましたから」

下唇を、嚙み締める。

理髪店を出たとき、視野にはいったトレンチコート姿の人物は、やはりこの男だったのだ。

どちらにせよ、それほど長く尾行されていたとは、思わなかった。

「どうしてわたしを、尾行してたんですか」

ストレートに聞くと、男はいかつい顎をわずかに動かし、あっさりと言った。

「あなたは、公安調査庁ＭＢＳ室の、殿村三春管理官ですね」

もはや、驚きはしなかった。

「ええ。それで、あなたは」

「帝都新報社会部の、ヤマネシンジという者です」

男は、そう言って内ポケットから名刺を引き抜き、三春に差し出した。

受け取って明かりにかざすと、確かに帝都新報・社会部記者、山根信士《やまねしんじ》とある。

山根信士か。

この男が新聞記者とは、さすがに意表をつかれた。しかも、なぜ会ったこともない三春の素性を、承知しているのか。

三春は、山根の顔を見た。

「どうして、わたしのことをご存じなんですか」

山根は、鼻の頭を指でこすり、階段の上下を見た。

「こんなところで、立ち話もなんでしょう。さっき歩いて来た杉大門通りに、喫茶店がありましたね。そこでゆっくり、話しませんか」

そう言って、答えを待たずに体の向きを変え、階段をのぼり始める。

三春がついて来ないことなど、考えもしないという足取りだった。

むろん三春も、あとには引けない。

階段の下を見返り、ちんぴらたちがもどって来ないことを確かめ、山根のあとを追う。

橋の上にも、駐停車している不審な車は、見当たらなかった。

信号を渡り、杉大門通りの方へもどりながら、今度は入念に前後の様子に、目を配る。

　二人を監視したり、あとを追って来たりする者は、だれもいなかった。

　杉大門通りにはいり、新宿通りの方へ向かって二分ほどもどると、左側に〈ガムラン〉という喫茶店があった。

「先に、はいっててくれませんか。わたしは、だれかつけてないか確認してから、もどって来ます」

　山根はそう言って、すたすたと先へ歩き続けた。

　三春は、店にはいった。

　中は薄暗く、東南アジアかインドの民族音楽らしい、弦楽器の音が流れている。かすかな、香のにおいが鼻をついた。

　一分ほどで、山根がはいって来る。

「だいじょうぶ、さっきの連中は引き上げたようです」

　そう言いながら、向かいの席にすわった。

　チャイがあったので、それを二つ頼む。

　いい香りのするチャイだった。

「それじゃ、わたしのことを知ってらっしゃる理由を、聞かせていただきましょうか」

三春が切り出すと、山根は着たままのトレンチコートの前をはだけ、椅子の上でふんぞり返った。

「簡単なことですよ。殿村さんは、兼松が刺されて行方不明になった夜、現場にいた人でしょう」

顔には出さなかったが、三春は少なからず動揺した。山根の口から、いきなり兼松一成の名前が出るとは、思わなかった。

肚を決めて言う。

「ええ。どこで、お聞きになったの」

「光中央消防署の、救急隊ですよ。事件のことを聞いたら、あのとき一一九番に連絡してきた人は、これこれこういう素性の人だった、と教えてくれましてね」

箝口令《かんこうれい》をしいたわけではないから、救急隊も聞かれればそのとおりに答えるだろう。

「事情は分かりました。でも、わたしに何か聞きたいことがおありなら、尾行なんかせずに直接庁舎の方へ、訪ねて来られればいいでしょう」

訪ねても来ないのに、どうやって自分の顔を見分けたのだろう、という疑問がちらりと頭をよぎる。

深く考える前に、山根はチャイを飲んで応じた。

「真正面から取材して、ほかの社の連中にかぎつけられたりしたら、おもしろくないじゃないですか」

「わたしが、他社にかぎつけられたくないほどの、特ダネを持っているとおっしゃるの」

聞き返すと、山根は含み笑いをした。

「わたしは、そう睨んでますがね」

「どんな特ダネかしら」

山根は、少しのあいだ三春を見つめ、トレンチコートの前を掻き合わせて、上体を乗り出した。

「兼松が消えてなくなる前、彼から何か預かりませんでしたか」

18

不意をつかれて、殿村三春はつい目を伏せた。

山根信士は続けた。

「どうやら、返事はイエスのようですね。さっき、殿村さんを襲って来た連中は、兼松一成を連れ去った犯人の一味でしょう。兼松から、何か重要なものを奪おうとしたのに、彼はそれを身につけていなかった。そこで、さしずめ彼が刺された現場にいた殿村さんに、その何かを預けたに違いないと考えて、襲ったわけだ。筋が通ってますよね」

そう言って、得意げに笑みを浮かべる。

山根が、そこまでからくりを読むことができる、とは思わなかった。

三春が答えずにいると、山根は真顔にもどった。

「殿村さんを助けた見返りに、何を預かったか聞かせてもらえますか」

「預かった、と言った覚えはありませんけど」

三春が応じると、山根は体を引いた。

目に、いかにも狡猾《こうかつ》そうな色を浮かべ、脅すような口調で言う。

「兼松が刺されたとき、現場にいて救急車を呼んだのは殿村さんだ、と紙面で書いてもいいんですか。それに、兼松から何かを託された形跡がある、と」

三春は臆せず、山根の目を見返した。

「公安調査官を脅しにかかるとは、帝都新報もいい度胸をしてますね。赤新聞でもあるまいし」

山根は、いっこうにへこたれる様子もなく、チャイを飲んだ。

「脅してなんか、いませんよ。これはあくまで、取引だと思ってください。殿村さんが、何を預かったか明かしてくれたら、当面現場におられた事実を記事にするのは、

控えることにします。少なくとも、殿村さんから許可が出るまでは、何も書きませ
ん」

　そう言って、請け合うようにうなずく。

「わたしの方から許可する、しないの問題ではないでしょう。どちらにしても、あなたが勝手に書くのをやめさせることは、わたしにはできないわ」

　三春が言い返すと、山根は顎を引いた。

「そうですね。許可があろうとなかろうと、書かなければならないと判断したときは、書かせてもらいます。間違っても、ほかのメディアに抜かれたくは、ないですから。ただし書くときは、事前にお知らせしますよ」

「単に、わたしが兼松の襲撃現場にいて、何かを預かったらしいと書いても、意味がないでしょう。それが、どんな内容のものかを書かなければ、記事にならないわ」

　それを聞くと、山根はにやりと笑った。

「ははあ。つまり、預かったのは何か内容のあるもの、というわけですね。お金とか、宝石のようなものじゃなくて、手書きのメモとか文書とか書類のコピー、あるいはUSBやメモリカードといった、記憶メディアでしょう」

　三春は、唇を引き締めた。

　見てくれはもっさりしているが、山根はなかなか油断のならない男だ。

「預かった、とは言ってませんよ。でも、あなたが想像するのは、勝手だわ」

「何を預かったにせよ、それが警察筋から発表されていないとすれば、よほどの秘密が隠されていると見て、いいですね」

三春が黙っていると、山根は探るような目になって、ぽつりと言った。

「光中央署の芦田係長に、確認してみるかな」

三春は、表情を変えまいと努力しながら、チャイに手を伸ばした。

動揺を悟られたかもしれない、と思うとよけいに緊張する。

強行犯捜査係長の芦田秋五警部補には、兼松一成からＵＳＢメモリを託されたことは、いっさい話していない。上司のＭＢＳ室長、棚橋嘉人にすら伏せてある。

そのことが、今さらのように負担になってきた。

しかし、口から出てきたのは自分でも驚くほど、強気な発言だった。

「どうぞ、お好きなように。くどいようですけど、わたしは何も預かった覚えはないわ。あなたが勝手に、そう思い込んでいるだけでしょう」

「そうですかね。殿村さんの顔には、確かに何か預かったと書いてありますよ」

「だとしたら、顔の方が嘘をついているのね。それよりあなたには、わたしが兼松から何か預かった、と信ずべき理由がおありなの。だれかに、そのように吹き込まれたとか」

三春が逆ねじを食わせると、いかにも自信満々に見えた山根の目を初めて、たじろぎの色がよぎった。

「そうは言ってませんよ。ブンヤの勘、というやつですね」

その声音《こわね》には、かすかな虚勢が感じられた。

自分の指摘が、山根になにがしかの動揺を与えたと分かって、三春は少し余裕を取りもどした。

「そんなに勘がいいのなら、わたしが何を預かったかも、見当がつくでしょう」

山根は、ちょっと頬を緩めた。

「ほう。何か預かったことは、認めるんですね」

今度は三春も、動じなかった。

「かりに預かったとして、の話ですよ。何度言わせるの」

山根が、わざとらしく首を振る。

「殿村さんも意外と、往生際が悪いですね」

三春は、それを無視した。

「公安調査官の仕事は、なんでも疑ってかかることなの。あなたが、帝都新報の記者かどうかだって、怪しいものだわ」

「お疑いなら、うちの社会部に電話して、確認したらどうですか。社会部長と、話してくださいよ」

それも無視して、三春は続けた。

「さっき、わたしが襲われたのを助けてくださったのも、疑おうと思えば疑えるわ。あなたが、あの連中とぐるだという可能性も、なくはないでしょう」

山根が、目をむく。

「まさか、本気でそう思っておられるんじゃ、ないでしょうね」

「どうしてですか。わたしに取り入るために、一芝居打ったとも考えられるわ」

それを聞くと、山根はくっくっと笑い出した。

しかし、その目はかならずしも、笑っていなかった。

真顔にもどり、まじめな口調で言う。

「殿村さんはけっこう、しぶとい人ですね。公安調査官は、みなさんそうですか」

「そうでなければ、調査官は務まらないわ」

山根は腕を組み、じろじろと無遠慮な視線で、三春をねめつけた。

「なんとか、あなたと取引できる方法は、ありませんかね」

初めてあなたと呼ばれ、三春は山根がいらだっている様子を、見てとった。

「かりに、わたしが兼松から何か預かったと認めたら、どんな見返りが期待できるのかしら」

そう突っ込むと、山根は顎を引いた。

「たとえば、あなたが困るような記事を書かない、という保証ですかね」

「根拠のないことを書けば、あなたの立場が悪くなるだけよ」

「そうかな。少なくとも、あなたが兼松が刺された現場にいて、救急車を呼んだことだけは、記録に残っていますよ。それに、兼松が全球連の理事を務める、在日二世だということも、分かっている。公安調査官が、たまたまその場にいたとは、考えられない。兼松を見張るか、尾行していたと考えるのが、普通でしょう。いったいあなたは、兼松の何を調べていたのか。そのあたりをつつくだけでも、そこそこの記事になると思いますね」

そのとおりだった。

しかし、ここで弱みを見せるわけにはいかない。

「書きたいのなら、どうぞお書きになって。でも、そうしたらほかの社の記者が、わたしのところへ押しかけて来て、うるさく確認を取ろうとするわ。わたしがそれに負けて、あなた以外の記者に真相を漏らしても、いいんですか」

三春が切り返すと、山根の目が一瞬残忍な光を帯び、頬の筋がぴくりと動いた。

「やはり、真相があるわけだ」

三春は笑った。

「あなたは、ひとの言葉のあやをとがめるのが、うまいわね」

山根は腕組みを解き、もぞもぞとすわり直した。

「そりゃ、わたしだって駆け出しの記者とは、違いますからね」

三春は、しかつめらしく考えるふりをしてから、さりげなく続けた。

「わたしがうんと言うまで、余計なことを書かないと約束してくださったら、あなたにアドバンテージを与えてもいいわ」

山根の目が、ちらりと動く。

「どんなアドバンテージですか」

「お話しできるときがきたら、真っ先にあなたにお話しします。ほかの社よりも、早く記事が書けるように」

無意識のように、山根は上唇をなめた。

「いつですか」

「それは、分かりません。たとえば兼松の生死、というか消息が明らかになったときに、お話しできるかも」

山根は顎をなで、少しのあいだ考えていたが、やがてぶっきらぼうに言った。

「分かりました。取引に応じましょう。兼松事件の現場にいたこと、何かを預かったかもしれないことに関しては、あなたの許可なしに書くのをやめます。ただし、取材だけは続けますよ。いつでも、書けるようにね」

「どうぞ、お好きなように」

「それじゃ、さっそくですが、質問があります。あなたが今日、クルパジャの本部道場へ行ったのは、どういう用件だったんですか」

「近くまでは行きましたけど、本部には行ってないわ。尾行していたのなら、ご存じでしょう」

「確かに、中にははいらなかった。しかし、信者らしい女性と近くの公園で、話をしましたね。なんの話をしたんですか」

三春は、チャイを飲んだ。

見られていたのなら、否定してもむだだろう。

「先日の、クルパジャのスポーツジム襲撃事件について、話を聞いただけです」

「どんな」

「そこまで、お話しする義理はないわ。職務上の秘密ですから」

「話をした女性は、どなたですか」

「申し上げられません。個人情報がからむので」

山根は下唇をつまみ、なんとなくうなずいた。

「なるほど」

すぐに続ける。

「そのあと、理髪店からもどって来た野々宮鈍斎と、立ち話をしましたね。何を話したんですか」

「あなたこそ、どこで見ていたのかしら。全然、気がつかなかったわ」

「質問を、はぐらかさないでくださいよ」

山根がわざとらしく、怒ったような顔をする。

三春は、一呼吸おいた。

「事後処理について、聞いただけです。野々宮鈍斎は、釈放されたあと近隣を回って、謝罪と事情説明を行なった、と言ったわ」

「毒入りの味噌汁を売った、という正体不明の弁当屋については」

「別に、何も言いませんでした。その弁当屋が見つかれば、クルパジャの疑いも完全に晴れますから、警察の方で鋭意捜査中だと伝えておきました」

「弁当屋の正体について、何か心当たりがあるようなことを、言ってませんでしたか」

「何も言いませんでした。捜査の進展状況については、南練馬署で聞いてください。わたしの方には、情報がありませんから」

「南練馬署でも、何もつかんでませんね。つかんでるとしても、何も話してくれない」

三春はわざと、腕時計を見た。

「そろそろ、もどらなくては」

山根はチャイを飲み干し、無造作に手を差し出した。

「だったら、名刺をいただけませんか。わたしだけ渡したんじゃ、不公平でしょう」

三春は苦笑して、言われたとおりにした。

山根は、それをためつすがめつして、目を上げた。

「ケータイの番号も、お願いします。わたしの方は、名刺にはいってますから」

「それは、勘弁していただくわ。いずれ、わたしからかけるときに、非通知にしないようにします。そうすれば、番号が分かるでしょう」

山根は名刺をしまい、おおげさにため息をついた。

「さすがに公調は、ガードが固いですね」

「それが仕事ですから。そろそろ、行きましょうか」

「わたしはもう少し、ここにいます。だれかに、あとをつけられないように、気をつけてくださいよ」

三春はそれに答えず、自分の料金を伝票の上に置いて、立ち上がった。

「助けていただいて、ありがとうございました」

そう言い残して、出口へ向かう。

山根の声が追ってきた。

「また、お近いうちに」

19

翌朝。

殿村三春が登庁すると、MBS室長の棚橋嘉人が険《けわ》しい表情で、部屋に来るように言った。

中にはいるなり、棚橋は目の前のテーブルに載った新聞に、顎をしゃくった。

「これは、どういうことかね」

三春は棚橋の向かいにすわり、新聞を自分の方に向けた。帝都新報だった。

論説コーナーの右下に載った、二段抜きの見出しが目に飛び込む。

〈公安調査庁、依然クルパジャを内偵か〉

体が一瞬、冷たくなった。

記事の最後を見ると、〈山根信士〉の署名がある。

棚橋が、いらだちの色を見せながら、煙草に火をつけた。

それを意識しながら、三春は急いで記事に目を通した。


「宗教団体のクルパジャは、先日本部道場に隣接するスポーツジムを襲撃し、野々宮鈍斎教祖以下十数人の信者が逮捕される、という事件を引き起こした。その後、当日信者が購入した弁当の味噌汁に、第三者が毒物を混入させた事実が判明し、それが信者たちの攻撃性を誘発した、との疑いが出てきた。そのため教祖以下の信者は、書類送検されただけで起訴猶予《きそゆうよ》となり、すでに釈放されている。南練馬署では、事件当日道場で信者に弁当を売った、とされる不審な弁当業者の行方を捜索中だが、いまだに発見されていない。ふだん購入する弁当屋のワゴンは、その日走行中にタイヤをパンクさせられ、道場へ行くことができなかった。このパンク事件も、かわりに道場へやって来た、問題の弁当業者のしわざ、とみられる。

こうした経緯から、警察では当面クルパジャによる自作自演の筋はない、と判断している。しかし、クルパジャのしわざに見せかけようとする、悪意の第三者の存在を確認できないため、捜査は依然進展していない。

一方、公安調査庁は依然自作自演の疑いを、捨てていないようにみえる。その証拠に、クルパジャの信者や本部の近隣住民に対して、今なお事情聴取を続けている。昨日も、付近の商店街や道場近辺で、聞き込みをする公安調査官の姿が見られた。調査官は、現時点では何も話すことはない、と具体的なコメントを避けているが、いずれにせよさしたる収穫はなかったようだ」

唇の裏を嚙み締める。

これは、山根信士が自分に投げた、牽制球だ。

約束どおり、兼松一成のことにはまったく触れていないが、それだけにむしろ巧みな挑発、という気がした。

読み終わるのを待っていたように、棚橋が煙を吹きかけてくる。

「きみは昨日、その山根とかいうやつの取材を、受けたのかね」

三春は新聞を置き、顔を上げた。

「わたしとしては、取材を受けたつもりはありませんが、話をしたことは事実です」

「そいつは、どこからきみを尾行したんだ」

「おそらく、午後遅く庁舎を出たときからだ、と思います」

棚橋は眉根を寄せ、煙草を挟んだ指の先で、眼鏡を押し上げた。

「いつ、どこで取材を受けたのかね」

「クルパジャから帰庁する途中、尾行されているらしいと気がついたのです。それで、確かめるために地下鉄を途中でおりて、一度外へ出ました。そうしたら、向こうから声をかけてきて、わたしをずっと尾行していた、と白状したのです。わたしの身元も、知っていました。やむなく、近くの喫茶店でお茶を飲みながら、話をするはめになったわけです」

ちんぴらに襲われたことは、報告しなかった。

煙草を挟んだまま、棚橋は親指と人差し指で、顎をなでた。

「そいつはきみの身元を、どうやって知ったんだ」

「先日の兼松事件で、わたしが現場に救急車を呼んだことを、光中央消防署の救急隊から聞いた、と言っていました」

棚橋は、疑わしげな目をして、煙を吐いた。

「それなら、まずここへ問い合わせをするのが、筋だろう。いきなり尾行する、というのはおかしいぞ。だいいち、そいつはきみの顔を知らないはずなのに、どうやってここから尾行できたんだ。きみは救急隊で、写真でも撮られたのか」

三春は、言葉を失った。

棚橋は、いちいち痛いところを、突いてくる。

実は、三春も前日山根と話をしている最中、そのことに思い当たったのだった。

山根は、救急隊で三春の勤務先や所属、氏名を聞き出すことができても、顔までは知りようがないはずだ。どうやって自分の顔を見分け、庁舎から尾行することができたのか、ずっと気になっていた。

しかし、兼松から何か預からなかったか、と聞かれて動揺したせいもあり、一人になって気持ちが落ち着くまで、そのことを深く考えなかった。

実のところ、前夜はそれが頭の隅《すみ》に引っかかって、あまりよく眠れなかった。

ようやく、口を開く。

「それについては、わたしも山根記者に問いただしたのですが、答えは得られませんでした。公調職員の、自宅住所や電話番号が載った名簿が、ネットに流出したりする時代ですから、さらに裏で写真入りのデータが出回っている、という可能性もあります。そうした資料で、顔を確かめたのかもしれません」

名簿流出は事実だが、写真入りまで出回ったかどうかは知らず、ただの逃げ口上にすぎない。

棚橋は、とまどったような顔をしたものの、それ以上は追及しなかった。

「昨日、クルパジャの本部近辺へ聞き込みに行った、というのは事実なんだな」

「はい。人の出入りがある、近所の理髪店とかに」

「何か、収穫はあったのか」

「教祖の野々宮鈍斎が、近隣を回って乱入事件の釈明、謝罪を行なった、という話くらいですね」

棚橋は、おもしろくもないといった顔で、うなずいた。

「オウムの例もあるし、クルパジャの動きは予断を許さんぞ。先日の事件も、クルパジャによる自作自演の線が、まだ消えたわけじゃない。当分、連中から目を離さないように、気をつけてくれ」

「分かりました」

話が終わったと思い、三春は腰を浮かしかけた。

棚橋が、それを制する。

「まあ、待て。話はまだ終わってない。山根はきみから、何を聞き出そうとしたんだ」

しかたなく、すわり直した。

「先日の事件は、悪意の第三者のしわざと判断されたのに、なぜいまだに聞き込みをするのか、というのが山根記者の関心事でした」

「それは、警察の判断だろう。それできみは、なんと答えたんだ」

「事件当日、不審な弁当業者のワゴンの目撃情報、あるいは近隣住民の事件に対する反応や意見、そういったものを聞いていた、と答えました。当たり障りのないように」

棚橋は、テーブルの上の新聞に、うなずいてみせた。

「その記事によると、きみが信者と接触したようなことも書いてあるが、そうなのか」

三春はためらったが、すぐに応じた。

「はい。たまたま、信者らしき女性が道場から出て来たので、近くの公園で話を聞きました」

棚橋には、檜垣さなえのことを話していないので、名前を言うわけにいかない。

「どんな話をしたのかね」

「信者たちが、スポーツジムに乱入する前後のことです。その女性は、自前の弁当を持参していたので、弁当業者の弁当は買わなかったし、味噌汁も飲まなかったと言いました」

「きみが公調の調査官だ、ということは打ち明けたのか」

「はい。むしろ、不審な弁当業者のことを調べている、という印象を与えるために」

棚橋は、煙草をもみ消した。

「ほかには」

「女性と話したあと、道場の前で野々宮鈍斎とほかの信者たちと、出くわしました」

棚橋は、ほうと言うように、口をすぼめた。

「鈍斎とね。何か話をしたのか」

「なんの用かと聞かれたので、先日のような事件が起こらないように、視察に来たと言いました。話をした女性の信者が、わたしの身分を明かしてしまいましたので」

「鈍斎の反応は」

「あまり愉快そうではありませんでした。公安審査委員会に、クルパジャの観察処分請求をするつもりか、と嫌みを言われました」

棚橋は笑わず、むしろ頰を引き締める。

「そんなことを言うとは、まさか大事件を引き起こすつもりじゃないだろうな」

オウム真理教事件のあと、破壊活動防止法に準じて制定された団体規制法は、無差別大量殺人を犯した団体に対する、チェック機能を果たす法令だ。

しかし、クルパジャが現在の段階で、そのようなリスクを冒すとは、考えられない。

三春は何も言わず、棚橋を見返した。

棚橋が続ける。

「山根にも、そういった話をしたのか」

「もちろん、していません」

きっぱり言うと、棚橋は顎を引いた。

「よし。もちろん、全球連がクルパジャに資金援助している、とかいう話もしてないだろうな」

念を押されて、三春は気分を害した顔をこしらえた。

「していません。記事になるような話は、いっさいしませんでした。それなのに、よくもこんな記事を書いたものだ、とあきれています」

棚橋は、なだめるように両手を上げてみせ、ソファの背に体を預けた。

「よし。山根の動きには、今後も注意するようにな」

「分かりました」

三春は、すばやく立ち上がって頭を下げ、室長室を出た。

自席へもどり、パソコンを開く。

近くの席にいた同僚が、棚橋となんの話をしたのか聞きたそうな顔で、視線を送ってきた。

三春はそれを無視して、帝都新報の紙面をパソコンに呼び出し、山根の記事をもう一度読み直した。

あらためて、怒りを覚える。

確かに、三春の名前は載っていないし、兼松一成に触れているわけでもない。それにしても、衣の下から鎧《よろい》がちらちらする体《てい》の、気障《きざわ》りな記事だった。

どうしようか。

山根に電話して、抗議するか。いや、それでは山根の、思う壺《つぼ》だろう。

とはいえ、このまま黙っているのは、業腹だ。迷いながら、山根がくれた名刺を取り出して、携帯電話の番号を確かめた。

しかし、と思い直す。

携帯電話を使えば、山根にこちらの番号が、分かってしまう。向こうから、勝手にかけてくるようになると、めんどうだ。

番号を、非通知にしてかけるのも一法だが、それでは弱みを見すかされるだろう。

固定電話から、帝都新報の代表番号にかけて呼び出す、という手もある。

そう思いながら、デスクに載った電話に目を向けたとき、いきなり呼び出し音が鳴り出した。

驚いて、反射的に受話器を取る。

交換台が、外線から電話がはいっている、と告げた。

「殿村ですが」

三春が名乗ると、おずおずした声が言った。

「先日は、お世話さまでした。兼松希里子です」

三春は、受話器を握り締めた。

兼松一成の妻、希里子だった。思いがけぬ電話に、ちょっととまどう。

「こちらこそ、失礼しました。その後、お変わりありませんか」

「はい。あれから、光中央警察署の人たちが交替で、見張りをしてくださってますので」

三春は、世間話をするような口調で、尋ねた。

「その後芦田さんから、何かお話はありませんでしたか」

希里子は、すぐに質問の意味を悟ったらしく、沈んだ声で応じた。

「こちらからも、ときどきお電話はしてるんですけど、主人の行方はまだ分からないようです」

三春は一拍おき、話の方向を変えた。

「そういえば、あのときお名刺をお渡しするのを忘れて、すみませんでした。お電話をいただくのに、お手間を取らせたでしょう」

「いいえ、番号案内で、代表番号を聞いただけですから。どうしても、お話ししたいことがあって」

少し、緊張する。

「どちらにしても、お手数かけました。わたしにできることがありましたら、なんでもおっしゃってください」

周囲に、話の内容を推測されないように、慎重に言葉を選んだ。

「実は、荒らされた家の中を片付けるついでに、主人のデスクの引き出しの中を、調べてみたんです。そうしたら、輪ゴムで留めた名刺の束が、見つかりました。一枚ずつ調べていったら、その中にちょっと気になる名刺があって」

「なるほど。どなたのものですか」

「ミカキシノ、という人です」

聞き覚えがないし、字面も思い浮かばない。

「どういう字を、書くのでしょうか」

「ミカキが名字で、手紙で書く御中のオンに、垣根の垣。名前はシノで、紫に乃木坂の乃という字です。女性だと思います」

御《み》垣《かき》紫《し》乃《の》、という字を頭の中に思い描く。

「珍しい名前ですね。よく読めましたね」

「振り仮名が、振ってありました」

そういうことか。

「どこかに、お勤めの人ですか。会社名とか、団体名がはいっていませんか」

「それが、新宿中央署の人なんです。刑事さんじゃないかしら」

三春は虚をつかれ、受話器を握り直した。

意識して、声を低める。

「所属も書いてありますか」

「はい。生活安全課保安一係、となっています。肩書は警部補です」

「なるほど」

短く合いの手を入れると、希里子は逆に聞いてきた。

「生活安全課って、何をする課なんですか」

「防犯とか、風俗営業関係ですね」

あいまいに答え、続けて質問する。

「どこで、いつごろ名刺交換をしたのか、余白に書いてありませんか」

「日付も場所も、書いてないんです。ただ、裏にメモがありました」

「どんな」

「クズワという、人の名前らしいメモです」

「クズ」

うっかり言いかけ、あわてて言葉をのみ込む。

20

殿村三春は、とっさに話を変えた。

「すみません。これから、別件の約束があって外出しますので、あとでこちらからお電話します」

「あ、はい」

兼松希里子は、面食らったような返事をしたが、三春はかまわず続けた。

「差し支えなければ、ケータイの番号を教えていただけませんか」

「はい。ええと、メモしていただけますか」

ボールペンを取り上げる。

「どうぞ」

希里子が番号を言い、それをメモした。

通話を切り、希里子の番号を携帯電話に登録して、パソコンの電源を落とす。

さりげなく席を立ち、ショルダーバッグを取り上げて、出口へ向かった。同僚の目が、背中を追うのを意識したが、足は止めなかった。

クズワという名前が、頭の中で渦巻いている。

おそらく、御垣紫乃という新宿中央署の女性刑事が、兼松一成とクズワを結びつける、重要な鍵になるだろう。

兼松の言い残した言葉に、ようやく手がかりが見つかった。それも、当の兼松のデスクの中から、飛び出してきたのだ。

庁舎を出ると、三春は祝田通りの歩道橋を越えて、日比谷公園の側に移動した。公園を背にして立ち、歩道の左右を見渡しながら、携帯電話を操作する。

希里子は、すぐに出た。

「殿村です。すみません、話が途中になってしまって」

三春が言うと、希里子はとまどったように、声を揺らした。

「いいえ。でも、だいじょうぶなんですか、お約束の方は」

「あれは、ただの口実です。ほかの人に聞かれないように、場所を移動しました。さっきの続きですが、名刺の裏にクズワ、と書いてあったんですね」

希里子は、ため息をついた。

「そうです。このあいだ殿村さんから、クズワという名前に心当たりはないか、と聞かれましたよね」

「ええ。たぶん、葛飾区の葛に平和の和と書いて、クズワと読むんです」

「メモの漢字も、そうなっています。くずわ、と振り仮名が振ってあったので、なんとか読めました。そうじゃなかったら、殿村さんから聞かれたことだって、思い出さなかったかもしれません」

「そのメモは、ご主人の字ですか」

「はい、角張った癖のある字ですから、間違いありません。でも、どういうことでしょうか。主人は、この御垣という女性の刑事さんと、葛和さんの話をしたのかしら」

「さあ、どうでしょうか」

三春は返事を濁《にご》し、先を続けた。

「お手数ですが、その名刺の表と裏をケータイで撮影して、わたしに送っていただけませんか。こちらのアドレスを、お教えしますから」

希里子は、ちょっと間をおいた。

「それを見て、どうなさるおつもりですか」

声に警戒心がこもっている。

「わたしの方で、その御垣という警察官に、当たってみます。ご主人について、何か知っているかもしれません」

「そうですか。そうしていただけると、ありがたいわ。何か分かったら、すぐにお知らせいただけますね」

声がたちまち、明るくなった。

「そうします」

通話を切り、あらためて左右を見渡す。人通りはあるが、こちらに注意する者は見当たらない。昨日の今日では、山根もさすがに見張っていないだろう。

ほどなく、メールの着信音がした。

画像を開くと、名刺の表が出てきた。

希里子が言ったとおり、新宿中央警察署生活安全課保安一係、警部補、御垣紫乃、という名刺だった。

裏側を写した二枚目の画像には、中央の部分に太めの字で〈葛和〉とだけ書かれ、〈くずわ〉とルビが振ってある。殴り書きに近いが、いかにも男の手らしい、ごつごつした字だ。

ふと、小さな疑問を覚えて、三春は携帯電話を畳んだ。

兼松を拉致した一味、と思われる連中は翌日希里子の不在を狙って、自宅マンションに押し入った。家中を引っ繰り返して、おそらく例のＵＳＢメモリを捜したのだろうが、失敗に終わっている。だからこそ、檜垣さなえに怪しげな電話をかけたし、三春を拉致しようともしたのだ。

しかし、家捜しのおり連中は御垣紫乃の名刺に、目を留めなかったのだろうか。

どういう立場の一味にせよ、全球連の理事を務める兼松のような男が、生活安全課の刑事の名刺を持っていれば、調べるために持ち去っても不思議はない。捜しものに熱中するあまり、見落とした可能性もなくはないが、いくらか引っかかるものがある。

それにしても、相手方の御垣紫乃は何を考えているのか。

いやしくも刑事なら、名刺交換をした兼松が何者かに刺され、消息を絶ったことを耳にすれば、なんらかの行動に出るのが普通だ。消息を求めて、所轄の光中央署に問い合わせをしても、ばちは当たらないではないか。担当の芦田秋五警部補から、その種の照会があったという話は、聞かされていない。

あるいは、刑事として消防署の救急隊に電話をかけ、現場にいた者の素性を問い合わせて、三春の身元を知ることもできる。

しかし、御垣紫乃がそうした行動を起こした、という気配はない。

どちらにしても、この糸はたぐってみる価値がある。

三春は携帯電話を持ち直し、新宿中央署生活安全課保安一係の直通番号を、プッシュした。

自分の身分を正直に名乗り、御垣紫乃警部補を呼んでもらう。

電話を受けた男が、御垣警部補は署内で打ち合わせ中だ、と言った。

携帯電話の番号を告げて、席にもどりしだい連絡をほしい、と伝言を頼む。

日比谷公園を抜け、帝国ホテルのロビーに腰を落ち着けてから、およそ四十分後に着信があった。

表示されたのは、〇八〇から始まる携帯電話の番号だった。

三春は、ソファを立って柱の陰に移り、通話ボタンを押した。

「殿村さんですか」

「はい、そうです」

「先ほどお電話いただいた、新宿中央署の御垣ですが」

声が硬い上に、しゃべり方が切り口上なのは、当然だろう。

「突然お電話して、申し訳ありません。公安調査庁の、総務部MBS室で管理官をしている、殿村三春といいます」

「はい、メモが残っていました。面識はいただいていないと思いますが、どういったご用件でしょうか」

はきはきした語り口だが、わずかな警戒心が感じられる。

口のきき方からして、まだ若い印象だった。せいぜい、三十歳前後だろう。

「おっしゃるとおり、お目にかかったことはありません。ただ、ちょっと確認したいことがあって、お電話しました」

「どんなことですか」

「突然でぶしつけですが、全球連の兼松一成という人物を、ご存じありませんか」

単刀直入に切り出すと、相手は一瞬絶句したようだった。

しかし、すぐに応じる。

「兼松さんを、ご存じなんですか」

「直接には、存じ上げておりません」

「とおっしゃると、間接的にはご存じなわけですね」

「そういうことになります」

少し間をおいて、紫乃は言った。

「殿村さんは、先夜路上で兼松さんが刺されたとき、現場にいらしたかたでしょう」

「そうです。そのことは、承知しておられるわけですね」

紫乃は、わずかに言いよどんだ。

「ええ。新聞で事件のことを知ったあと、光中央消防署の救急隊に問い合わせて、殿村さんのお名前と身元を確認しました」

やはり、そうか。

「でしたら、どうしてわたしの方へ直接、問い合わせてこられなかったんですか。兼松さんとは、名刺を交換なさったわけですから、面識がおありだったんでしょう。彼に何が起こったのか、ご心配じゃなかったんですか」

紫乃はその問いに答えず、逆に聞き返してきた。

「名刺交換したことを、どうしてご存じなんですか」

声が少しとがっている。

「兼松さんの奥さんが、ご主人のデスクの引き出しを調べていて、見つけたんです」

葛和の名前は、あえて出さなかった。

それは切り札として、いつでも使うことができる。

紫乃は言った。

「殿村さんは、兼松さんの奥さんとコンタクトがある、ということですね」

「ええ。わたしが現場にいたことは、マスコミには公表されていませんが、奥さんには知らせてあります」

しばらく黙ったあと、紫乃は口を開いた。

「殿村さんから、兼松さんが刺されて拉致されたときの状況を、聞かせてほしいですね。今夜あたり、どこかでお目にかかれませんか」

それはこちらも、望むところだ。

「いいですよ。わたしも、お尋ねしたいことがありますし。場所と時間を、指定してください。都内で午後七時以降なら、どこでも出向いて行きます」

「それでは、ええと、町屋《まちや》でもいいですか」

ちょっと面食らう。

「町屋というと、荒川区の」

「はい。新宿からも霞ケ関からも、離れていますから」

知った顔に会いたくない、ということだろう。

それは三春も、同じだった。

紫乃は、町屋の〈六角食堂〉という定食屋を指定し、八時で予約しておくと言った。

三春は、紫乃が告げる店の住所と電話番号を、メモした。

庁舎にもどり、パソコンで〈六角食堂〉を検索して、場所を調べる。

地図をプリントアウトしたとき、デスクの方に外線から電話がはいった。

出ると、相手は光中央警察署の、芦田警部補だった。

「あんたにちょっと、聞きたいことがある。午後からでも、署へ来てもらえないかな」

のっけから、横柄な口調だ。

「聞きたいこと、とおっしゃいますと」

「それは、あんたが来てから話す」

芦田の、居丈高《いたけだか》な口のきき方にむっとしたが、どうにかこらえる。

「分かりました。二時にうかがいます」

こちらからも、聞きたいことがある。

遅めに昼食をすませ、その足で光が丘へ向かった。

この日、芦田は不精髭こそ生やしていなかったが、白いものの交じった剃り残しが、いやでも目についた。

珍しく取調室ではなく、小さいながら応接室に通された上、お茶まで出された。いくらか、礼儀を思い出したようだ。

テーブルを挟んで向き合うと、芦田はさっそく煙草に火をつけた。

芦田にしろ、MBS室長の棚橋嘉人にしろ、近ごろの風潮をまるで知らぬげに、喫煙に引け目を感じる様子を、毛ほども見せない。それがいっそ、腹立たしかった。

三春は、なるべく煙が届かないように、ソファの背もたれに体を押しつけた。

野放図に煙を吐きながら、芦田は前触れなしに言った。

「あんた、昨日曙橋でちんぴらに襲われて、かどわかされるとこだったそうだな」

ぎくりとする。

とっさに、山根信士の顔が頭に浮かんだが、まっすぐに芦田を見返した。

「かどわかされるなんて、すごく古い表現ですね」

芦田は、にこりともしない。

「おれが、どうしてそのことを知ってるのか、興味はないのか」

「どうせ、おしゃべりな新聞記者からでも、お聞きになったんでしょう」

「帝都新報の山根は、おれが本部（警視庁）にいたころからの、知り合いでね」

そう言いながら、芦田は煙草を挟んだ指で、宙に円を描いた。

その拍子に、灰が膝にこぼれ落ちる。芦田はそれを無造作に、吹き飛ばした。

三春は、わざと咳払いをした。しかし、芦田はどこ吹く風と、知らぬ顔をしている。

すわり直して、気持ちを落ち着ける。

昨日の山根の口ぶりでは、芦田とそれほど親しい仲のようには、聞こえなかった。

すっかり、だまされてしまった。

「いい情報源を、お持ちですね」

芦田は、居心地が悪くなるくらいしつこく、三春の顔を見つめた。

その、粘りつくような視線にいたたまれず、三春は湯飲みに手を伸ばした。

「前にも言ったが、兼松を襲って拉致した連中の狙いは、あいつから何かを奪うことだった、と睨んでるんだ」

「警部補は、そんな事件は最初から存在しなくて、わたしが夢でも見たんじゃないか、とおっしゃいましたよね」

芦田は、芋虫でも踏みつけたようないやな顔をしたが、その皮肉を無視して続けた。

「兼松を拉致した犯人は、やつが肝腎のものを身につけてなかったので、翌日マンシヨンへ押し入って、家捜しをかけた。しかし、結局目当てのものは、見つからなかった。それでやつらは、襲撃現場に駆けつけたあんたに、兼松がそいつを預けたんじゃないか、と考えた。そして、おれも山根も連中と同じことを考えた、というわけさ。あんたが、昨日かどわかされそうになったのは、そのためだと睨んでるんだがね」

三春は、歯を嚙み締めた。

山根がそれとなく、あるいは露骨にその考えをほのめかして、芦田をそそのかしたに違いない。

「わたしが、昨日拉致されそうになったのは事実ですが、相手が兼松を連れ去った連中と同じ、とは断定できないでしょう」

それを聞くと、芦田はおおげさに眉を動かした。

「ほう。あんたは、だれかに拉致されなきゃならんような事件を、ほかにもまだ抱えてるのか」

「そうは言いませんが、少なくとも昨日わたしを襲った三人の中に、兼松を刺した男はいませんでした」

芦田はせせら笑い、同時に煙を吐き散らした。

「あんたに顔を見られたやつが、公然ともう一度あんたを襲う、なんてまねはしないだろう。いくら、ばかでもな」

三春は、ソファに背を押しつけて、煙を避けた。

「わたしが、兼松から何か預かったと考えるのは、単なる山根記者の勘ぐりです。警部補が、そんな当てずっぽうを真に受けるなんて、信じられませんね」

「当てずっぽうじゃない。何度でも言うが、おれも山根と同じことを、考えていたのさ。山根はその考えを、補強してくれたんだ。兼松は、メモリカードかＵＳＢか知らんが、とにかくその種の小さな記憶データを、あんたに託したに違いない。たぶん、北朝鮮への非合法送金に関する、極秘情報か何かだろう」

「かりに、兼松がその種のデータを持っていたとしても、公安調査庁の人間にそんなものを、託すわけがないでしょう」

「公安調査官とは知らずに、ただ通りがかりの人間だと思ったんだろう。なにしろ、死にかけていたわけだからな」

三春はまたお茶を飲み、それとなく話をそらした。

「ところで、兼松の消息に関する手がかりは、まだ見つかりませんか」

芦田は、おもしろくなさそうな顔をしたが、その問いに答えた。

「まだだ。おそらく、やつはもう海の底に、沈んでるだろう」

にべもなく言い捨て、話をまたもとにもどす。

「山根の話によると、ちんぴらを乗せて来た黒のワンボックスカーは、あのクルパジャ教団が所有している車らしい、という話だぞ」

三春は驚き、芦田の顔を見直した。

そのような話は、山根から聞かされていない。

「それがほんとうなら、山根記者はきのうのうちにわたしに、そう言ったはずです」

「きのうは、確証がなかったんだろう。ナンバーを覚えていて、所有者を調べたんじゃないか」

三春は、考えを巡らした。

「信用できませんね。わたしは、その黒のワンボックスカーとやらを、この目で見ていません。停車したり、発車したりするエンジン音を聞いただけで、車の色や型、それにナンバーも目にしませんでした。そのことを知っていて、山根記者は思いつきを言っただけかも」

芦田が、つくづくあきれたというように、三春を見返す。

「そんなことをして、やっこさんになんの得があるんだ」

「揺さぶりをかけて、わたしから情報を引き出そうとしてるんです」

「なんの情報を」

「分かりません。クルパジャが、オウムのような事件を起こすのを見越して、スクープを狙っているのかも」

芦田の目が、好奇心に光る。

「すると、兼松とクルパジャを結びつける、何かがあるというわけか」

三春は、口がすべったことに気づき、急いでお茶を飲んだ。

「それを知るためにも、早く兼松の所在を突きとめる必要があります。まったく手がかりがないとは、どういうことですか」

芦田は、携帯用の灰皿を取り出して、煙草を消した。

応接室も、取調室同様禁煙らしく、灰皿がない。しかし、芦田にははなからそれを守る気が、ないのだろう。

「曙橋の拉致未遂事件に関して、あんたから所轄の市谷署の方に、被害届を出してくれないか」

突然、予測しないことを言われて、三春はとまどった。

「どうしてですか。だれがやったか、分からないんですよ」

「被疑者不詳のままでいい。あんたが被害届を出してくれたら、市谷署を通じてクルパジャの方に、捜査の手を伸ばせる」

胃の中が熱くなるのを感じて、三春は膝がしらを強くつかんだ。

「警部補のお仕事は、兼松事件の捜査じゃないんですか。クルパジャの事件は、南練馬署の管轄です」

その指摘にも、芦田は動じなかった。

「この件は、例のスポーツジム乱入事件とは、関係ない。あくまで、兼松拉致事件の捜査の延長上にある、とおれは理解している。クルパジャが、兼松の拉致事件にからんでいるとしたら、調べるのが当然だろうが」

三春は背を起こし、芦田を正面から見た。

「被害届を出すつもりは、ありません。なんの被害も、受けていませんから」

芦田の頰が、ぴくりと動く。

「クルパジャがらみの一件は、すべて公調が仕切ろうという魂胆《こんたん》か。さんざん、オウムでみそをつけたくせに、少しも懲りてねえな」

いっそう、ぞんざいな口調になった。

三春は、ショルダーバッグを取って、腰を上げた。

「今度、こちらにわたしを呼びつけるときは、もっと実のあるお話にしてください」

そう言い捨てて、戸口に向かう。

芦田は、呼び止めなかった。

21

午後八時。

町屋は、これまでの人生でまったく接点がなく、初めており立つ町だ。

殿村三春は、パソコンから打ち出した地図を頼りに、〈六角食堂〉に行った。

駅から五分ほどの距離で、京成本線の高架と並行する通りに面した、小さな店だった。曇りガラスの引き戸の左右に、何台も自転車が停まっている。

時間を巻きもどしたような、ずいぶん昔の大衆食堂というイメージに、奇妙ななつかしさを覚えた。

ガラス戸を引いて、中にはいる。

髪を白布で包み、白いエプロンを着けた年配の女店員が三人、声をそろえて叫んだ。

「いらっしゃいませ」

びっくりするほどの声量だった。

その声に、ほぼ満席の客たちがいっせいに三春に、目を向けてくる。

下は四十代から、上は八十代くらいと思われる男の客が、ほとんどだった。

好奇心をあらわにしたその視線に、いかにも場違いな店にはいった気がして、たじたじとなる。

極力平静を装いながら、ガラス戸を閉めた。

奥の隅に、なぜかさほど場違いに見えない女が、一人でひっそりとすわっていた。

席のあいだを縫って、ためらわずにそこへ足を運んだ。

女が立ち上がる。

「どうも。お待ちしていました」

三春が、一目で女を御垣紫乃と見て取ったように、向こうもすぐにこちらを目当ての待ち人、と察したらしい。客筋から判断すれば、それも当然だろう。

「すみません、お待たせして」

三春も挨拶を返し、向かいの席に腰を下ろした。

店内は、また男同士の声高なおしゃべりが始まり、二人への関心はすぐに消えた。

名刺を交換する。

新宿中央警察署生活安全課保安一係、警部補、御垣紫乃。みかきしの、とルビが振ってあった。兼松希里子が、携帯電話にメールで送ってくれた名刺と、同じものだ。

紫乃が言う。

「何を召し上がりますか」

テーブルには、まだ何も載っていない。

「好き嫌いはありませんから、お任せします」

「とりあえず、生ビールでいいですか」

「はい」

三春が応じると、紫乃は周囲の壁いっぱいに貼られた、細かいメニューの札を見回しながら、女店員にてきぱきと注文した。

年は、声から予想したとおり、三十歳前後だろう。すわると、さほど背の高さが目立たないが、百六十五センチはありそうだ。

ラフなデニムのパンツスーツで、ジャケットの下に黄色いTシャツを、着込んでいる。

そのカジュアルな装いと、おそらくはこなれた振る舞いのせいで、さほど場違いに見えないのだろう。気後れする様子もない。

容貌は、取り立てて言うほどではないが、ショートカットにした髪や薄い化粧、それにきびきびした動きなどから、頭の回転が速そうな印象だ。

注文を終えて、ほとんど三十秒もたたないうちに、生ビールが運ばれてきた。

ジョッキを合わせ、一口飲んで聞く。

「ずいぶん、にぎやかなお店ですね。よくいらっしゃるんですか」

年は自分の方が上だろうが、相手も一応警部補の肩書を持っているので、あまりなれなれしい口はきけない。

「以前、町屋署勤務の同期生と二度か三度、来たことがあるだけです。彼女が転勤してから、しばらく来ていませんでした」

「そうですか。わたしはこの町、初めてなんです。生まれも育ちも、それから今の住まいも目黒区なので、こちら方面にはとんと縁がなくて」

「わたしも、もともと中央線沿線の人間ですから、このあたりは詳しくないんです。今は知り合いもいませんし、そういう意味ではちょっと、刺激的かも」

そんな話をしているうちに、鯵《あじ》のフライやらトウモロコシの天麩羅《てんぷら》やら、つまみかご飯のおかずか分からないものが、次つぎに運ばれてきた。一つひとつの量の多さからして、壁に貼られたメニューの値段はどれもこれも、信じられないほど安い。

やがて紫乃が、前置きもなく口火を切った。

「例の事件のとき、殿村さんはその場にいらしたそうですけど、偶然だったんですか。それとも、彼を監視していらしたんですか」

すぐには答えず、三春は周囲の気配をうかがった。

どの席も、おだを上げる男たちのだみ声でうるさく、こちらの会話が聞こえる心配はない。

それでも紫乃の口ぶりには、他人に話の内容をつかませないための、用心のようなものが感じられた。

三春も、それにならう。

「その前に、御垣さんと彼との関わりを、教えていただけませんか。そうすれば、それからあとの話が分かりやすくなる、と思いますけど」

紫乃は、鯨《くじら》の竜田揚げに箸をつけ、少し考える様子を見せた。

「それでは、差し支えない範囲で正直に、お話しします。殿村さんも、そうしていただけませんか」

「そのつもりです」

紫乃はビールを飲み、一息ついて続けた。

「彼とは、新宿歌舞伎町の〈ブレインストーム〉、という老舗のパチンコ店で、知り合いました。ご存じと思いますけど、生安（生活安全課）はパチンコ店の営業許可とか、玉の料金や景品金額の調整などを、担当業務の一つにしています。ときどき、管内のパチンコ店を見て回るのも、仕事のうちなんです」

「ええ、それは承知しています」

「二週間ほど前でしょうか、〈ブレインストーム〉に立ち寄ったとき、たまたま遊びに来ていらした彼を、店長が紹介してくれたんです。全球連の理事ということで、わたしも名前は聞いていましたが、会ったのは初めてでした」

「彼とその店長は、ふだんから親しくしていらしたんですか」

「だと思います。二人とも、あちらの方の二世ですし」

わざとのように、紫乃はぼかした表現をした。

「そこで、名刺を交換されたんですね」

「いいえ。お店の中では、しませんでした。そのあと、近くのコーヒーショップで、二人だけでお茶を飲んだときに、交換しました」

三春は、ビールを飲んで一息つき、質問した。

「なぜその店長は、同席しなかったんですか」

紫乃も間をおくように、ビールに口をつける。

「彼の方からわたしに、新たに新宿に出店する計画があるので、相談に乗ってもらえないか、という話が出たんです。それで店長は、遠慮したのだと思います」

三春は、虚をつかれた。

「彼は新宿に、〈レッドポニー〉の系列店を出すつもりだった、と」

念を押すと、紫乃はさりげなく鯵のフライに、箸を伸ばした。

「少なくともそういう口実で、わたしを誘いました」

「口実」

三春は言葉を切り、すぐに続けた。

「すると、ほんとうは別の理由があった、ということですか」

紫乃はまた、ビールを飲んだ。

「ええ。新宿進出の話は、ほとんど出ませんでしたから」

「それじゃ、どんなお話だったのかしら」

畳みかける三春に、紫乃は軽く顎を引いた。

「殿村さんばかり、質問していらっしゃいますね」

三春は頰を緩め、同じように顎を引いた。

「すみません。最初に質問なさったのは、そちらでしたよね」

「ええ。例の事件のとき、殿村さんが現場にいらしたのは偶然なのか、それとも彼を監視していらしたのか、とお聞きしました」

「そうでしたね。どちらだと思いますか」

冗談めかして応じると、紫乃はとりあえずジョッキをあけ、お代わりを注文した。

顔色も変わらず、かなりいける口のようだ。

おもむろに答える。

「偶然ということは、ありえませんよね。彼はあちらの方の出身者で、殿村さんは公調ＭＢＳの、管理官ですから」

三春は、揚げ物に箸をつけた。

「ええ。おっしゃるとおり、あの日はずっと彼を、監視していました」

「差し支えなければ、尾行を始めてから事件発生にいたるまでの、彼の行動を教えていただけませんか」

三春は、揚げ物をビールと一緒に流し込み、あらためて口を開いた。

「あの日、彼は昼から池袋の自分の店にいましたが、夜になって動き始めたんです」

兼松一成の当日の行動を、密会の相手が檜垣さなえだったことだけ伏せ、ほぼ正確に話して聞かせる。

最終的に、兼松を襲ってきた男をつかまえそこない、現場にもどると当人が消えていたことまで、ありのままに説明した。

聞き終わると、紫乃は話のあいだに運ばれてきた生ビールを、ぐびりという感じで飲んだ。

「彼が、自力で現場から立ち去った可能性は、ありませんか」

「ありませんね。かりに息があったとしても、起き上がることはできなかった、と思います」

「彼自身の知り合いか、襲った男の仲間のどちらかが近くにいて、彼を運び去ったということかしら」

「ええ、たぶん」

紫乃は、なんとなくという感じで、壁のメニューに目を向けた。

それから、ゆっくりと三春に視線をもどす。

「では、どういう理由で彼を監視しておられたのか、お聞きしていいですか」

三春は、とっておきの笑みを浮かべ、もったいをつけて応じた。

「それは、職務上差し支えがありますから、お答えできません」

紫乃は、一度唇を引き締めてから、低く言った。

「単に、彼があちらの出身だから、というわけではないでしょう。いちいちそれをしていたら、公調のスタッフが何人いても足りませんから」

「そのとおりですけど、理由はお話しできません」

紫乃は、三春をじっと見た。

「彼に、シュピオン活動を行なっている疑いがある、ということでしょうね。答えていただく必要は、ありませんけど」

三春は、うなずきも返事もしないことで、そのジャブを受け流した。

そもそも、周囲への配慮といえば聞こえはいいが、スパイをわざわざシュピオンと、ドイツ語で言うのは気取りすぎ、というものだ。

紫乃が、またビールに口をつけるのを見て、三春は言った。

「今度は、わたしからお聞きします。さっきの続きですけど、彼とはコーヒーショップでどんなお話を、なさったんですか」

「それは、職務上差し支えがありますから、お答えできません」

紫乃は、一言一句たがえずに三春と同じ返事をして、どうだまいったかと言わぬばかりに、口元に薄笑いを浮かべた。

三春は引かずに、食い下がった。

「新宿進出の話ではなかったとすれば、何か別の相談があったんでしょう」

「ですから、それは」

言いかける紫乃を、手を上げてさえぎる。

「職務上差し支える、というご返事はもう聞きました。でも、お互いに公務に携わっている以上、そういう制約を離れて情報交換することも、ときには必要じゃないかしら」

紫乃は、三春の口調が変わったことに気づいたらしく、少し頰をこわばらせた。

「でもお互いに、交換するだけの価値がある情報かどうか、分からないじゃないですか」

三春は、一息入れるためにビールを飲み干し、新しいジョッキを頼んだ。

「わたしから、先に言います。兼松を監視していたのは、彼が全球連の財務担当理事の地位を利用して、某団体に資金援助を行なっている、との疑いがあったからです」

はっきり兼松の名前を出すと、紫乃は気おされたように上体を引き、喉を動かした。

「某団体って、なんのことですか」

「それは、想像にお任せします。全球連がからんでいる以上、これは公調だけのマターではなく、あなたがた生安のマターでもある、と思いますけど」

紫乃は目を伏せ、少しのあいだ鰯《いわし》の丸干しを食べることに、専念していた。

やがて箸を置き、やっと聞き取れるくらいの低い声で、おもむろに言う。

「彼の相談というのは、こういうことでした。ある極秘のデータが、自分の手元にある。それを、警察のしかるべき部署の責任者なり、幹部なりに提供したい。ついては、その仲立ちをしてもらえないか、というのです」

予想外の話に、三春は緊張した。

例の、兼松から託されたUSBメモリのことが、ちらりと頭をかすめる。

それはともかく、兼松がそのようなうさん臭い相談を、初対面の女性刑事に持ちかけるとは、にわかに信じがたい。

しかし、それをおくびにも出さず、聞き返す。

「極秘のデータって、どんなデータですか。お聞きになったんでしょう」

紫乃の目に、迷いの色が浮かぶ。

お代わりが届いて、三春は新しいジョッキに口をつけた。

それを待って、紫乃は言った。

「一応確認はしましたが、詳しくは聞かされていません。彼の表現を借りれば、国家の威信に関わる重要な機密データ、ということでした」

「ずいぶん、持って回った言い方ね。御垣さんは、その話を信じたんですか」

「どちらとも言えません。ただ、嘘だと断定することは、できないでしょう。どちらにしても、この目でそれを見るまでは、判断を控えるつもりでした」

話の方向を、少し変える。

「彼はそのようなものを、どこで手に入れたんでしょうね」

「それも、言いませんでした」

三春は、どうしようもないという顔をして、首を振った。

「そんな、雲をつかむような話をして、信じてもらえると思ったとすれば、彼もずいぶん能天気な人ね」

紫乃の肩が、小さく動く。

「わたしも、そう思いました。誇大妄想、被害妄想といった言葉が、頭に浮かんだくらいです。ただ、すごく真剣な顔と口ぶりでしたし、頭の調子が狂っている様子も、ありませんでした。殿村さんは、彼をどうごらんになっていますか」

「直接は知りませんけど、彼を知る人の話ではおっしゃるとおり、調子が狂った様子はありませんね。わたしが尾行しているあいだも、べつにおかしなところはなかったし」

紫乃はあいまいにうなずき、黙ってまたビールを飲んだ。

三春は、先を続けた。

「もう一つ、腑に落ちないことがあるわ。彼には、地元の署の生安にいくらでも、顔なじみがいるはずですよね。わざわざ、新宿で初めて会った御垣さんに、そんな相談を持ちかける必然性が、あるかしら」

紫乃が、ためらいがちな目を、向けてくる。

「それについては、わたしも彼に指摘しました」

そのまま、口をつぐんでしまったので、三春は促した。

「彼の返事は」

紫乃は、軽く肩を上下させて息をつき、いっそう低い声で言った。

「彼は、〈ブレインストーム〉の店長から、わたしの職歴を聞いていたそうなんです。現職に着任する前、わたしは南池袋署の警備課に在籍していました。もちろん、彼とは面識がありませんでしたけど、彼からすれば何か因縁のようなものを、感じたのかもしれません」

れない。


三春は、唇を引き結んだ。

兼松が紫乃に接近したのは、単に池袋という共通の土地柄だけが理由、とは考えられない。

一般の警察署の警備課には、いわゆる警備係のほかに災害対策や公安、外事関係を担当する係がある。

警視庁の場合、警備と公安の部門は組織上区別されるが、他の道府県警察本部や一般の警察署では、警備部門一本に統合されているのだ。

「彼があなたに声をかけたのは、単に池袋の縁だけじゃないでしょう。彼の申し出は、あなたが前に担当していた警備、公安のお仕事と、関係があったんじゃありませんか。ともかく、国家の威信に関わる機密データというからには、そう考えるのが筋だと思いますけど」

三春が、ことさら声を低くして言い放つと、紫乃は椅子の背に体をもたせかけ、やおら反撃してきた。

「彼が姿を消す前、つまり殿村さんがそばについていたあいだに、彼から何か預かりませんでしたか」

前触れなしの突っ込みに、ちょっとたじろぐ。

三春は、思い切って言った。

「ええ、預かりました」

22

御垣紫乃は、椅子から背を起こした。

気持ちを入れ替えるように、軽くすわり直して言う。

「何を預かったんですか」

殿村三春は、そっけなく答えた。

「ＵＳＢメモリを一つ」

紫乃の目が、貪欲そうに光る。

「それを今、お持ちですか」

「いいえ。ある場所に、保管してあります」

三春の返事に、紫乃はあからさまに失望した顔で、肩を落とした。

それから、気を取り直したように、聞いてくる。

「中身のデータを、ごらんになりましたか」

「いいえ。パスワードが分からなくて、開くことができないんです」

紫乃の目に、安堵と疑惑の入り交じった、複雑な色が浮かんだ。

時間稼ぎをするように、ビールをゆっくりと飲む。

それから、ただの世間話という調子で、口を開いた。

「そこに、彼の言う国家の威信に関わる機密データが、記録されているのかもしれませんね」

三春はそれに答えず、黙ってジョッキを傾けた。

紫乃は、焦りの色を見せまいとするように、ゆっくりと先を続けた。

「そのUSBメモリを、引き渡していただけませんか」

わざとらしく、驚いた顔をこしらえてみせる。

「それは、どういうことですか。公調の管理下にはいったものを、そちらに引き渡せというのは、筋が違うと思いますけど」

「でも、それは彼がわたしたちに提供しようとした、機密データに違いないと思います。わたしたちの方で、引き取らせていただくのが筋じゃないでしょうか」

「どういうデータだ、と彼は言ったんですか」

「ですから、それは」

紫乃はそこで言葉を途切らせ、少しのあいだ口をつぐんだ。

こちらをどう説得しようかと、知恵を巡らしているに違いない。

三春は、辛抱強く待った。

やがて紫乃は、あまり気の進まない様子で、話を続けた。

「それをお話ししたら、引き渡していただけますか」

「お約束はできないわ。内容を、聞いた上でないと」

優位に立ったのを意識して、強気の態度に出る。

紫乃はまた口をつぐみ、残ったビールを飲み干した。

意を決したように、低い声で言う。

「彼の話では、警察全体に関わる極秘の情報だ、ということでした。世間で裏金、と呼ばれる機密費の新たな捻出法、管理法の指導要綱とか、取り調べの」

そのとき近くのテーブルで、男たちがばか笑いをした。

それが耳に満ちて、あとの方が聞こえなかった。

「すみません。最後の方が聞こえませんでした」

三春が体を乗り出すと、紫乃もそれにならった。

「取り調べの可視化を、どうやって阻止するかについての了解事項を、まとめたものだそうです」

不意をつかれた感じで、三春はちょっと驚いた。

「取り調べの可視化は、もうとどめようがないはずだわ」

「ええ。でも彼は、それを阻止するための対応策がはいっている、とか言っていました」

紫乃の答えに、不自然なものを感じる。

全体の流れとして、取り調べの可視化は避けられない段階に、きているはずだ。警察サイドに、それを阻止しようなどという動きがあるとは、いささか考えにくい。もし、そのような事実が外部に漏れたら、確かに問題になるだろう。

紫乃は続けた。

「ということで、彼が提供しようとしたデータは公調と、直接関係ないものです。こちらに渡していただいても、不都合はないんじゃないでしょうか」

じっと紫乃を見返す。

「彼はほんとうに、そう説明したんですか」

紫乃は、むっとしたように、口をとがらせた。

「わたしが嘘を言った、とおっしゃるんですか」

「そうなんですか」

切り返すと、紫乃はたじろいだ。

「嘘は、言ってません」

三春もいっとき、口をつぐむ。

裏金も取り調べの可視化阻止も、機密に属する重要な問題であることは、確かだ。

しかし、兼松一成がどこでそれを手に入れたにせよ、なぜマスコミや野党政党、市民団体などではなく、指弾されるべき当の警察組織の人間に、提供しようとしたのだろうか。そんなことをしても、告発になるどころか握りつぶされるのが落ち、と分かっているはずではないか。

しかも一方で、そのために人を刺し殺すこともいとわないほど、外部への漏洩《ろうえい》を阻止しようとする者がいる、という状況が理解できない。どう考えても、それに値するリスクを冒すほどの機密、とは思えないからだ。

もはや世間は、その程度のことで警察に失望や怒りを新たにするほど、ナイーブではなくなっている。

「彼は、あなたが所属する組織にとって都合の悪いものを、なぜその一員であるあなたに、提供しようとしたんですか。身内の手に渡れば、百パーセント握りつぶされることは、分かっていたはずだわ」

周囲の耳をはばかって、回りくどい聞き方になった。

紫乃は、答えようとしない。

三春はさらに、畳みかけた。

「彼が言った機密データは、あなたの組織にとって都合の悪い、裏金とか可視化の問題じゃなくて、まったく別のものだったんじゃないかしら」

「わたしは、嘘を言ってません」

辛抱強く、繰り返す。

三春は、追及の手を緩めなかった。

「それじゃ、教えてください。彼がその話を持ちかける相手に、マスコミや市民団体じゃなくて、当の組織に籍を置くあなたを選んだのは、なぜですか。彼が、自分から説明しないにしても、あなたからその理由を尋ねるのが、自然でしょう」

紫乃の口元が、ぴくりと動いた。

そのまま、じっと三春を見返していたが、やがて小さく息をついて言った。

「厳密に言えば、裏金と可視化の問題と申し上げたのは、正確ではありませんでした」

回りくどい言い方に、愛想よく笑ってみせる。

「やはり、嘘を言ったんですね」

「嘘は言ってません。少し、省いただけです」

「省いたって、何を」

「裏金、可視化問題に絡んでいるのは、警察だけじゃありませんでした。彼によれば、検察庁の同じデータも含まれている、ということでした」

「検察庁のデータも」

虚をつかれて、言葉が途切れる。

確かに、可視化の問題については検察庁も、大いに関わりがある。

また、警察同様裏金問題で内部告発を受け、窮地に立たされたこともあった。

警察の場合、裏金についてマスコミの激しい糾弾にあい、認めざるをえない状況に追い込まれた。

しかし検察庁は、内部告発した検察官を逆に別件で逮捕し、裁判で有罪に持ち込んだ。その結果裏金問題を、強引に闇に葬ってしまった。

マスコミの追及も、なぜか警察相手のときより腰が引け、中途半端なままに終わった、と承知している。

紫乃が、力強くうなずく。

「彼に言わせれば、警察はその機密データで検察の弱みを握り、結果的に警察と検察の力関係を、変えることもできるはずだ、と」

かりに、もみつぶした裏金工作を立証する、新たな機密データが外に出たら、検察庁にとってまずいことになる。

もし、そのようなものが手にはいれば、従来検察に頭の上がらなかった警察も、発言力を強めることができるかもしれない。

紫乃が続ける。

「彼の言うことが事実なら、わたしたちはその種のデータを保有することで、アドバンテージを得られます。また、警察のデータもはいっているとすれば、それがどこから漏れたかを調べたり、対策を立てたりすることもできるでしょう。生安、公安の枠を越えた警察全体の、利害に関わる問題です。したがって公調には、直接関係ないと思います」

きっぱり言い切るのに、三春は首を振って応じた。

「お忘れのようね。公調には、警察庁のキャリア組はもちろん、検察庁からの司法試験組も、たくさん出向しています。それどころか、公調の主要なポストを独占している、といっていいわ。もしUSBメモリに警察、検察のデータが両方はいっているなら、公調にも大いに関係があることは、お分かりでしょう」

紫乃は、ふてくされたような顔で、椅子の背にもたれた。

むろん、紫乃がそのことを知らないはずはないが、無視しようとする態度にがまんがならず、あえて指摘したのだ。

紫乃が、皮肉な口調で言う。

「殿村さんも、出向検事の口ですか」

「いいえ。公調の生え抜き組です」

予想と違う答えだったとみえ、紫乃はとまどいの色を浮かべた。

それから、媚びるように愛想笑いを浮かべ、また体を乗り出した。

「それじゃ、こうしませんか。引き渡してくださったら、検察に関する機密データをすべてコピーして、殿村さんにおもどしします。オリジナルは厳重に保管して、悪用しないとお約束します」

三春は、顎を引いた。

この女は、一介の警部補の約束がどれほど軽いものか、認識していないのだろうか。

「わたしからも、提案させていただくわ。こちらで解読したあと、警察に関する部分だけコピーして、そちらにお渡しします。それで、同じことでしょう」

言い返すと、紫乃はいやな顔をした。

「ほんとうのところは、もう解読されたんじゃないんですか」

「いえ、まだです。嘘じゃありません」

「でも、公調ならその種の暗号データを解析する、それなりの技術をお持ちですよね」

そう言ってから、紫乃はふと気がついたというように、眉をひそめた。

「もしかして、そのメモリは殿村さんが個人的に保管している、ということですか。解読できていないのは、そのためなんでしょう」

三春は、返事をしなかった。

若いながら警部補らしく、さすがに知恵だけはよく回る。

紫乃は続けた。

「だとしたら、ずいぶん危険だと思います。どこで、どう保管しておられるのか知りませんが、外部に流出してマスコミの手に渡りでもしたら、取り返しのつかないことになりますよ」

三春は間をおき、露骨に話を変えた。

「彼はあなたに、中継ぎを頼んだだけですよね。つまり、渡したい相手はあなたじゃなくて、もっと上の方の警察幹部ということでしょう」

紫乃は上体を引き、冷たい目で三春を見た。

「それが、どうかしたんですか」

「どなたに、中継ぎするつもりだったんですか」

「そこまでは、まだ」

そっけない、中途半端な返事に、かすかな嘘のにおいをかぐ。

前触れなしに、切り込んだ。

「葛和さんじゃないんですか」

それを聞いたとたん、紫乃はぎくりとした様子で、目を泳がせた。

三春はしてやったり、とほくそ笑んだ。

「隠さなくてもいいわ。彼は、刺されたあとの苦しい息の下から、USBメモリをクズワに渡してくれ、と言ったのよ」

紫乃は口を開かず、三春を見返すだけだった。

「それだけじゃないわ。彼の自宅で見つかった、あなたの名刺の裏にも同じようにクズワ、とメモが残されていました。その、クズワなる人物に彼を引き合わせる、という含みだったんでしょう」

まだ紫乃は、黙ったままだ。

「現役かOBかはともかく、葛和が警察関係者であることは、間違いないわ。珍しい名前だし、調べればどこの所属か分かります。だから、今ここで聞かせていただいても、かまわないんじゃないかしら。というか、今聞かせてくださらないのなら、今後もメモリに関する取引はなし、とさせていただきます」

最後通牒《つうちょう》を繰り出すと、紫乃は追い詰められたような目で、三春を睨んだ。

明らかに、形勢が不利になったことを、自覚したらしい。目から、少しずつ光が失われていき、こわばった頬の筋も緩み始めた。

紫乃は口元に、かすかな笑みを浮かべた。

「殿村さんには、負けました。葛和の身元を明らかにしたら、メモリを引き渡していただけますね」

「前向きに検討します」

言質《げんち》を与えぬ三春の返事に、紫乃はおおげさにため息をついた。

テーブルに上体を乗り出し、わずかに聞き取れる小声で言う。

「公安特務一課の理事官、葛和ケンスケ警視です。ケンは謙遜の謙、スケは芥川龍之介の介と書きます」

葛和謙介。

聞き覚えがない。

それに公安特務一課も、警視庁公安部に存在する部署の一つ、と承知しているだけだ。

公安調査庁は仕事柄、同じ警視庁公安部でも外事担当の刑事なら、北朝鮮に絡んで接触がある。三春も、顔見知りの刑事が、何人かいる。

しかし、公安担当に関しては外事と比べて、さほど緊密な連絡があるとはいえない。だいたいの業務分担と、おもな幹部の名前を耳にしている程度で、親しい刑事はだれもいない。

中でも、公安特務一課はベールに包まれた存在で、三春は何を担当する部署なのか知らず、葛和はもちろん課長以外の刑事の名前を、聞いたことがない。

そうした当惑が顔に出たのか、紫乃の目にちらりと得意げな光が浮かび、三春は奥歯を噛み締めた。

紫乃がささやく。

「殿村さんは、葛和警視のことをご存じないですよね」

「知っていたら、聞いたりしませんよ」

そう応じるのが、せいぜいだった。

紫乃は、満足そうにうなずいた。

「葛和警視は、新聞記者なら遊軍のデスクとでもいうのか、警視庁管内や首都圏の警察署と連絡を保って、公安情報を集めたり相談に乗ったりする、そんなお仕事をしていらっしゃいます」

「あなたは、なぜ葛和警視をご存じなの」

「わたしが、南池袋署の警備課に在籍していたとき、面識をいただいたんです」

どことなく、自慢げなものを感じさせる口ぶりに、三春は少し鼻白んだ。

「なぜ、紹介する相手を葛和警視にしよう、と判断なさったの」

何げない質問に、ふと紫乃の視線が揺れる。

「わたしが存じ上げている中で、いちばん判断力や決断力のあるかただ、と思ったからです。その種の機密データを扱うのに、警視以上の適任者はいません」

「ずいぶん、高く買ってらっしゃるのね」

皮肉を言ったつもりはないが、紫乃はむきになったように鼻孔をふくらませた。

「お会いになれば、殿村さんもわたしの判断が正しいことが、お分かりになります」

「会わせてくださるの」

聞き返すと、紫乃はちょっと体を引いた。

「もし、お手元のメモリを引き渡していただけるのなら、その機会を作ります」

「引き渡すという約束は、まだできないわ。その交渉をしたければ、今度はその葛和警視も一緒に、連れてらっしゃることね」

三春の強い言葉に、紫乃の頬がこわばる。

さらに追い討ちをかける。

「最後にもう一つ、お聞きしたいことがあるわ。機密データを、それほど手に入れたがっているのに、兼松が刺されて行方不明になったあと、なぜ何もアクションを起こさなかったんですか」

紫乃は顎を引き、瞬きした。

「アクション、とおっしゃると」

「昼間の電話で、兼松が刺されたとき現場にいたのがわたしだ、ということは救急隊で確認した、とおっしゃったわね」

「ええ」

「だったら、兼松が姿を消したと分かったとき、なぜわたしに連絡をとらなかったの。情報交換したい、と思うのが普通でしょう」

三春の詰問に、紫乃の視線が少し揺れた。

「それは、もし兼松が生きているのなら、彼の方から連絡してくるだろう、と思ったからです」

「連絡してこなかったら」

「そのときは、死んだと判断して、あきらめるつもりでした」

ぎくしゃくした返事だ。

「そうは思えないわ。問題が問題だけに、あなたとしてはあまり表に出たくなかった、というのが本音でしょう。在日二世から、国家の威信にかかわる機密データをもらう、などという話が外へ漏れたりしたら、体裁が悪いし」

唇を引き結んだだけで、紫乃は何も言おうとしない。

ぴんとくるものがあり、三春は手を緩めずに続けた。

「わたしに連絡する手間さえも、あなたは惜しんだ。それとも、だれか別の人に頼んで、情報をとろうとしたんですか。例えば、帝都新報の山根とかいう、くせ者記者に」

紫乃の表情が、石膏《せっこう》のマスクのように硬くなった。

とっさにひらめいた直感が、みごとに図星を指したらしいと分かって、三春は溜《りゅう》飲《いん》が下がった。

どういう関係か知らないが、紫乃はたぶん顔見知りの山根信士に頼んで、三春の身元を聞き出させたのだろう。さらに、なんらかの方法で三春の写真、あるいは映像情報を入手し、それを山根に示して接触を図るよう、因果を含めたに違いない。

山根は、それを受けて三春に巧みに接近し、あれやこれやと揺さぶりをかけたものの、結局期待する返事を得られなかった。

手詰まりになったところへ、幸便にも当の三春の方から接触してきたので、紫乃はもっけの幸いとばかり、話し合いに応じたのだろう。

確証があるわけではないが、一連の出来事を考え合わせてみれば、それでつじつまが合う。

いずれにせよ、紫乃もまた三春を説得しそこなったわけだから、今度はそのバックにいる葛和警視とやらが、乗り出して来るしかあるまい。

紫乃が黙ったままなので、三春はショルダーバッグを開いて、五千円札を取り出した。

それをテーブルに置き、静かに立ち上がる。

「いい店を教えてくださって、ありがとうございます。それではまた、お近いうちに」

そう言い残して、さっさと出口に向かった。

23

「いったい、なんだっていうんですか。こんな変な場所に、呼び出したりして」

村野滋之は、思い切り迷惑そうな表情をこしらえ、松宮亜樹子を見据えた。

亜樹子は、例の黒縁の眼鏡を指で押し上げ、抑揚のない声で言った。

「申し訳ありません。村野さんのお手を煩《わずら》わすのも、これが最後になると思います」

「同僚の送別会を、途中で抜けるはめになったんですよ。いくらなんでも、強引すぎやしませんか」

「ですから、その点はおわびします」

謝罪とはほど遠い、切り口上のせりふだ。

前回会ったとき、亜樹子の携帯電話にこちらの番号を、登録させてしまった。それが、今さらのように、悔やまれた。

未練がましく聞く。

「このあいだお話ししたことで、例の件はもう終わったんじゃないんですか」

「今日で終わります」

亜樹子はきっぱりと言い、それから付け加えた。

「たぶん」

村野は苦笑した。

この、大柄で押しつけがましい、公安調査庁の監察審議官には、しんからいらいらさせられる。まったく、食えない女だ。

「こんなところで、なんの話があるんですか」

確か藍染川《あいぞめがわ》通り、と表示が出ていた。

飲み屋、焼き肉屋などが建ち並ぶ明るい通りだが、立ち話に向いた場所とはいえない。

今、亜樹子は自動販売機の陰にたたずみ、村野もそのそばに立っている。

「特に、話はありません。ただ、ちょっと見ていただきたいものが、あるだけです」

村野は、亜樹子の装いを見直した。

前回の、黄色いコートは着ておらず、グレーのブラウスに紺のカーディガン、焦げ茶のタイトスカート、といういでたちだ。

ベージュの、小ぶりのトートバッグを手にしているだけで、ほかに何も持っていない。

「何を見ればいいんですか」

「ある人の顔を、確認していただきます。対象が姿を見せたら、そう言いますから」

亜樹子は言葉を切り、質問はお断わりと言わぬばかりに、背を向けた。

村野は、手持ち無沙汰になって、煙草に火をつけた。

ふだん、路上の喫煙にはためらいがあるが、どうせ二度と来ない場所だと思うと、控える気にもならない。

目の前の高架線を電車が通り過ぎ、白い光の帯が忙《せわ》しく移動しながら、降ってくる。

二本目の煙草を吸い終わったとき、じっと立ったままだった亜樹子が、急に足を踏み替えた。

それから、体を半分乗り出すようにして、通りを見渡す。

村野もその肩越しに、亜樹子が顔を向けているあたりを、透かして見た。

村野たちと同じ側の、少し離れた居酒屋らしき店から女が一人、通りに出て来た。

薄手の、グレーのコートを着て、髪を短めにカットした、中肉中背の女だった。

女は、背筋をまっすぐに伸ばし、氷の上でも滑るように駅の方へ、歩き出した。

「あの女ですか」

村野が聞くと、亜樹子は首を振った。

「違います」

ほとんど間なしに、同じ店から二人連れの男が出て来る。

亜樹子は、その男たちにもちらりと目を向けたが、何も言わなかった。

村野も、黙っていた。

それから二分ほどのあいだに、同じ店に何人か客の出入りがあった。けっこう、はやっているようだ。

村野が、三本目の煙草を一口吸ったとき、また女が一人出て来た。

亜樹子の頭が動く。

「あの人を見て」

言われるまでもなく、村野は女の横顔を見た。

心臓が、きゅっと締まる。

目の錯覚でなければ、その女はラゴス公使館で賭け金を強奪した、例の偽刑事鴨下郁代に違いないか、あるいはそれに生き写しの女だった。

女は、デニムのパンツスーツに身を包み、ゆったりした足取りで駅の方へ歩き始める。

「あれはもしかして、鴨下郁代じゃないかな」

村野が呆然としながら言うと、亜樹子はちらりと振り向いた。

「あなたが、鴨下郁代として知り会ったのは、あの人ですよね」

服装と雰囲気は異なるが、その横顔とゆっくり歩いて行く体つきから、間違いないと確信する。

「そうです。何者なんですか、あの女は」

村野の問いに答えず、亜樹子は女と同じ方向に、歩き出した。

煙草を投げ捨て、あわててあとを追う。

「あなたもよくご存じの、賭場荒らしです」

小声で言うのに、村野はいらいらした。

「それは知ってます。ほんとうの身元を、聞いてるんですよ」

「知りたければ、直接聞いたらどうですか」

あっさり言われて、返答に詰まる。

亜樹子はまた、ちらりと振り向いた。

「どっちみち、このままでは気がすまないでしょう」

挑発するような口調だった。

「それはそうですが」

「声をかけて、何か言ってやったらどうですか」

村野は、急に体が熱くなるのを、意識した。

亜樹子が続ける。

「ただし、わたしのことは言わないように、してください」

「なぜですか」

「今後の仕事に、差し障りがあるからです」

どんな仕事と、関わっているのか。

「しかし、松宮さんのことを言わなければ、わたしがどうやって彼女を見つけたか、説明できませんよ」

「このあたりで、たまたま彼女を目にして声をかけた、ということでいいんじゃないですか。わたしのことを話したら、あとでめんどうになりますよ」

得意の、脅し文句が出た。

黙っていると、亜樹子は振り向かずに続けた。

「例の、カジノでの一騒動を追及してやったら、少しは気が晴れるでしょう」

そのとき、前を行く郁代が左手の高架の下を抜ける道へ、曲がり込むのが見えた。

「今がチャンスかもね。それじゃ、お先に」

亜樹子は小さく言い残し、そのまま高架の先にある京成町屋駅の方へ、まっすぐに歩いて行った。

「ちょっと」

小さく呼びかけたが、亜樹子は足を止めない。

村野は焦り、離れて行く亜樹子を視野に入れながら、郁代の後ろ姿を目で追った。
高架の支柱に邪魔されて、郁代の姿が一瞬見えなくなる。
迷っている暇はなかった。
村野は亜樹子をあきらめ、郁代を追って高架の下に駆け込んだ。
一瞬、足がとまる。郁代がいない。
急いで高架をくぐり抜け、前方の通りを見渡した。
やはり、郁代の姿はなかった。
それほど、距離が離れていたわけではないので、見失うことはないはずだ。
そのとたん、はっと気がつく。
くるりと向き直ると、斜め後ろのコンクリートの支柱の陰に、郁代が立っていた。
どうやら、気配を悟《さと》られたらしい。
村野は臆せず、郁代のそばに行った。
「その節はどうも」
息がはずんだ。
通路には明かりがなく、外の街灯の光もほとんど届かない。
表情ははっきり読めないが、相手が郁代であることは間違いなかった。
「どなたですか、あとをつけたりして」

抑揚のないその返事に、村野はわざとらしく笑った。

「どなたですか、はないでしょう。何度か一緒に、食事した仲じゃないですか」

「変なこと、言わないでください。人違いをしてらっしゃるわ」

そのきつい口調に、さすがにむっとする。

「とぼけるのは、やめてほしいな。ラゴス公使館の、カジノでの出来事を忘れた、とは言わせませんよ」

小型のバンが、通路にはいって来た。

ヘッドランプの光が、一瞬郁代を照らし出す。

「なんのことか、分かりませんね。人違いだと言ってるんですから、あとを追うのはやめてください」

まったく、動揺した様子を見せない。

亜樹子と同じく、いかにも食えない女だ。最初に出会ったときと、まったくイメージが変わっている。

「マクヒューの電話はつながらないし、白金台警察にも鴨下郁代などという刑事は、いなかった。きみはいったい、何者なんだ」

薄暗がりの中で、郁代の目が光る。

「あまりしつこくすると、後悔しますよ」

「とっくに、後悔してるさ。きみと知り合ったことでね。というか、きみは最初からぼくを利用するつもりで、接近したんだろう」

村野が詰め寄ると、郁代は少しのあいだ口を閉じ、何か考えていた。

やがて、斜めがけにした大きめのポーチをあけ、黒い手帳らしきものを取り出した。

それをぱらり、と広げて見せる。

「警察官を相手に、妙な言いがかりをつけたりすると、ただではすみませんよ」

それが警察手帳と分かって、村野はその場に立ちすくんだ。

「偽物には、もうだまされないよ」

「偽物じゃないわ」

本物を、手に取って眺めたことがないので、薄暗がりの中で真偽を確かめるのは、不可能だった。

しかし、郁代の自信ありげな言動からすれば、嘘をついているようには見えなかった。

「ほんとうに、刑事だったのか」

村野の問いに、郁代は警察手帳をしまって、うなずいた。

「ええ」

その短いやりとりで、村野は相手がはしなくも自分を鴨下郁代、と認めたことに気づいた。

郁代もそれを悟ったらしく、自嘲《じちょう》めいた笑みを浮かべる。

「それでわたしに、なんのご用ですか」

「なんのご用も、ないものだ」

村野は、そう応じて息を整え、すぐに続けた。

「違法カジノの現場に乗り込んで、上がりを全部かっさらっていくような刑事は、映画の中にしかいないと思っていた。どういうつもりだったんだ。あの金を、どこへやった」

郁代は、みじんも動じなかった。

「かりに、そういう事実があったとしても、だれも証明できないわ。言っている意味は、分かるでしょう」

「いや、分からないね。きみは、刑事だろう。刑事が、そんな強盗まがいのことをした、とマスコミにでも漏れたら、ただじゃすまないぞ」

「その心配はないわ。証拠も証人も、ゼロなんですからね。あなた一人ががんばっても、どうにもならないでしょう。せいぜい、会社にいられなくなるのが、落ちね」

村野は、ぐっと詰まった。

確かに、この女の言うとおりだ。

ラゴス共和国は、カジノの存在を徹底的に否定するはずだし、ほかの会員が名乗り出ることも、決してないだろう。

郁代は、言葉を失った村野に無感動な目を向け、続けて言った。

「ほかになければ、これで失礼します」

ふと思いついて、村野は口を開いた。

「きみが持ち去った金の中から、せめてぼくが負けた分を返してくれたら、気がすむかもしれないな」

郁代が、失笑する。

「分け前をよこせ、というわけね。いくらなの」

村野も、皮肉な笑みを返した。

「冗談だよ。とにかく、きみが本物の刑事だということは、これで分かった。調べようと思えば、名前も所属も突きとめられるだろう。そのことを、覚えておいてくれ」

せめてもの反撃に、郁代は唇を引き締めた。

「そういえば、どうやってわたしのあとを、つけて来られたの。正体も知らないのに」

「ついさっき、歩いているところを偶然見かけたので、あとを追って来ただけさ」

郁代は黙ったが、その目は明らかに村野の返事を、信じていなかった。

いずれにしても、亜樹子が郁代の正体を知っていることは、間違いあるまい。そうでなければ、郁代のあとをつけて見張りを続けながら、村野を呼び出して面通しをさせることは、できなかったはずだ。

背後で、アスファルトに靴のこすれる、かすかな音がした。

ぎくりとして振り向くと、黒いコートを着た体格のいい男が、そこに立っていた。

「お嬢さん。だいじょうぶですか」

こんなときでなければ、耳に快く感じられるかもしれない、よく響くバリトンだ。

背後で、郁代が言う。

「この人が何か勘違いをして、わたしに言いがかりをつけたんです」

村野は、あわてて口を開いた。

「いや、それはもう」

みなまで言わせず、男はぬっと村野の前に立ちはだかった。

「怪我をしないうちに、消えうせろ。振り向くんじゃないぞ」

どすのきいた声に、村野は手もなく縮み上がった。

急いで向きを変え、もと来た道へ取って返す。

なんとなく、今の男は郁代のことを知っているのではないか、という気がした。

しかし、村野はもはや振り向く気も起こらず、町屋駅の方へ急いだ。

まったく、とんでもない夜になってしまった。

24

午後十時過ぎ。

殿村三春は、ＪＲ池袋駅で電車をおりた。

とたんに、どっと疲れが出るのを感じる。思った以上に、町屋での御垣紫乃との攻防戦が、こたえたようだ。

電車に揺られながら、あれこれと考えた。

紫乃との駆け引きで、後《おく》れをとったとは思わない。ただ、判断を誤ったかもしれない、という不安もかすかに残り、それが胃を締めつけてくる。

拉致される直前、兼松一成からＵＳＢメモリを預かったことを、認めてしまった。

それで、よかったのか。

メモリのことは、上司の棚橋嘉人はもちろん、ほかのだれにも漏らしていない。

帝都新報の山根信士、光中央署の芦田秋五警部補など、それを疑う者がいることは確かだが、はっきり言質を与えたのは紫乃だけだ。

もっとも、そのおかげでクズワこと、葛和謙介の身元が分かったのだから、損得なしの取引だと思う。

とはいえ、棚橋にメモリの件を報告しなかったことが、今さらのように重荷に感じられてきた。

棚橋は、三春ばかりかＭＢＳ室員のほとんどにとって、いてもいなくてもいい存在だった。単に、上からの指示を口移しで部下に伝え、部下からの報告を上へ復命するだけの、連絡係と見なされている。そのため、室員の中には棚橋を差し置いて、上位の幹部に直接報告する者も、少なくない。

改札口を出た三春は、〈杉の子〉の小田島稔に電話して、混んでいないかどうか確かめた。

店はすいており、常連客が二人いるだけ、とのことだった。

駅構内の寿司販売店に立ち寄って、半額に値引きされた鯖《さば》の棒寿司を二本買い、〈杉の子〉へ向かった。

歩きながら考える。

棚橋にＵＳＢメモリの件を伏せたのは、別に手柄を横取りされたくないとか、そんな下心があったからではない。ある程度のめどがつくまで、自分の手元に留《とど》めておいた方が、へたに掻き回されずにすむ、と思っただけのことだ。いずれにせよ、職場における棚橋の存在感の薄さが、そうさせたことは確かだった。

しかし、メモリを巡ってこうまで話がこじれてくると、自分には荷が重すぎるような、気もしてくる。

公安調査官は、強制捜査権もなければ逮捕権も持たない。そのため、いざというときに出足が遅れ、好機を逸することもままある。だからこそ、これら二つの強権を行使できる公安警察と、連携する必要があるのだ。

その意味でも、警視庁公安特務一課の理事官、葛和謙介なる人物と接触を持つことは、損にならないだろう。

棚橋には、メモリのことは伏せておいたものの、兼松がクズワの名を口にしたことは、報告してある。しかしこの期に及んで、ほかに黙っていたことがあると白状するのは、気が進まなかった。

こうなった以上、何があろうとみずから責任を取る覚悟で、行動しなければならない。

一つ深呼吸して、〈杉の子〉のドアを押した。

小田島が言ったとおり、客はいかにも常連らしい中年の男が二人、カウンターのいちばん奥の席で、しきりに話し込んでいるだけだった。

三春は、入り口に近いストゥールにすわり、買って来た棒寿司をカウンターに置いた。

「一本はお父さんに。もう一本は、あちらの常連さんに」

小田島が、その棒寿司を奥の席に持って行くと、二人の男は三春に顔を振り向けて、礼を言った。

「いいんです。どうせ、閉店間際の安売りですから、どうぞお気になさらずに」

三春が愛想よく応じると、二人はさっそく包みを開いて、食べ始めた。

一人は、銀縁の眼鏡をかけた細身の男で、白いシャツにレンガ色のカーディガン、というラフな格好をしている。

もう一人は、めったに髪の手入れをしないと思われる、ずんぐりむっくりの男だった。一応、ジャケットにスラックスといういでたちだが、長いあいだプレスしたことがなさそうだ。

眼鏡の男が、三春を見た。

「いや、これはうまい。大学の食堂より、いけますよ」

ずんぐりむっくりも、同じように言う。

「いや、まったく。自分のことを言われたような気がして、つい苦笑する。

わけもなく、自分のことを言われたような気がして、つい苦笑する。

小田島が、とりなすように口を挟んだ。

「あちらは、近所の友愛大学で情報工学を教える、准教授のお二人でね」

そういえば先日、小田島からそのような常連客がいる、と聞かされたのを思い出した。

道みち考えていたことが、にわかに現実味を帯びてくる。

ずんぐりむっくりが、三春を見て人差し指を立てた。

「スパコンもわたしたちも、ときどき油を差さないとだめなんですよ。この給油所は、油の質がいいからね」

それきり、急に関心を失ったように背を向け、また眼鏡の男と話し始めた。

小田島が、カウンターの下をのぞき込んで、何かを操作する。

有線放送らしい、ロック調のにぎやかなボーカルが、流れ始めた。

珍しいことだった。

小田島は、ふだんからめったにBGMを流さず、たまに流すときはタンゴのCDしか、かけないのだ。

マルガリータを作りながら、ほとんど唇を動かさずに言う。

「こないだ話した、例のスパコンの専門家さ」

それを言うために、にぎやかな音楽を流したらしい。

三春はうなずき、ちらりと二人に目を向けた。

准教授たちは、ロックに負けまいとするように額《ひたい》を寄せ、熱心におしゃべりを続けている。

低い声で、小田島に聞く。

「預かっていただいたメモリは、どこにしまってあるんですか。ご自宅ですか」

「いや、店に置いてある。三春が、返してほしいと言ったとき、すぐに渡せるように」

小田島はそう応じて、マルガリータを目の前に置いた。

三春はそれに口をつけ、あらためて確認した。

「あちらの先生がたは、ほんとうにメモリのパスワード解読が、できるんですか」

「まあ、日ごろの話を聞いていると、間違いないと思うよ」

小田島が答えたとき、眼鏡をかけた准教授が急に手を上げて、合図した。

「マスター。おれたち、そこらへラーメン食いに行ってくるから」

「ラーメンって、今棒寿司食べたばかりじゃないですか」

小田島の突っ込みに、ずんぐりむっくりが言う。

「棒寿司食ったら、よけいに腹が減っちゃったんだよね」

それから、眼鏡の男を親指で示して、先を続ける。

「こいつは遠いから、そのまま帰ると思うけど、ぼくはまたもどって来るよ。お勘定は、そのときね」

二人はストゥールをおり、三春に挨拶しながらもつれ合うように、店を出て行った。

「やれやれ」

小田島は首を振り、おどけた口調で言った。

「いつも、ああなんですか」

「そう。全然タイプが違うのに、妙に気が合うらしいんだ」

三春は、マルガリータを一口飲んで、カウンターに乗り出した。

「でも、ちょうどよかった。お父さんに、相談があるんです」

「どんな」

応じながら、自分用の小さなショットグラスに、ウイスキーをつぐ。

「あの先生のどちらかに、メモリのパスワードを解読してくれるよう、頼んでいただけませんか」

小田島はグラスをなめ、思慮深い目で三春を見た。

「その気になったの」

「ええ。なんでも、解読することにしか関心がなくて、中身には興味を示さない人だと、そういうお話でしたよね。どちらの先生か、分かりませんけど」

「二人とも、そうだよ。システムにしか、興味がないんだろう」

「なんとおっしゃる先生がたですか」

三春の問いに、小田島はコースターの裏に字を書いて、名前を教えた。

眼鏡の方が今井友幸《いまいともゆき》、ずんぐりむっくりの方が内野政人《うちのまさと》、と分かった。

「それじゃ、とりあえず内野先生の方に、頼んでいただけますか。あとでもどって来る、とおっしゃってましたよね」

「うん。家が常盤台《ときわだい》で、近いからね」

マルガリータを飲んで、三春はまた少し考えを巡らした。

「信用しないわけじゃないけれど、パスワードを解読したらしたで、内野先生も人情として、中身の情報を見たくならないかしら」

小田島は、むずかしい顔をした。

「そうだな、見たくなるかもしれないな。というか、実際に見る可能性もあるよ。それはさすがに、否定できないね」

三春が唇を引き締めると、小田島は頬を緩めて続けた。

「ただ、あんな風に見えても、内野先生はけっこう口が堅いんだ。わたしが、いっさい他言無用と言えば、ほかでしゃべることはないよ」

そうであってほしい。

「内野先生には、あのＵＳＢメモリがどこから出たかという由来も、伏せておいてくださいね」

「分かってるよ。三春が、公安調査官だということはもちろん、だれに頼まれたかも言うつもりはないさ」

三春はやっと、肩の力を抜いた。

「ありがとうございます」

「内野先生がもどって来たら、さりげなく頼んでみるよ」

「どれくらいかかるかも、聞いておいてもらえませんか」

「謝礼なんか、ほしがるような人じゃないさ」

小田島はそう言ったが、三春の顔を見直して続けた。

「時間はそんなに、かからないと思う。早ければあしたにでも、やってくれるんじゃないかな。メモリは、解読したパスワードを受け取るときに、返してもらえばいいんだろう」

「ええ。お父さんの手元にもどったら、連絡していただけますか」

「分かった。メールを入れるよ。こないだも言ったけど、危ない仕事に手を染めるのは、やめた方がいいぞ」

情のこもったその言葉に、ついほろりとさせられる。

「分かっています。心配しないでください」

内野政人がもどって来る前に、三春は〈杉の子〉を出た。

歩き出したとき、少し離れた路地の角でちらり、と人影が動いた。

だれかが、路地にはいって行ったか、それとも角から身を引いたかの、どちらかに見えた。

三春は、なんとなく不安につき動かされて、その角に足を向けた。

さりげなく、曲がり込んでみる。

すでに、午後十一時を回っているが、人の数はまだまだ多い。

すばやく目を配ったが、不自然な動きをする怪しい人影は、見当たらなかった。

町屋からここまで来るあいだ、あれこれと思案にふけっていたので、尾行される可能性については、考えが及ばなかった。

紫乃が、近くに同僚でも待機させておいて、店を出た三春を尾行させる可能性も、ないとはいえない。

しかし、ありふれた路地のたたずまいを見ると、どうやら気のせいのようだ。

三春はきびすを返し、駅に向かって歩き出した。

つけて来るならどうぞ、という心境だった。

池袋駅前まで来たとき、バッグの中で携帯電話が震えた。

三春は、階段のおり口の壁に身を寄せ、液晶画面を見た。

御垣紫乃からだった。

「はい、殿村です」

「御垣紫乃です。先ほどは、失礼しました」

「こちらこそ」

「もう、ご自宅ですか」

「いえ、まだ外にいます。友だちと、会っていたので」

「これから少し、お時間をいただけませんか。遅くて、恐縮ですけど」

急き込んだ口調に、いささかとまどう。

「さっきの話の続きでしたら、日を改めた方がいいんじゃないかしら」

やんわり押しもどすと、紫乃は熱心な口調で続けた。

「実は、葛和警視がぜひ殿村さんにお会いしたい、とおっしゃってるんです」

予想外の展開の早さに、少なからず驚く。

一瞬答えあぐねると、紫乃は続けた。

「それも、できるだけ早く。つまり今夜中に、とおっしゃっています」

おそらく、紫乃から今夜の報告を聞いた葛和謙介が、即座にみずから乗り出す決心をした、ということだろう。

三春は言った。

「念を押すようだけど、葛和警視にお目にかかったとしても、ＵＳＢメモリを引き渡すかどうかは、別問題ですよ。話し合いには、応じますけどね」

「それは、分かっています。警視とお話しされた上で、結論を出してください」

腕時計を見る。

十一時二十分になろうとしている。

「御垣さんは今、どちらにいらっしゃるの」

「お茶の水です。殿村さんは」

「新宿です」

とっさに、嘘をつく。

「でしたら、わたしたちも新宿まで行きます。警視の車がありますので、帰りもお送りします。お住まいは、目黒の方ですよね」

「ええ」

さすがに、一度聞いたことは忘れないようだ。

「新宿の、どのあたりですか」

「ええと、伊勢丹の近くです」

でまかせを言うと、電話の向こうで相談する気配が、伝わってきた。

「それでは、三十分後に靖国通りの伊勢丹会館の前で、殿村さんを拾います。よろしいですか」

「分かりました」

　電話を切って、三春は改札口に急いだ。

25

　新宿へ回り、指定の場所に着いたときは、十一時四十五分になっていた。
　殿村三春が、歩道の端に立って五分ほど待つと、目の前に黒塗りの車がやって来た。
　助手席から御垣紫乃がおり立ち、後部ドアをあけてくれる。
　促されて、三春は車に乗り込んだ。
　シートの奥にすわっていた、黒っぽいコート姿の大柄な男が、軽くうなずいてみせる。
「葛和です。ご挨拶は、またあとで」
　耳に快《こころよ》い、奥行きのある声だった。
「殿村です」
　三春も短く応じて、シートに深く背を預けた。
　助手席にもどった紫乃が、運転手に手短に行く先を指示する。
　車中では、だれも口をきかなかった。

十分後。

車は、西新宿の裏通りにあるサロン・バーに、乗りつけた。

葛和謙介の、なじみの店のようだった。

事前に連絡してあったとみえ、心得顔のウエイターが何も言わずに、三人を奥の個室に案内する。

そこは、詰めれば六人くらいはいる広さで、革張りのソファに分厚い木のテーブル、濃い臙脂《えんじ》のビロード張りの内壁という、凝った造りの小部屋だった。

白と黒の、引き締まった制服姿の若い女が、〈響〉の十七年もののボトルとグラス、ミネラルウォーターと炭酸水、それに氷のはいったバケットを、運んで来る。

トレイをテーブルに置くと、女はそのまま黙って引き下がった。あらかじめ、邪魔をしないように、言い含められていたのだろう。

紫乃に注文を聞かれて、三春は炭酸割り、葛和は水割りを頼んだ。

紫乃が酒を作るあいだに、三春は葛和と名刺を交換した。

警視庁公安部公安特務一課理事官、警視、葛和謙介。

紫乃が言ったとおりだ。

葛和は、見たところ身長が百八十センチ近くもあり、ラガーマンのようにがっしりした体をしている。濃い眉の下で、異様な力を秘めた双眸《そうぼう》が強い光を放ち、向き合うだけで威圧感を覚えるほどだった。

　黒いコートの下は、ほとんど同じ色に見える濃紺のスーツに、鬱金《うこん》色のネクタイという装いだ。いかにもエリート風のいでたちだが、すでに四十歳を超えているように見える。おそらく、キャリアの警察官ではないだろう。キャリアなら、その年でいまだに警視ということは、まずありえない。

　乾杯する。

　三春は一口飲んだが、葛和と紫乃は形ばかり口をつけただけで、グラスを置いた。

　葛和が言う。

「事情は、あらかた御垣警部補から聞いているので、手短にいきましょう。殿村さんが、兼松一成から託されたというUSBメモリは、本来わたしが受け取るべきものだった。いろいろと、ごめんどうをおかけしたようですが、あとはわたしの方で処理させてもらいます。どうか、メモリを引き渡していただきたい」

　言葉つきはていねいだが、うむを言わせぬ響きがある。

「すぐには、ご返事いたしかねます。少なくとも、中身をチェックしてからでなければ」

「しかし、兼松は死に際に葛和に渡してくれ、と言い残したんでしょう」

「はい。もし、死んだとすれば、ですが」

三春の返事に、葛和は顎を引いた。

「兼松は、死んだに違いありませんよ。なんの連絡もないところをみるとね」

「おそらく、そのとおりだと思います。だれに殺されたか、お心当たりがおありですか」

葛和の目が、むしろ心を読まれまいとするように、じっと三春を見つめる。

「分かりませんね。ただ、メモリに記憶された情報の内容が、実際に兼松が言ったようなものなら、それを公表されると困る連中のしわざだ、とも考えられる」

「裏金問題や、取り調べの可視化問題を追及されたくない、警察ないし検察の関係者のしわざだ、とおっしゃるんですか」

三春のあけすけな質問に、葛和はすぐには返事をしなかった。

酒を一口含み、乱れていないかどうか確かめるように、きれいに櫛目《くしめ》のはいった髪に、軽く手を触れる。

「それはまあ、たとえばの話でね。かりにそうだとしても、連中が直接手を下すなどということは、ありませんよ」

三春はその言葉尻をとらえ、さらに追い討ちをかけた。

「連中とおっしゃったのは、検察関係者だけを指しておられるのですか。それとも、警察関係者を含めて、ということですか」

葛和は憮然として、酒をまた一口飲んだ。

「もちろん、全部含めてです。しかし、警察や検察がそんな無謀な行動に出ることは、常識的にありえない」

「今度の場合は、どうも常識が通用しないような気がします」

三春が言い返すと、葛和はグラスの氷をからからと鳴らして、少し考えた。

「公調と警察は、相互に情報交換をしなければならない、と定められていますよ」

その指摘に、三春は笑みで応じた。

「それは、破防法《はぼうほう》の規定でしょう。今回の一件に、そこまで拡大解釈が許される、とは思えませんね」

葛和が苦笑を浮かべる。

その隙をつくように、紫乃が口を挟んできた。

「兼松が殺された原因が、そのメモリにあると決めつけるのは、いかがなものでしょうか。まったく関係ない、別の理由で襲われた可能性も、あるのでは」

三春は、紫乃を見た。

「それは、どういう意味ですか」

葛和の手前、ついていねいな口をきいてしまい、いまいましくなる。

「兼松は、全球連の理事を務めていますよね。その関係で、トラブルに巻き込まれた可能性も、否定できないでしょう。それに」

紫乃は、そこで一度言葉を切り、おもむろに続けた。

「それに、兼松とクルパジャ教団との関係についても、何かと噂があるようですし」

三春は、唇を引き締めた。

兼松が、同じ在日朝鮮人の檜垣健次郎の妻、さなえと情を通じていることと、そのさなえがクルパジャの信者であることは、明らかにされていないはずだ。

三春が黙っていると、紫乃はさらに続けて言った。

「殿村さんは、つい先日曙橋付近で正体不明の三人組に、襲われたそうですね」

まいったか、と言わぬばかりの得意げな口調に、こめかみが熱くなる。

怒りを押し殺し、軽い口調で応じた。

「よくご存じですね。被害届さえ、出していないのに」

「だって、光中央署の担当者に問い合わせれば、分かることですもの」

無邪気を装っているが、勝ち誇った色が目に浮かぶ。

三春は、言い返した。

「曙橋の事件は、市谷署の管轄ですよ。所轄署でもない光中央署に、問い合わせをされたんですか」

紫乃の、さすがに言葉に詰まる様子を見て、少し胸がすっとする。

手を緩めず、だめを押した。

「その情報は、光中央署じゃなくて、おなじみのルートからでしょう」

追及をかわすように、紫乃は軽く肩をすくめた。

「ご想像に、お任せします」

「とうに、想像がついています」

三春の皮肉を無視して、紫乃は意固地《いこじ》に話を進めた。

「光中央署によると、殿村さんを襲った連中が乗って来た車は、クルパジャの所有だったらしいですね」

語るに落ちる、とはこのことだ。

紫乃が、帝都新報の山根信士と通じていることは、もはや疑いようがない。

三春は息を整え、葛和に目をもどした。

「お互いに、肚の探り合いはやめましょう。警視が、そのメモリを手に入れたい理由は、単に検察庁の弱みを握りたいからですか」

急所を突くと、葛和は一呼吸おいて答えた。

「単に、という言葉には少々引っかかるが、そのとおりです」

「弱みを握って、どうなさるおつもりですか。ご存じのように、警察は犯罪の初動捜査を担当するだけで、捜査全体の主導権はあくまで検察にあります。弱みを握ったくらいで、それをくつがえせるものではないでしょう」

葛和は水割りを飲み干し、グラスを斜めに突き出した。

紫乃が、それをひょいと受け取って、お代わりを作り始める。

そのなれたしぐさから、二人のあいだにある種の関係が成立している、という勘が働いた。

葛和が口を開く。

「これからの話は、あくまでこの部屋だけのことに、とどめておいてほしい。約束してもらえますか」

それはこちらも、望むところだった。

「はい、お約束します」

葛和は、紫乃がお代わりを差し出すのを待って、グラスに軽く口をつけた。

「左翼の活動が下火になって以来、事あるごとに不要論を突きつけられた公安調査庁も、例のオウム事件のおかげで一時的にしろ、息を吹き返した。そのことは、承知しているでしょうね」

「はい」

「ただ公調からすると、破防法第七条の解散の指定処分請求をしりぞけられて、オウムの解散を実現しそこなったことが、致命的な痛手だった」

黙ってうなずく。

葛和が言ったのは、公安調査庁が公安審査委員会に提議した、オウム真理教への団体解散指定処分の請求を、あっさり却下された事実だ。

葛和は続けた。

「ともかく、その後オウムは大きく二つの団体に分裂したものの、生き延びることになった。公調としては、新たに制定された団体規制法にもとづいて、観察処分を更新継続するのが精一杯、という状況だ。その件と北朝鮮問題の二つが、公調存続のためのわずかな名目になっている、といってもいい」

そう言って、ぐいと唇を引き締め、三春を見つめる。

団体規制法は、オウム真理教事件を契機に制定された、〈無差別大量殺人行為を行った団体の規制に関する法律〉のことだ。オウムの後継団体は、その第五条によって観察処分に付され、現在もそれが継続している。

三春は言葉に窮して、葛和を見返すしかなかった。

葛和が、また口を開く。

「今のところ、オウムの後継団体がなりをひそめているので、一般の関心もやや薄れてきた。そのため、またぞろ公安調査庁不要論、廃止論が頭をもたげつつある。むろんそのことも、承知しているでしょうが」

三春は、しぶしぶうなずいた。

「はい。ただ、公調の監視対象は、オウムだけではありません。ほかにも、潜在的危険をはらんだ宗教団体がありますし、北朝鮮や海外のテロネットワークも、対象になっています。ことに、北朝鮮は指導者が代わってから、何をしでかすか分からない状況ですし、公調の存在意義は十分にある、と思います」

「それはどうかな。こちらの観測によれば、新しい指導者と在日代表機関のあいだには、良好な関係が築かれていない。在日機関からすれば、新しい指導者の奇矯なパフォーマンスで、自分たちの立場を悪くしてほしくない。日本で生活する以上、波風を立てずに日本人と融和《ゆうわ》していきたい。それが、在日機関の本音だと思う。公調が心配するような事態には、まずならないでしょう」

「そうかもしれませんが、機関の中には何があろうと祖国に忠誠を尽くす、という人たちもいるはずです」

葛和が、物分かりのよさそうな笑みを浮かべ、うなずいてみせる。

「その議論は、きりがないからやめましょう。要するに公調不要論、廃止論が再燃してきたことは、もはや疑いようがない。しかもそれは、あなたがたが考える以上の勢いで、動いている。このまま放置すれば、ここ一年のうちにも公調廃止法案が、国会で論議されるでしょう」

さすがに驚く。

「何か、根拠がおありなのですか」

「あります。検察庁内部に、その動きがみられる」

三春は、さらに驚いた。

「まさか。公調は、検察官の主たる出向先でもありますし、検察庁内部に廃止論が出るとは、思えませんが」

「ただの廃止ではない。公調を解体廃止したあと、検察庁の主導で新たにより強力な治安組織、公共安全省なるものを設立する、という企図があるんですよ」

「公共安全省」

おうむ返しに言って、そのまま三春は絶句した。

「法務省官房や東京高検、東京地検の幹部の中に、その動きに呼応する者がいます。そしてむろん、公調内部にもね」

「ほんとうですか」

ほとんどめまいがする。

「ほんとうです。その大半が、検察庁からの出向検事で占められていますが、中には警察庁のキャリアもいる」

警察庁や警視庁の、公安畑の幹部に公調廃止論者がいることは、三春も承知している。

しかし、公安調査庁を実質的に切り回す検察庁が、ひそかにその廃止をもくろんでいるとは、知らなかった。

ただ、新たに公安組織を設立するためだとすれば、それもうなずける。

三春は、思い切って聞いた。

「それで、警視は公調不要論、廃止論に賛成なのか、それとも反対なのか、どちらなのですか」

葛和は、椅子の背にもたれて薄笑いを浮かべ、さりげなく聞いた。

「どちらだと思いますか」

予想どおりの反問に、いらいらする。

「どちらでもかまいません。例のＵＳＢメモリに、興味がないのでしたら」

本題を思い出させてやると、葛和は案の定真顔にもどった。

言葉を選ぶように、ゆっくりと言う。

「正直に言えば、わたしも公調不要論者です。しかし、検事連中が新しい公安組織を作るのを、黙って見ているわけにはいかない。今の検察庁に、そのような強権組織をゆだねることは、警察組織のさらなる弱体化につながる。たとえ公調が解体されても、公共安全省を設立させることだけは、阻止しなければならない。そのためにも、検察の闇の部分を知る必要があるんですよ」

やっと、そこにきたか。

三春は炭酸割りを飲み干し、紫乃の方にグラスを滑らせた。

紫乃はいやな顔もせずに、お代わりを作り始めた。

葛和が、妙に声を響かせて、続ける。

「公調が解体された場合、優秀な調査官は警視庁の警備公安部門に、お迎えする用意がある。本人が希望すれば、の話ですがね」

26

御垣紫乃が、グラスを差し出した。

殿村三春はそれを受け取り、ゆっくりと半分ほど飲んだ。

葛和謙介の発言は、自分が三春の処遇を引き受けると言わぬばかりの、おためごかしに聞こえた。

三春は、それに気がつかないふりをして、話を進めた。

「わたしは公調の人間ですから、基本的に公調廃止論には不賛成です。お差し支えなければ、どういった人たちが廃止論を唱えているのか、教えていただけないでしょう

か。むろん、口外するつもりはありませんし、と疑うように三春をためつすがめつし、

葛和は、隠しマイクをつけていはしまいか、と疑うように三春をためつすがめつし、おもむろに言った。

「あくまで、日ごろの言動や周囲の噂から推測したもので、確証があるわけではない。順不同でいうと、法務省の磯貝。東京高検の刀伊《とい》。公調の楠田、土生《はぶ》など。そして、彼らのまとめ役を務めているのは、東京地検の汐見です」

三春は、テーブルの下で拳を握り締め、足を踏み替えた。

葛和が口にした名前は、すべて三春の知る人物だった。

磯貝喜之助は、法務省官房の特別審議官。

刀伊大《まさる》は、東京高等検察庁の次席検事。

楠田久三は、公安調査庁の次長。

土生元治《もとはる》は、同じく調査第三部長。

汐見宗一郎は、東京地検公安部の検事。

しかも磯貝、楠田、汐見の三人は、先日三春が臨席した公共安全情報連絡会議に、顔を連《つら》ねた人物だ。

名前が挙がったうちで、警察畑の人間は警察庁から出向した、土生警視長一人しかいない。あとは全員、検察庁を原籍とする検事ばかりだった。

その中で、もっとも年若と思われる汐見が、まとめ役を務めるという。

汐見は、現役検事の中でも随一のやり手、と噂される男だ。そうした役回りにも、十分堪えられるだろう。

「今挙げられたメンバーは、同時に公共安全省設置を画策している人たち、とみていいのですか」

三春の問いに、葛和が黙ってうなずく。

三春は、さらに質問した。

「ただし、公調廃止に異論はないが、公共安全省設置には不賛成、という人もいるわけですね。警視のように」

「そう。内閣情報調査室の漆畑、警察庁の小湊。このあたりは、設置に反対していますす」

漆畑秀正は内閣情報調査室の特別審議官、小湊広秋は警察庁長官官房首席審議官を、それぞれ務めている。

二人とも、同じく公共安全情報連絡会議のメンバーで、土生同様警察のキャリア組だ。いずれも警視正、と記憶している。

「ちなみに、公共安全省設置に反対するだけでなく、公調そのものも廃止せずに存続すべきだ、と考える人もいるのですか」

「いることはいる。法務省刑事局の、宮代審議官。それに、公調の遠矢《とおや》長官も、存続派の一人です」

三春は、顎を引いた。

検察庁出身の、公安調査庁長官遠矢満《みつる》が新省設置に反対し、現組織の存続を支持しているとは、意外だった。

それが事実なら、ナンバーツーの楠田次長とまっこうから、対立することになる。

また、法務省の公安調査審議官宮代潤も、検事の出だ。

その二人が、公安調査庁廃止に不賛成だとは、知らなかった。

三春の顔色を見て、葛和が付け加える。

「なぜ、検察庁に原籍を置く検事の中に、現状維持を唱《とな》える者がいるのか、不思議なんでしょう」

「ええ、まあ」

あいまいにうなずくと、葛和は頰を引き締めた。

「それには、理由がある。何年か前、内部告発で検察庁もご多分に漏れず、調活費(調査活動費)をやり繰りして裏金作りに励んでいたことが、明らかになった。そのときは、告発者を別件起訴で有罪にして、一件を闇に葬《ほうむ》ることに成功した。むろん、一部の週刊誌は騒いだが、新聞は裏金問題に関するかぎり、ほとんど黙殺した。覚えてますか」

「はい」

「騒ぎは収まったものの、この事件のせいで検察は裏金作りがやりにくくなり、ほかの方法を考える必要に迫られた。そこで、公調の持つ潤沢な調査活動費に目をつけ、それを流用する方法を考え出した、というわけです」

三春は、あっけにとられた。

「公調から、検察庁に調査活動費が横流しされている、とおっしゃるのですか」

葛和が、肩をすくめる。

「そうです。幸か不幸か、公調は強制捜査権を持たないので、金を使ってS（スパイ）から情報を取るしか、方法がない。そのため、調査活動費の名目で予算化された資金は、警察や検察よりはるかに多い」

「それは、承知しています。しかし、流用されているという証拠が、何かあるのですか」

「確証がないので、どういう手続きをとっているのかは、分からない。そのやり方が、例のUSBメモリにはいっているのではないか、と考えるわけですよ」

三春は、口をつぐんだ。

確かに、主要ポストを検事に握られている公安調査庁が、検察庁のために便宜《べんぎ》を図《はか》ることは、十分に考えられる。

しかし、少なくとも三春はそのような話を、耳にしたことがない。

ただ、総務部長やＭＢＳ室長のレベルになると、何が行なわれているか分からない。

葛和は言った。

「検察庁にとって、その種の資金を安定供給できる公調は、まことに都合のいい存在だ。公調がなくなって、公共安全省が設置されることになった場合、またも新たな資金調達の方策を、考えなければならない。だとすれば、検察庁にとってある程度意のままになる、公調のような外局の存在も必要だ、という考えがあっても不思議はない」

いつの間にか、背筋にブラウスが張りついていることに、気がつく。

公安調査庁の生え抜きとして、庁内の司法試験組とキャリア組の対立や、警察官僚と検察官の確執を見てきた三春も、そうした権力争いの実態を耳にするのは、めったにないことだった。

葛和が続ける。

「公調存続派には、ただ組織の存在を維持するだけでなく、従来認められていなかった逮捕権、捜査権を取ろうという狙いもある。それが実現すれば、公共安全省などという大がかりな、しかも国民の反発を招きやすい組織を、新設する必要はないわけだ」

三春は頭が混乱し、グラスをあけた。

紫乃が、お代わりを作るかどうか尋ねるように、視線を送ってよこす。

三春は首を振り、グラスを紫乃から遠ざけた。

公調の存続と廃止の論議には、さまざまな思惑がからんでいることが分かり、頭の整理がつかない。

葛和が、なぐさめるような笑みを目元に浮かべ、上体を乗り出す。

「いきなり、こんな複雑な話を聞かされても、頭にはいらないでしょうね。実のところ、今名前を上げた連中もいつ、どこで宗旨変えをするか、分かったものではない。わたし自身も、場合によっては公調存続派に、鞍替《くらが》えするかもしれない。公共安全省に反対の立場は、変わらないと思うが」

紫乃が、割り込んでくる。

「殿村さんは、東京地検の汐見検事をご存じですか」

「個人的には知りませんが、会議等でご一緒したことはあります」

紫乃が、ちらりと葛和を見る。

葛和は、いかにも何かの承認を与えるような感じで、小さくうなずいてみせた。

紫乃が、三春に目をもどす。

「汐見検事は、公安部のエースと呼ばれるほどの切れ者、といわれています。お聞きになったことが、おありですか」

「ええ、噂だけは」

「仕事ができるばかりか、アルコールを召し上がっても決して乱れず、女性関係で噂が立つこともありません」

「それで公調廃止、公共安全省新設派のまとめ役を、務めているわけでしょう」

「ええ。一見、絵に描いたような品行方正、謹厳実直な検事です」

「一見、ですか」

聞きとがめると、紫乃はグラスに軽く口をつけてから、おもむろに言った。

「ただ、汐見検事には一つだけ、弱点があります。賭博依存症なんです」

「賭博」

意外なことを聞いて、三春は言葉を途切らせた。

紫乃が、グラスを持ち替える。

「依存症はちょっと言い過ぎですが、とにかく汐見検事は賭け事が異常に好きで、それが唯一最大の弱点になっています。ただ屋外の賭け事、たとえば競輪、競馬、競艇のたぐいには興味がなく、もっぱら屋内の賭け事が対象です」

「屋内というと、たとえばマージャンですか」

紫乃の頰に、小ばかにしたような笑みが浮かぶ。

「いいえ。ブリッジとかポーカーなどのカードゲーム、それにバカラやルーレットといった、欧米のギャンブルです。いわゆる、カジノですね」

「日本には、今のところ本式のカジノは、ありませんよね。外国へ行ってやるんですか」

紫乃は笑みを消さず、したり顔で応じた。

「ある意味ではね」

三春はいらいらして、葛和に目を移した。

「汐見検事のギャンブル好きが、公調存続問題に関係あるのですか」

葛和が、口を開こうとする紫乃を目で制し、あとを引き取る。

「南米のある国が、都内に持つ公使館の分室をカジノに仕立てて、本格的な賭博を行なっています。国内では違法行為ですが、外国公館の施設は治外法権が適用されるので、罪に問うことができない。汐見はつい先日まで、そのカジノの秘密会員だったんです」

予想外の話に、困惑する。

葛和が、汐見を呼び捨てにしたことも、ただならぬものを感じさせた。

「そんなことを、どうやってお調べになったのですか」

「資金の乏しい弱小国が、外交活動費や館員の遊興費を稼いだりするために、秘密カジノを開く例は珍しくないんですよ。その気になって、公館の分室や付帯施設を監視していれば、出入りする人物の不自然な動きが、かならず目につく。具体的な説明は省《はぶ》きますが、そういう場所の一つに汐見が出入りするのを、確認したわけです」

「秘密会員だった、と過去形でおっしゃいましたね。今は違うのですか」

「カジノはすでに、閉鎖されました。手入れを食いましてね」

「手入れ、ですか。その種の事件の報道は、見た覚えがありませんが」

「いろいろ事情があって、おおやけにはされなかった。つまりは、出入りしていた中に汐見のほか、だれでも知る大企業の役員や幹部がいたり、社会的にかなり地位のある人物がいたりしたので、公表されなかった。どちらにせよ、罪に問えない以上、事件にはできませんよ」

奥歯に、ものの挟まったような言い方が、気に入らなかった。

「それでは、汐見検事が出入りしていたことも、証明できないのでは」

「表立ってはね。ただわれわれは、汐見がそのカジノの中で賭博を行なった、と証言できる人物を確保している。非公式とはいえ、その証言があれば罪には問えないにしても、汐見の検察庁での地位や、現在の取りまとめ役としての立場を、危うくすることはできる。そうなれば公調廃止、公共安全省新設の計画にも、支障をきたすでしょう。まず、立ち消えになることはないにしても、計画の推進が大幅に遅れることは、間違いない」

「その証人を切り札に、汐見検事の一派と取引されるおつもりですか」

葛和は、首を振った。

「いや、個人のスキャンダルだけでは、取引の材料としていかにも弱い。だからこそ、あなたが兼松から預かったメモリの情報を、手に入れたいわけです。早くしないと、手遅れになる」

「と、おっしゃると」

「問題の証人の存在を、汐見の側でも察知した気配がある。だとすれば、いつなんどき反撃に出てくるか、予断を許さないわけです」

「その証人を消す、とでも」

葛和が苦笑する。

「そうは言わないが、圧力をかけて証言を封じ込めるくらいは、やるでしょう。回りくどい話になったが、われわれの狙いは公調やあなた自身の利害と、さほど乖離《かいり》していないはずだ。協力してくれませんか」

三春は、少し考えた。

「しかし警視は、公調存続に反対しておられるのでしょう」

「絶対反対、というわけではない。今回のことで、公調に対する検察の影響力を弱めると同時に、警察の立場を相対的に強めることができれば、存続を認めてもよいと思う」

それが本心かどうか、にわかには判断できない。

三春が考えていると、葛和は目を光らせて続けた。

「御垣警部補によると、あなたは兼松から託されたメモリを、個人的に保管しているらしいですね。つまり、上司に報告せずに」

紫乃が、三春とのやりとりを事細かに、葛和に伝えたことが分かる。

あのとき、紫乃の指摘を認めた覚えはないが、そのような印象を与えたことは、否定できない。

紫乃が、まるで聞こえなかったかのように、自分の水割りを作り直すのが、目の隅に映る。

「もし、上司に報告してメモリを提出したのなら、とうにパスワードは解読されているはずだ。それがまだだとすれば、あなたが自分の手元に置いたまま、握りつぶしていることになる。棚橋さんが知ったら、さぞ怒り狂うでしょうね」

三春は驚き、葛和を見返した。

「棚橋室長を、ご存じなのですか」

いや、そんなはずはない。

棚橋嘉人は、三春からクズワの名前を聞いたとき、まったく反応を示さなかった。

「向こうは、わたしを知らないでしょう。別に、驚くことはない。公調だけでなく、法務省や検察庁のおもな幹部の名前と顔は、ここにはいってますよ」

葛和はそう言って、指でこめかみを叩いた。

三春は、小手先であしらわれているような気がして、じわりと汗をかいた。

葛和が、追い討ちをかけてくる。

「メモリを引き渡してくれれば、われわれはそれを独自のルートで入手した、ということで処理する。あなたには迷惑をかけないし、必要な部分はコピーで差し上げてもいい。そうすれば、あなたの得点にもなるはずだ」

三春は、唇の裏を嚙み締めた。

残念ながら、役者が違う。それは、認めざるをえない。

許せないのは、紫乃までもが鼻高だかという風情で、酒を飲んでいることだ。

二人がどういう関係か、知りもしないし知りたくもないが、紫乃の手柄顔にはうんざりした。

しかし、自分の不利はいかんともしがたく、三春は葛和の申し出を受け入れるしか、方法がなかった。

「分かりました。ただし、お引き渡しする前に一両日、考える時間をいただけませんか」

葛和は、ちらりと目にいらだちの色をみせたが、すぐにそれを笑みに紛《まぎ》らせた。

「まさか、今さら棚橋室長に事情を話して、許しを請うつもりじゃないでしょうね」

「それはありません。とりあえず、預け先から回収しなければなりませんし、気持ちの整理をつける必要もあるので」

とはいえ、整理がつくとは思えなかった。

27

殿村三春が、小田島稔から電話を受けたのは、午後九時過ぎだった。

友愛大学の内野政人が、前夜預けたＵＳＢメモリをさっそく解読し、店に持って来たという。

内野は、開店直後同じ准教授の飲み仲間、今井友幸と一緒にやって来たのだが、この日は一杯飲んだだけで、引き上げたそうだ。

ちょうど、クルパジャの観察記録を作成中だった三春は、パソコンを閉じた。

帰り支度をすませ、まだ残っていた同僚たちに声をかけて、出口へ向かう。

出ようとしたとき、逆に外からはいって来た女と、鉢合わせしそうになった。

「ごめんなさい」

わびを言いながら、相手の顔を見る。

総務部付の監察審議官、松宮亜樹子だった。

「こちらこそ」

挨拶を返す亜樹子に、あらためて頭を下げる。

「お先に失礼します」

そのまま行き過ぎようとすると、亜樹子が肘を捕らえてきた。

「ちょっと、いいですか」

三春は、さりげなく亜樹子の手から逃れ、向き直った。

「はい、なんでしょうか」

「あなた、このあいだの夜練馬の方で、拉致事件に遭遇しましたよね」

「はい」

少し、緊張する。

亜樹子は原籍が検事で、まだ四十歳にはならないだろうが、三春よりいくつか年上だった。

公安調査庁内部のトラブル、調査官が起こした事件や不祥事を取り調べ、長官経由で法務省へ報告するのを、仕事にしている。警視庁の監察官と同じで、同僚から疎《うと》まれる職務だ。

三春も、避けるというほどではないが、なんとなく敬遠したい相手だった。

「消えた被害者は、まだ見つからないんですか」

そう聞かれて、ちょっととまどう。

それと監察の仕事と、どんな関係があるのだろうか。

「所轄の光中央署からは、なんの連絡もありません。被害者は、消息不明のままです」

亜樹子は腕を組み、じっと三春を見つめた。

「遺体も出ないというのは、おかしいわね。事件があったのは、ほんとうなんですか。救急車が駆けつけたとき、現場には何もそのような痕跡は、残っていなかったそうだけど」

今さら、そんなことを言われるとは、思っていなかった。

「松宮さんまで、わたしが救急隊に嘘の通報をした、とおっしゃるんですか」

まさか、それが監察の対象になるとは、考えたくない。

亜樹子は、小さく肩をすくめた。

「そうは言わないわ」

それから、ふと思いついたように腕時計を見て、言葉を続ける。

「よかったら、これからどこかでお食事でもしながら、お話を聞かせていただけないかしら」

その何げない口調に、にわかに警戒心が働く。

三春もわざとらしく、腕時計に視線を落とした。

「すみません。今夜はこれから会合があるので、もう出なければならないんです。あしたでは、いけませんか」

「あら、そう。それじゃ、しかたないわね。会合は、どちらの方ですか」

「池袋方面です」

「それは残念。わたしの家とは、反対方向だわ。同じ方向なら、電車でもお話しできたのに」

そんな話を、電車の中でできるわけがない。

「申し訳ありません。あしたまた、デスクの方にお電話いただけませんか」

亜樹子は、軽く首をかしげた。

「そうね、そうします。それじゃ」

そう言ってきびすを返し、廊下を歩き去って行く。

つい今しがた、亜樹子はＭＢＳ室にはいろうとして、三春と鉢合わせしたのだ。

たまたまのように声をかけてきたが、最初から三春が目当てだったのではないか。ほかの室員に用があったのなら、部屋にはいらずに立ち去るはずがない。

三春は、亜樹子と親しく口をきいたことがなく、ききたいとも思わない。なんとなく、痛くもない腹をさぐられるような、そんな気がするからだ。

もっとも、USBメモリの一件を握りつぶしたことで、後ろめたさがあるのは事実だった。

亜樹子は、同僚が起こした不祥事を容赦なく追及し、とりわけ厳しい報告書を上げることで、よく知られている。どんな状況でも、感情をあらわにすることがないらしく、これ以上監察の仕事に向いた女はいない、という噂だ。

おそらく、検事としても優秀なのだろう。

庁舎を出て、地下鉄に乗る。いつものように、尾行には細心の注意を払った。

十時少し前に、〈杉の子〉に着いた。

けっこういい時間なのに、客は入り口に近いカウンターの席に、二人連れの男女がいるだけだった。小田島の様子から察して、なじみのカップルのようだ。

三春は、いちばん遠い奥のカウンターに、腰をおろした。

小田島は、三春と当たり障りのない言葉を交わしながら、マルガリータを作り始めた。

酒ができると、三春の前にグラスをすべらせて、カウンターの下に手を入れる。例のメモリと真っ赤な色の別のメモリが二つ、コースターの上に置かれた。唇を動かさず、小さな声で言う。

「赤い方に、パスワードなしで読み出せるデータが、はいっているそうだよ」

店内にはタンゴが流れており、カップルに聞かれる心配はなかった。

「ありがとうございます。助かりました」

三春は、メモリを二つ一緒に取り上げて、ショルダーバッグのキーケースの中に、落とし込んだ。

「内野先生、何か言ってませんでしたか」

「パスワードは、数字とアルファベットを組み合わせただけの、単純なものだったらしいよ。スパコンで解析するまでもなかった、という話だった」

「それだけですか。中身について、コメントはなかったんですか」

小田島は、グラスに自分用のウイスキーをつぎ、軽くなめた。

「中身は、一応チェックしてみたけれども、読めなかったと言っていた」

虚をつかれる。

「どういう意味ですか、読めなかったって。解読したんでしょう」

「それが、データは日本語じゃなくて、ハングルだったそうなんだ」

「ハングル」

おうむ返しに言って、三春は口をつぐんだ。

それは、予想していなかった。英語ならまだしも、ハングルとは意外だった。

そもそも警察、検察の極秘情報をなぜハングルで、記憶させる必要があったのか。

もともとの情報は、日本語だったはずだ。

現に、三春が最初に読み出そうとして失敗したとき、文書のタイトルは〈特別調査費帳簿〉と、日本語で登録されていた。

あるいは、パスワードを解読して開いても、すぐには内容が分からないように、本文だけハングルにしたのだろうか。

小田島が、さらに声を低くして言う。

「ともかく、幸か不幸か中身がハングルだったおかげで、内野先生も読めなかったわけだから、心配することはないよ」

「ええ、そうですね」

上の空で応じながら、三春は別のことを考えた。

兼松一成が、ハングルでデータを提供しようとしたのは、葛和謙介自身が韓国語を理解するか、その周辺に分かる人間がいるということだろう。あるいは御垣紫乃が、そうなのかもしれない。

小田島は、ウイスキーをくいと一口飲み、思慮深い顔で言った。

「くどいようだが、危ない橋を一人で渡ろうとすると、怪我をするぞ。背負いきれなくなったら、同僚や上司に相談するのが筋だろう」

何か、見透かされたような気がして、三春はたじろいだ。

そのとき、二人連れが勘定を頼んだので、小田島はそばを離れた。

カップルが出て行くと、店は小田島と二人だけになった。

マルガリータを飲み、目の前に立った小田島に、さりげなく聞く。

「お父さんは、ハングルが読めるんですか」

小田島は、軽く口髭をつまんだものの、視線はそらさなかった。

「ああ、少しだけね」

やはりそうか、と納得した。

小田島が続ける。

「この街には、外国人がたくさん住んでるし、韓国人の数も多い。兼松みたいに、自分で店をやってる者もいれば、うちに来る客の中にもいる。そんなこんなで、必要に迫られて覚えたのさ。ほとんど、独学だがね」

三春は、目を伏せた。

「ここにも、パソコンが置いてあるんですか」

小田島が、うなずいてみせる。

「カウンターの下にね」

「それじゃ、内野先生が解読したハングルのデータを、読んだんですね」

「読んだ。三春が、来るまでのあいだに。客が少なかったからね」

あっさり言われて、三春はバッグを押さえた。

「心配しなくていいよ。だれにも話さないから。それに、コピーもとってない」

三春は、目を上げた。

「そんなこと、心配してません」

反射的に言って、すぐに質問する。

「わたしが、危ない橋を渡ることになりそうな、そんな内容だったんですか」

小田島は、肩をすくめた。

「三春というよりは、公安調査庁にとってよくも悪くも、かなりシビアな情報だ、という気がするね」

「さる筋から、中身は警察や検察の裏金作りに関する情報、と聞かされていました。そうじゃないんですか」

三春が言うと、小田島は眉根を寄せて、むずかしい顔をした。

「裏金作りね。いや、そういうのとは全然違う情報だ、と思うよ。すべて、間違いなく理解したとは言わないが、それくらいのことは分かる」

「それじゃ、どういう情報なんですか」

小田島は、ウイスキーを飲み干した。

「ハングルが分かる人に、正確に訳してもらうのがいちばんだ、と思うがね」

「もちろん、そうするつもりです」

「ただし、三春個人のルートは、やめた方がいい。ちゃんと上司に提出して、正式の手続きで翻訳してもらうんだ」

三春は、唇を引き締めた。

どうやら、小田島には個人プレーであることを、見抜かれてしまったようだ。

棚橋嘉人の顔が、まぶたの裏をちらちらする。

しかし、もはや迷っている場合ではない、という気がした。

ため息とともに言う。

「そうします。でも、とりあえずお父さんが読み取った範囲で、内容をざっと教えていただきたいんです」

少し考えてから、小田島はカウンターをくぐって戸口へ行き、ドアをロックした。

もどって来ると、カウンターに並んですわる。

「全部じゃないし、あいまいなところもあるんだが、いいかね」

「かまいません」

「ちょっと、眉唾のような気もするんだが、覚えてる範囲で話そう。なんでも、北朝鮮から覚醒剤やある種の植物のエキスを、クルパジャが密輸入しているらしい」

三春は驚き、小田島の横顔を見た。

「クルパジャですって」

「そう。三春が関わりを持っている、あのクルパジャさ」

手が汗ばんでくる。

「そのクルパジャが、北朝鮮から覚醒剤や植物のエキスを密輸入、ですか」

考えがまとまらず、小田島が言ったとおりに、繰り返した。

「そう。覚醒剤は分かったが、その植物の名前が分からなかったから、辞書で調べた。そうしたら、朝鮮アサガオのことだった。ネットで調べたら、朝鮮アサガオは薬草としても使われるが、毒物も含んでいるそうだ。ベラドンナや、ハシリドコロと似たような毒作用がある、と書いてあった」

自分でも分かるほど、頭に血がのぼった。

先日、暴行事件を引き起こしたクルパジャの信者から、ベラドンナやハシリドコロに含まれる、アルカロイド系の毒物が検出されたことを、いやでも思い出す。

あれはやはり、クルパジャの自作自演だったのか。

その考えを振り払い、先を促した。

「クルパジャは、どうやって北朝鮮からそんなものを、密輸してるんですか」

「日本海のどこかの海上で、工作船とクルパジャのチャーター船が落ち合って、取引しているらしい。北緯何度とか東経何度とか、わたしには読み取れなかった。それと、保管場所も指定されていた、と思う。クラハラタニ、とかなんとかだった。ざっと見ただけだから、詳しくは分からない」

クラハラタニ。心当たりがない。

「それ以外に、人名その他の固有名詞は、出てきませんでしたか」

「わたしに分かったのは、クルパジャの名前だけだった」

三春は言うべき言葉がなく、なおも小田島の横顔を見つめた。

小田島が、おもむろに目を向けてくる。

「先日の、クルパジャの信者が隣接するスポーツジムへ、乱入した事件のことだがね。あれは信者が、ベラドンナやハシリドコロに含まれる、なんとかいう毒物を混入した味噌汁を、飲まされたせいだったと、そう新聞に出ていなかったか」

「ええ、出ていました。アルカロイド、という毒物です」

「その弁当屋は、まだ見つかっていないよな。クルパジャの信者は、むしろジムの連中と同じく、ある意味で被害者のような見方をされて、結局不起訴になった」

「ええ」

「しかし、かりにメモリの極秘情報を信じるなら、クルパジャを被害者とみなすのは、早計だったかもしれないね」

「ええ」

三春は、言葉が続かなかった。

思ったより、はるかに重要かつ緊急度の高い情報に、ますます重荷を背負った気分になる。

これはどうしても、メモリに記録されたハングルの情報を、正確に解読しなければならない。

もちろん、公安調査庁にはハングルの専門家がおり、日々資料の解析と解読に従事している。その連中に頼めば、間違いなく解読してくれる。

しかし、その依頼を業務外で処理するのは、不可能だ。

室長の棚橋に、どう説明すればよいか分からないが、ともかくこのまま放置しておくわけにいかない。

明日、棚橋に頭を下げて事情を説明し、ＵＳＢメモリを差し出すしかないだろう。

それにしても、兼松はなぜこのような情報を、葛和に提供しようとしたのか。

そして、この密輸作戦にどの程度、またどんなかたちで、関係しているのだろうか。

28

殿村三春は、〈杉の子〉を出た。

ショルダーバッグを斜めがけにして、路地の前後左右に注意深く目を配りながら、駅の方へ向かう。

表通りに出る少し手前で、前方から歩いて来たサングラスの女が、突然足を止めた。

その動きにつられて、三春は女の顔を見直した。

檜垣さなえだった。

さなえは、わずかに躊躇するようなそぶりを見せたが、すぐに駆け寄って来た。

「先日はどうも」

「こちらこそ、失礼しました」

さなえとは、先日クルパジャの本部に近い公園で、話をしたばかりだ。

そのとき、さなえは兼松一成から電話がかかり、例のものを使いの者に渡してくれと頼まれた、と打ち明けた。

死にかけていた兼松が、回復してさなえに電話をかけてきた、とは思えない。それに、兼松が例のメモリを託した相手は、さなえではなく三春だったのだ。

さなえは、〈杉の子〉で三春に指示されたとおり、公安調査庁の殿村調査官に渡した、と答えたという。

　おそらく、そのために三春は曙橋で正体不明の連中に、襲われたのだった。

　さなえが言う。

「わたし、これから〈杉の子〉へ行こう、と思って。主人が業界の会合で、今夜いないものだから」

　探るような口調だった。

「こんなに遅い時間に、ですか」

　三春が聞くと、さなえはサングラスを押し上げた。

「たまにはわたしも、気晴らしをしないとね。殿村さんは」

「わたしは今、〈杉の子〉を出て来たところです」

　さなえは失望したように、すとんと肩を落とした。

「あら。もっと早く来れば、よかったわ」

　そう言ってから、思い出したように続ける。

「このあいだ、兼松さんから変な電話があったとき、例のものは殿村さんに渡したって、そう言ってやったのよね、わたし」

「ええ、それはこのあいだ、聞きました。ただ、電話してきたのは兼松さんになりすました、だれかでしょう」

さなえが、またサングラスに手をやる。

「え。ええ、そうね。それで、そのだれかさんから殿村さんの方に、何か連絡ありましたか」

「いいえ、何も」

三春は、とっさに否定した。

襲われたことも、帝都新報の山根信士に助けられたことも、当面言う気はなかった。

さなえは、ちろりという感じで唇をなめ、急に肘をつかんで来た。

「ね、そのあたりでちょっとだけ、お話しできないかしら」

「これからですか」

「ええ。ほんの、十五分でも。実はあれから、また兼松さんを名乗るだれかが、電話してきたんです」

三春は、サングラスの奥の暗い目を、じっと見返した。

「ほんとうですか。なんと言って」

さなえはそれをさえぎり、捕らえた肘を強くつかんだ。

「こんなところで、立ち話もできないわ。この奥に、なじみの店があるの」

そう言って、すぐ近くに口を開けた別の路地へ、三春を引っ張って行く。

「分かりました」

三春は、肘をやんわりと振り放した。

さなえのあとについて、路地を奥へ進む。

このあたりは、だいぶ昔の区画整備で道幅が広くなったが、そこは取り残されたように細く、暗い路地だった。

さなえは振り向きもせず、どんどん歩き続ける。あまりの速足に、三春はついて行くのが、精一杯だった。

路地の途中の、少し引っ込んだところに黒いドアがあり、さなえはそこへはいって行った。ドアに〈アブデラ〉と書いてあるのが見える。

妙な雰囲気を感じて、三春は一瞬ためらった。

肚を決め、あとに続こうと一度閉じたドアに、手を伸ばす。

そのとたん、突然全身に雷が落ちたような衝撃を受け、三春はその場に崩れ落ちた。

体の中で、熱い塊が暴れ回るような感覚に襲われ、身もだえする。

自分の身に、何が起こったか分からないまま、激しく嘔吐した。息が続かなくなり、手に触れたものを強く握り締めて、体をねじ曲げる。

必死に空気をむさぼったが、汚物の中に顔をうずめていたために、また激しくむせた。

なんとか仰向けになり、荒い息を吐き続ける。

しばらくそうしているうちに、少しずつ嘔吐感が弱まるとともに、意識がはっきりしてきた。

ぼんやりした目に、白い天井らしきものが映る。

その下に、銀色に輝く明かり。シャンデリア。

見覚えのあるシャンデリアだ。そう、秋葉原の照明専門店へ行って、自分で選んだものだった。

はっとして、半身を起こす。

とたんにめまいがして、反射的に目をつぶった。

めまいが収まるのを待ち、そろそろと目をあける。

殿村三春は、自分のマンションの寝室にいた。それも、ベッドの上に。

右手に、しっかりと握り締めていたのは、枕だった。

頭が混乱する。

投げ出した下半身を見ると、その朝身に着けたのと同じスーツだ、と分かった。

ゆっくりと、体を下向きにした。しわだらけのシーツが、自分の吐物で汚れている。

右の肩の下が、しびれるように痛い。

徐々に記憶がもどる。

池袋で〈杉の子〉を出たあと、檜垣さなえとばったり出会ったのだった。

さなえに誘われ、どこかの横町の店にはいろうとして、急に体に強い衝撃を受けた。

右の肩を回してみる。まだ痛みが残っている。だれかに、何かをされたのだ。

頭がしだいに、はっきりしてくる。

それにしても、池袋で気を失った自分がなぜ今、マンションのベッドにいるのか。

枕を放して、そろそろと起き上がる。

壁の電子時計を見た。七時十三分を指している。

まさか、夜ではあるまい。

気を失ったのは、午後十一時前後だったはずだ。今が翌朝なら、八時間ほどたった勘定になる。

しかし、なぜ自分のマンションの、自分のベッドに。

三春はベッドをすべりおり、ナイトテーブルの引き出しをそっとあけて、スタンガンを取り出した。

それを持って、リビングルームに出る。

別に、異変はなかった。キッチンにも、人影はない。

バス、トイレも同様だった。納戸にも、だれもいなかった。

玄関のドアは、施錠されている。

ロックをはずし、慎重にドアをあけてみた。無人の廊下が、広がっているだけだ。ドアの脇の、スチールの傘かけの手摺《てす》りに、キーケースがかけてあった。

それを取って、ドアを閉じる。

だれかが、ここ目黒のクレージュ五本木の八〇三号室に、自分を運び込んでベッドに寝かせ、施錠して立ち去ったのだ。

キーケースをあらためると、例のＵＳＢメモリは二つとも消えていた。

寝室にもどり、スタンガンをしまう。

もう一度リビングに出て、あちこちを点検して回った。

ショルダーバッグは、ダイニングテーブルの椅子の上に、置いてあった。財布、携帯電話、身分証明書も含めて、なくなったものは何もない。

キーケースを中にもどし、テレビをつけた。

おなじみの、朝のワイドニュースをやっている。やはり、一晩たったのだ。

また寝室に引き返し、汚れたシーツを浴室に運んだ。

ついでに、シャワーを浴びる。

鏡で確認すると、右肩の後ろにアザができていた。おそらく、スタンガンを当てられたのだろう。

そのあと、すぐには意識を取りもどさないように、なんらかの麻酔薬を注射されるか、かがされるかしたに違いない。吐き気は、そのせいだろう。

やっと、記憶がもとにもどる。

さなえに少し遅れて、〈アブデラ〉という店にはいろうとしたとき、背後からスタンガンを当てられ、気を失ったのだ。

いったい、だれのしわざなのか。

もしかすると、前夜の出来事はさなえが仕組んだ、罠《わな》だったのではないか。

そもそも、突然兼松一成から電話があったとか、例のものを引き渡すように言われたとか、さなえの話には疑わしい点が多すぎる。

前夜も、だれかに頼まれるか命令されるかして、三春をあの店へ導いたのではないか。

理由はともかく、そんな気がした。

あれだけ用心したのに、またまた尾行されたとは思いたくないが、ほかに考えようがない。

あるいは、もっと以前〈杉の子〉のことを嗅ぎつけられ、監視の対象になっていたのかもしれない。思えば、一昨夜それをうかがわせる気配を、感じたばかりではないか。

いずれにしろ、襲って来たのは三春の住まいを知る、だれかに違いない。そうでなければ、寝室のベッドの上に当人を投げ出していく、などというまねはできない。かりに、襲ったのが曙橋のときの連中だとしても、指示したのは三春の身辺を調べ上げた、別の人間であることは確かだ。どうも、自分の手には余る気がする。

ショルダーバッグを探り、携帯電話を取り出した。

念のため記録をチェックすると、さなえから前夜午後十一時すぎに三度、着信があったことが分かる。

三春は携帯電話をしまい、コーヒーをいれにかかった。

さなえは、ついて来ているはずの三春が消えたので、電話してきたのだろうか。

着信記録からして、いかにもそのような展開にみえるが、自分はそのことに関与していない、という単なるアリバイ作りかもしれない。

コーヒーを飲むと、だいぶ気分がすっきりしてきた。

その分、悩みも大きくなる。

警察に届けるかどうかは、ちらりと考えただけでやめにした。いくら知恵を絞っても、筋道の立つ説明はできないだろう。

そんなことより、この始末をどうつけるかを、考えなければならない。

前夜は、朝一番で棚橋嘉人に潔く頭を下げ、USBメモリの一件を報告する肚を決めていた。その上で、ハングルの分かる専門スタッフに、データを解読してもらうつもりだった。

ところが、肝腎のメモリが失われた今となっては、それもできなくなった。

まさか、メモリのことを上司に隠していた上に、その証拠物を何者かに奪われた、などというまぬけな報告を、上げるわけにはいかない。

失敗の上に失敗を重ねて、もはやにっちもさっちもいかない状態で、いっそ首をくくりたいほどだった。


三春は、定時に登庁した。

幸か不幸か、室長の棚橋は外回りだとかで、姿が見えなかった。出て来るのは、午後だという。

その日は、仕事が手につかなかった。それでも、クルパジャに関する観察記録をまとめて、いつでも提出できるように準備した。

昼前に、光中央署の芦田秋五に、電話してみた。

芦田は在席したが、木で鼻をくくった応対だった。兼松一成の消息は、依然として分からない、という。

まるで、捜査を打ち切ったような投げやりな態度に、三春はますます落ち込んだ。

たいした当てもなく、兼松希里子の携帯電話にかけた。

希里子は、池袋の〈レッドポニー〉にいる、と言った。消えた兼松のかわりに、毎日顔を出すのだそうだ。

相変わらず、夫からの連絡はない。光中央署員による、自宅マンションの警備もおろそかになった、という。

三春は、希里子が写メールで送ってくれた名刺から、御垣紫乃と連絡を取って会ったことを、手短に報告した。

紫乃が、新宿のパチンコ店で兼松と初めて会い、名刺を交換したいきさつを伝える。

「クズワ、というのがだれのことか、分かりましたか」

希里子に聞かれて、三春はちょっと答えあぐねた。

「御垣警部補が知っている、警視庁の葛和という警視だそうです。兼松さんが、なぜ名刺の裏にメモしたかは、よく分かりません。何か、相談ごとがあったんじゃないですか。新宿に、〈レッドポニー〉の系列店を出す、とかいう件について」

希里子は軽く喉を鳴らし、急き込んで言った。

「新宿に系列店ですって。そんな話、聞いてませんよ」

「でも、御垣警部補は兼松さんがそうおっしゃった、と言ってましたけど」

電話の向こうに、沈黙が流れる。

兼松はそれを、本来の用件を隠す口実で言ったのだが、そのことは黙っていた。

三春は、また何か分かったら連絡する、と言って通話を切った。

合同庁舎内の食堂で昼食をとり、そのまま日比谷公園に行った。

ひとけのないベンチにすわり、檜垣さなえの携帯電話にかけてみる。

さなえは、五度目のコール音で、応答した。

「どうしたんですか、ゆうべは。てっきり、後ろについて来てらっしゃると思ったのに、急にいなくなるなんて」

さなえの口調は、いかにも非難がましかった。

「ごめんなさい。檜垣さんの足があまり速いので、はぐれてしまったんです」

「そんな。姿が見えなくなってから、何度もケータイにお電話したのよ」

あの狭い路地で、はぐれるわけもないだろうに、さなえはそれを指摘しなかった。

「電池がなくなっていて、着信音が鳴らなかったんです。こちらからも、かけることができなくて。今朝充電したら、檜垣さんからの着信記録が残っていたので、今お電話したわけです」

「何かあったんじゃないかって、気になってたのよ」

「すみません、ご心配をおかけして。それで、ゆうべのお話というのは、また兼松さんが電話を」

言いかける三春を、さなえはさえぎった。

「それは、もういいの。また、今度にしましょう」

そう言って、通話を切る。

いかにも、気を悪くしたような口ぶりだったが、なんとなく芝居めいて聞こえた。

前夜、あれだけ話をしたそうだったのに、あっさり引き下がったのは妙だ。

あるいは、何が起きたか承知していながら、三春がそれらしいことを言わないので、不安になったのかもしれない。

ここまでくると、だれも信じられなくなった。

29

席にもどったとたん、携帯電話の着信音がした。

液晶画面を見ると、棚橋嘉人からだった。

棚橋が、携帯電話にかけてくることは、めったにない。

いやな予感にとらわれ、殿村三春はしぶしぶながら、ボタンを押した。

棚橋は、挨拶抜きで言った。

「これから一緒に、遠出してもらいたいんだ。今夜、プライベートな予定があるなら、断わってくれ」

三春は、携帯電話を握り締めて、壁の時計を見た。

午後二時を、回ったところだった。

「予定は別に、はいっていません。どこへ、ご一緒するんですか」

「行く先を言うが、そこで口にしちゃいかんぞ。だれにも、知られたくないんだ」

反射的に、周囲を見回す。

ほとんど出払っており、在席する室員は離れていた。

「分かりました」

「行く先は、奥多摩町だ。内密の任務がある」

奥多摩町といえば、東京の西のはずれだ。

「分かりました」

もう一度繰り返すと、棚橋はほっと息をついた。

「よし。詳しいことは、車の中で話す。すぐに、法曹会館の前まで来てくれ」

法曹会館は、合同庁舎から歩いて数分のところにある。

奥多摩まで車で行くとすれば、たっぷり二時間はみておく必要がある。混み具合によっては、三時間かかるかもしれない。

それにしても、内密の任務とはなんだろう。

「車で行くとすると、車両の手配が必要ですね。要請しますか」

「いや、うちの車は、必要ない。もう、レンタカーに乗ってるんだ」

やけに、手回しがいい。

「それじゃ、すぐに行きます」

通話を切り、急いで荷物をまとめると、出口へ向かった。

そこでまた、松宮亜樹子と鉢合わせをする。

「すみません。今日も、出かけなければならないので」

三春がわびると、亜樹子は手を振った。

「ああ、いいのよ、またで。それより、室長はご在席かしら」

「いいえ、ご不在です。伝言がおありなら、お伝えしますが」

亜樹子は、いかにもふうんという顔をして、もう一度手を振った。

「いいわ。またあしたにでも、出直しますから」

そのまま、きびすを返す。

めったに顔を出さないのに、二日も続けてＭＢＳ室をのぞきに来るとは、珍しいこともあるものだ。

五分後、三春は法曹会館に着いた。

入り口の車寄せに、黒いプリウスが停まっている。そばに行くと、運転席から棚橋が顔をのぞかせ、助手席に乗るように合図した。

三春が乗り込むのを待って、棚橋は車を出した。すでに、カーナビに行き先を登録したらしく、地図に青い線が走っている。

三春は、シートベルトをしながら、質問した。

「奥多摩町に、なんのご用ですか」

「まあ、待て。高速に乗ってから話す」

棚橋は、思いのほか軽いハンドルさばきを見せ、混み合う霞が関をうまくすり抜けて、首都高速に乗った。

都心を走るあいだ、車はかなり渋滞していた。

しかし、新宿を過ぎたあたりから混雑が緩やかになり、中央自動車道にはいると渋滞は解けた。

それまで、運転に専念していた棚橋が、ようやく口を開く。

「これは、かなりきわどい仕事になるから、だれにも話しちゃいかんぞ。めどがつくまではな」

三春に対して、そんな持って回った言い方をすることは、めったにない。

「分かりました。でも、なぜわたしなんですか。内密の任務となれば、ほかにいくらでも優秀な室員が、いるじゃありませんか」

棚橋は、車線を変えて前の車を追い越し、そのまま突っ走る。

「クルパジャがらみだからさ。クルパジャは、きみの担当だろう」

意外なことを聞いて、三春は体を硬くした。

「クルパジャが、どうかしたんですか」

少し間をおいて、棚橋が言う。

「今朝、自宅のマンションのメールボックスに、封筒がはいっていた。郵便じゃなくて、だれかが投げ込んだんだ」

「何がはいっていたんですか」

「USBのメモリだ」

それを聞いたとたん、三春は背筋が冷たくなるのを感じた。

「メモリというと」

意味もなく聞き返し、すぐに後悔する。いかにも、まぬけな反応をしてしまった。

しかし、棚橋は意にも介さぬ様子で、先を続けた。

「封筒には、〈公調廃止反対派より〉と、汚い字で書いてあった」

思わず、唾をのむ。

「意味が、よく分かりませんが」

棚橋が、ちらりと自分に目を向けるのを、意識した。

「公調を開店休業庁とか呼んで、解体廃止をもくろむ連中がいることは、きみも承知してるだろう」

「ええ、まあ」

「特に、警察庁筋に廃止論者が多いんだが、公調に出向している検察官の中にも、そういうやつがいる」

「はい」

答えながら、一昨夜警視庁公安部の葛和謙介が言った、公調廃止推進派と存続派の顔触れを、思い出す。

「与党の幹部の中にも、解体廃止を議案に上げようとするやつが、何人かいる。おれはもちろん、それには反対だ。オウムや、クルパジャのような危険な宗教団体、あるいは北朝鮮の利益のために働く、スパイまがいの連中がいるかぎり、公調の存在意義は十分にあるからな」

棚橋が、その問題について具体的に語るのを聞いたのは、初めてのことだった。

警察官僚でもなく、司法試験組でもない棚橋にとって、公安調査庁の存続は思った以上に、重要なことなのかもしれない。棚橋の、キャリアとしての立場を考えると、その気持ちも分かるような気がする。

「そうした問題と、今おっしゃったメモリとのあいだに、何か関係があるんですか」

「それをこれから、確かめに行くんだ」

三春は、しだいに追い詰められた気持ちになり、綿のパンツの膝をつかんだ。

「差し支えなければ、どんな情報がはいっていたのか、教えていただけますか」

棚橋は気を持たせるように、すぐには答えなかった。

やがて車は、中央自動車道をおりて、国道四一一号線にはいった。

棚橋が、口を開く。

「メモリには、北朝鮮がクルパジャに密売する覚醒剤と、朝鮮アサガオのエキスの引き渡しの日時、場所、それに保管場所の確認などが、はいっていた。データはハングルだったが、信頼できる友人に昼飯をおごって、訳してもらった」

三春は、体中からどっと汗が噴き出した気がして、シートベルトを握り締めた。

間違いない。

前夜、小田島稔から聞かされたメモリの内容と、みごとに一致する。

三春を襲った連中が、奪い去ったメモリをその夜のうちに、棚橋のマンションに投げ込んだのだ。

しかも、〈公調廃止反対派〉を名乗るとは、どういうことだろう。いったい、何を考えているのか。

棚橋が続ける。

「引き渡しの日時は、まだ二カ月先だ。場所は、緯度経度の数字が書かれていたが、日本海海上のどこかだろう。それから、保管場所として指定されていたのが、奥多摩町の蔵原谷《くらはらたに》の某所だ。その近辺に、鍾乳洞があるらしい」

小田島が言ったクラハラタニは、奥多摩の蔵原谷のことだったのだ。

「鍾乳洞に、保管してるんですか」

「いや、そういうわけじゃない。蔵原谷から、少し山へはいったところに、別荘がある。その物置小屋が、もっとも人目につきにくいので、いつもそこに保管しておくように、と指定していた」

「だれの別荘なんですか」

「野々宮一郎だ」

ぎくりとする。

「野々宮一郎。野々宮鈍斎のことですか」

「そうだ。クルパジャの教祖、野々宮鈍斎だ」

三春は、首筋がちりちりし始めるのを、意識した。

「鈍斎の別荘の物置に、覚醒剤や朝鮮アサガオのエキスが、隠匿《いんとく》されていると」

「そうだ。おそらく、これまでの取引で引き渡された覚醒剤や、毒物エキスが大量に集積されているはずだ。二カ月後には、もっと増えるだろう。クルパジャは、自分た

ち も被害者のように装いながら、着々とテロの準備を進めているに違いない。覚醒剤は、そのための資金調達に、使われているはずだ」

「やはり、あの乱入事件は自作自演だった、ということですか」

「それに違いあるまい。別荘の物置を調べれば、その証拠が得られるだろう」

「でも、山の中の別荘を探すのはたいへんですし、ほんとうに鈍斎のものかどうかも、分からないでしょう」

三春が指摘すると、棚橋は得意げに横目で見てきた。

「心配ない。青梅《おうめ》東署の、奥多摩分署に電話で問い合わせて、確認してもらった。確かにそこに、野々宮一郎名義の別荘があるそうだ。蔵原谷駐在所の巡査が、おれたちをその別荘まで、案内してくれることになっている」

いかにも、抜かりがないだろう、と言いたげな口調だ。

三春は深く息をつき、おもむろに言った。

「ご存じのとおり、わたしたち公安調査官には逮捕権もないし、捜査権もありません。かりに、鈍斎の別荘で覚醒剤や毒物エキスを見つけても、証拠物として押収できないでしょう。それをするには、警視庁の協力が必要です」

「そんなことは、きみに言われなくても分かってる。今日はとにかく、そういったものが隠匿されているかどうか、確かめるだけでいいんだ。実際に見つかったら、今夜のうちに警視庁と協議して、捜索差押許可状を取る。それまで、だれも別荘近辺に立ち入らないように、奥多摩分署の協力を取りつけるつもりだ」

三春は、口をつぐんだ。

葛和の顔が、まぶたの裏に浮かぶ。このことを知ったら、葛和も喜んで協力するだろうか。

棚橋が、得意げに続ける。

「これで、われわれがクルパジャを追い詰めれば、公調廃止論が当分沙汰やみになることは、間違いないだろうな」

あれこれ考えを巡らしながら、とりあえずまともな質問をぶつける。

「ですが、〈公調廃止反対派〉としか書かれていない、正体不明の相手からの未確認情報を、そう簡単に信じていいものでしょうか」

棚橋は、一瞬両手をハンドルから離して、肩をすくめた。

「信じちゃいないさ。だからこそ、きみと二人でこっそり、確かめに行くんじゃないか」

「だれかのいたずら、ということはありませんか」

「むろん、その可能性もある。しかし、ただのいたずらにしては、手が込みすぎている。確かめる価値は、あるだろう」

三春は、口をつぐんだ。

ＵＳＢメモリを抱え込んだせいで、とんでもない展開になってしまった。

30

四日後、午後三時。霞ケ関の、法務検察合同庁舎。

八階にある、公安調査庁の会議室に新聞、テレビ等の報道陣が招集され、記者会見が行なわれた。

殿村三春は、集まった記者団に紛れ込んで、その場に臨《のぞ》んだ。

会見の場所が、警視庁ではなく合同庁舎に設定されたのは、事件の端緒となる情報をつかんだのが、公安調査庁だったからだ。

そのため、ＭＢＳ室長の棚橋嘉人が担当責任者として、会見の席に連なっていた。

三日前の朝方。

警視庁刑事部と生活安全部の捜査員が、練馬のクルパジャ教団本部を急襲し、教祖の野々宮鈍斎に教団施設の、捜索差押許可状を提示した。許可状の対象には、奥多摩町蔵原谷にある野々宮の別荘も、含まれていた。

野々宮は、当初その許可状執行に抗議したものの、最終的に本部施設の捜索を認め、併せて別荘の鍵も引き渡した。

捜査員による任意同行、事情聴取の要請にも難色を示したが、結局は応じて警視庁に出頭した。

野々宮によれば、奥多摩町の別荘は二十年ほど前、修行道場として使うために買ったものだ、という。しかし、練馬区中村に教団本部を開いてからは足が遠のき、年に一度様子を見に行く程度で、ほとんど使用していないとのことだった。

別荘の鍵は、ただちに奥多摩町に待機していた分班に届けられ、現地での捜索が開始された。

その結果、教団本部と別荘の建物本体からは、さしたる不審物は出てこなかった。

しかし、別荘の敷地内にある物置の中から、かなりの量にのぼる覚醒剤と、毒物らしき精製粉末が見つかり、根こそぎ押収された。

それらの隠匿物は、四日前の夜棚橋と三春がひそかに現場に侵入し、すでに存在を確認したものだった。捜索差押許可状は、その結果を受けて発付されたのだ。

もっとも、許可状なしに別荘に潜入したことを、明かすわけにはいかない。

監視対象たるクルパジャについて、捜索するに足る疑惑をあれこれと書き連ね、発付を正当化するもっともらしい理由を、ひねり出したにすぎない。

毒物発見の連絡を受けた捜査員は、ただちに東京地裁にしかるべき手続きをとり、事情聴取中の野々宮に逮捕状を執行した。

野々宮は、記載された容疑にまったく心当たりがないと否定し、逮捕状をひったくって破ろうとしたが、捜査員に阻止された。

一カ月ほど前、野々宮は教団本部から信者を率いて、突如隣接するスポーツジムに乱入し、インストラクターや会員に暴行を働く、という不祥事を引き起こしていた。そのときは、野々宮らが不審な弁当屋から買った味噌汁から、アルカロイド系の毒物が検出されたため、それが信者たちの正常な判断力を失わせたと認定されて、不起訴処分になった。

この日の記者会見は、こうした背景を踏まえて行なわれた。

まず、警視庁生活安全部の理事官、斯波智彦《しばともひこ》警視が説明に立った。

斯波理事官は、今回の家宅捜索の経緯について、つぎのように発表した。

公安調査庁からの情報により、教団本部と野々宮の奥多摩町の別荘を捜索したところ、別荘物置から相当量の覚醒剤と、毒性物質が発見された。そのため、それらを証拠物として押収するとともに、野々宮を覚せい剤取締法等の違反容疑で、逮捕するにいたった。

これまでの取り調べに対して、野々宮は覚醒剤にも毒物にもいっさい心当たりがない、と容疑を否認した。終始一貫、自分やクルパジャを陥れるために、何者かが仕組んだ罠である、と頑固に主張している。

生活安全部によれば、今回押収された覚醒剤は過去に摘発された、北朝鮮からの密輸品と同じ組成で、あまり品質のよいものではない、という。

かりに、クルパジャの手で密輸入されたとするならば、それらが教団の資金源になった可能性も、十分ありうるだろう。

また、科学捜査研究所の分析結果報告によると、同時に押収された精製粉末からアトロピン、ヒヨスチアミン、スコポラミンなどの成分が、検出された。おそらくベラドンナ、ハシリドコロ、朝鮮アサガオといった、毒性植物のエキスと思われる。

さらに正確な分析を行ない、先日のスポーツジム乱入事件の際に、信者たちが飲まされたとされる毒物と、共通性があるかないかを厳密に検証する、との方針が示された。

ここで、説明が一段落した。

記者団の中から手が挙がり、東日新聞の木村《きむら》と名乗る記者が、質問する。

「先般のスポーツジム乱入事件は、クルパジャの信者が毒入りの味噌汁を飲まされて、錯乱状態になったための偶発事故、とされています。つまり信者たちも、別の意味で被害者だった、と判断されたわけですね。しかし、今回教祖の別荘から押収された毒物と、先の事件の毒物が同じ成分だとなれば、事情は変わってきます。あの乱入事件は、やはりクルパジャによる計画的犯行、つまり自作自演だったのではないか、との疑惑が再浮上するでしょう。そのあたりの見通しを、聞かせていただけませんか」

斯波理事官が答える。

「ご指摘のとおり、例の乱入事件は未確認の弁当業者による、毒入り味噌汁が原因とされて、クルパジャの信者はいずれも不起訴処分になりました。しかし今回、野々宮教祖の別荘から押収された粉末が、味噌汁に混入された毒物の成分と同一となれば、事件の局面は大きく変わります。これについては、現在科捜研でさらに詳しい分析を行なっておりますので、近日中に結論が出ると思います」

「もし、同一のものという結果が出た場合、乱入事件についてもあらためて信者の逮捕、送検ということになりますか」

「再捜査することになる、とだけ申し上げておきます。押収された粉末エキスの成分は、使い方によっては薬用にもなるものなので、慎重に判断する必要があります」

記者団のあいだに、失笑を伴うざわめきが広がった。

別の記者が、立ち上がる。

「極東タイムズの森《もり》ですが、今回の事件は少なくとも、覚せい剤取締法違反に該当する、と思います。もう一つの、毒性物質の精製粉末の隠匿というか、貯蔵についてはどんな罰則が、適用されるんですか」

「それは分析結果が出てから、検討されることになります」

「野々宮教祖や教団の幹部は、どのように説明してるんですか」

「野々宮容疑者は、そうしたものを物置に隠匿したり、貯蔵したりした覚えはない、と容疑を否認しています。他の教団幹部も、それについてはいっさい関知しない、と任意に供述しました。以前、一度か二度教祖に連れられて、別荘に行ったことを認める者も、何人かいます。しかし、物置の中は見たこともない、と否定しています」

別の記者が、名乗って質問する。

「凶器準備集合罪を適用する予定は」

また、軽いざわめきが流れた。

斯波理事官も、苦笑して応じる。

「それも、今後の取り調べの結果によります。まずは、覚醒剤などを実際に野々宮教祖が貯蔵したのか、したとすればそれらをどこから入手したのか、明らかにしなければなりません。同時に、悪意を持つ第三者によって仕組まれた罠、という可能性も考慮する必要があるでしょう」

「しかし、最初の事件で浮上した不審な弁当屋も、まだ突きとめられていませんよね。

今度の場合も、罠に見せかけようというクルパジャの苦肉の対応、とは考えられませんか」

「その可能性も、当然視野にはいっています」

理事官はそう答えたあと、少し間をおいて続けた。

「実は二カ月ほど前、黄色い作務衣風の衣服を着た男が数人、別荘の付近で段ボール箱を運ぶ姿を、目撃されています。午後遅くから夕方にかけて、近隣に住む住民がそういう服装の男たちを見た、と証言しております」

三春は背筋を伸ばし、理事官を見つめた。

その話は、初耳だった。おそらく、現場付近の聞き込みで手に入れた、最新の情報だろう。

極東タイムズの記者が、また立ち上がる。

「黄色い作務衣風の衣服といえば、よく知られたクルパジャの修行衣ですね。信者たちが別荘に、覚醒剤などを持ち込んだことを立証する、有力な証拠になりませんか」

「それはあくまで、情況証拠にすぎません。衣服の色と形が似ていても、クルパジャの修行衣と断定することは、できないでしょう。かりに同一、と証明されても覚醒剤を運び込んだ、という証拠にはなりません。もし、そうしたものを搬入するとすれば、人目につかない時間帯、たとえば深夜を選ぶのが普通ですし、目立つ修行衣を身につけて作業するのも、いささか不自然なように思われます」

斯波理事官の対応は、いかにも若手のキャリアらしく冷静沈着で、理屈の通ったものだった。

しかしその口ぶりからすると、なんとなく野々宮とクルパジャに対する容疑に、消極的な姿勢が感じとれた。

その印象は、三春自身が抱いているある種の危惧《きぐ》に、いっそう拍車をかけた。

だいぶ離れた席で、別の記者が立ち上がる。

目を向けると、それは帝都新報の山根信士だった。

三春はいやな予感がして、思わず体を引き締めた。

山根が言う。

「帝都新報の山根です。現在、クルパジャ教団は公安調査庁の、監視対象になっていますね」

「はい。そのように理解しています」

「今回の事件で、実際に野々宮教祖の別荘内部に、覚醒剤や毒物が隠匿されていた、と証明された場合は当然、監視だけの対応ではすまなくなるでしょう。クルパジャを、団体規制法に基づく観察処分の対象とするよう、公安審査委員会に要請するという可能性も、あるのでしょうか」

斯波理事官は、軽く眉根を寄せた。

「団体規制法の運用については、公安調査庁のマターになっていますので、公調MBS室の棚橋室長に、対応していただきます」

急に出番を振られて、棚橋の頬が緊張するのが分かる。

三春は、棚橋がどんな対応をするのかと、半ばさめた気持ちで見守った。

棚橋が咳払いをして、おもむろに口を開く。

「公安調査庁といたしましては、ただ今ご指摘のあった事実が証明された場合、団体規制法を視野に入れた観察処分の導入を、検討することになると思います。押収された精製粉末が、大量殺人に結びつくだけの量と毒性を有するならば、惨事を未然に防ぐ手段を講じるのが、わたしどもの義務であると考えます」

あえて、勢い込んだ様子を見せぬために、わざともって回った言い方をした、という印象だった。

山根が続ける。

「ついでに、もう一つお尋ねします。奥多摩町蔵原谷に、野々村教祖が個人別荘を所有していることは、以前から把握しておられたんですか」

棚橋は、防御線を張るようなしぐさで、上体を起こした。

「これも、先ほどお尋ねがございましたが、クルパジャ教団はここ数年来、公安調査庁の監視対象になっております。したがって、教団や教祖が所有する土地、家屋、建築物などの不動産を含む、資産全般については当然把握している、とご理解ください」

身内とはいえ、三春は棚橋の官僚的な言い回しに、いらいらした。

しかし、山根は歯牙にもかけない様子で、なおも質問を続けた。

「今回、蔵原谷の別荘の物置から押収された覚醒剤、毒物は相当の量にのぼる、と聞いています。だとすれば、かなり長期間にわたって、少しずつ継続的に運び込まれ、集積されたものではないか、という気がするわけです。その点は、いかがですか」

棚橋は眼鏡に手をやり、手元の書類に目を落とした。

「おっしゃるように、覚醒剤や毒物としては多い量ですが、物理的にさほど場所を取るわけではありません。これまでの鑑識の結果によれば、長期間にわたって蓄積されたものではなく、わりと短期間に搬入されたもののようだ、と推定されています」

「その根拠は、なんですか」

「先ほど、斯波理事官から説明がありましたように、二カ月ほど前クルパジャの修行衣によく似た、黄色い衣服の男たちが別荘付近で、段ボール箱を運ぶ姿を目撃されています。物置で発見された覚醒剤、毒物は、プラスチックのケースに収納されていましたが、量的にその段ボール箱の大きさと一致するので、そのおりに運び込まれたものと推定されるわけです」

その証言は、あくまで情況証拠にすぎない、と三春は思った。

目撃者がだれにしろ、全面的に信頼していいものかどうか、いささか疑わしい。

「それは、信者たちが確かに別荘に出入りするのを見た、という目撃証言なんですか」

山根の質問は、核心を突いていた。

棚橋が、顎を引く。

「くどいようですが、まだその衣服の男たちがクルパジャの信者だ、と確認されたわけではありません。それに、別荘そのものが一般道路から、だいぶ奥まった場所にあるため、目撃者も彼らが出入りしたかどうかまでは、確認していないようです」

「だとすると、かりにその連中が信者だったとしても、別荘のごみを捨てようとしていただけ、ということも考えられるわけですね」

山根が食い下がると、棚橋は不機嫌そうに唇を引き締め、眼鏡を押し上げた。

「そのあたりについては、引き続き警視庁の方で確認を急いでおりますので、回答を控えさせていただきます」

ふたたび、東日新聞の木村が、立ち上がる。

「クルパジャが、監視対象になっていたことは分かりますが、なぜこの時期に施設のいっせい捜索を行なう、という判断がくだされたんですか」

棚橋は拳を丸め、こほんと一つ咳をした。

「特に、この時期を選んだわけではなく、なんとなく不穏な動きがあったから、ということです」

「なんとなく、ですか」

木村が聞き返し、また失笑が起こる。

棚橋はあわてて、言葉を補《おぎな》った。

「つまり、クルパジャの動きを監視していると、そういう空気が感じられる瞬間があるわけです。たとえば、先般のスポーツジム乱入事件とか、ああいったことですね」

山根がまた手を挙げ、割り込んでくる。

「特に、この時期を選んだわけではない、と言われましたね。しかし裁判所は、はっきりした根拠を提示しないかぎり、捜索差押許可状を発付しないでしょう。その根拠なり、証拠なりがどういうものか、そしてそれをどのように入手されたのかを、明らかにしていただけませんか」

鋭い質問だった。

三春は、自分が矢面に立たされたように、汗ばんだ手を握り締めた。

山根は、明らかに例のＵＳＢメモリに、狙いを定めているようだ。

遠目にも、棚橋の額に苦渋の色が浮かぶのが、見てとれる。

棚橋は、あまり気の進まない様子で、口を開いた。

「確かに、わたくしどもは家宅捜索を行なうに足る、重要な情報を手に入れました」

それだけ言って、ふたたび口をつぐむ。

山根は、引き下がらなかった。

「どういう情報ですか。クルパジャが、覚醒剤や毒物を隠匿しているという、ストレートな情報ですか」

「具体的なことは、ちょっと申し上げられません」

棚橋は逃げを打ったが、山根は追及の手を緩めない。

「では、どこから入手された情報ですか」

「それは」

そこまで言って、棚橋は急に語調を変え、きっぱりと言った。

「今後の捜査にも影響しますので、具体的な内容や情報源を明らかにすることは、控えさせていただきます」

会場がざわめく。

なおも、山根が追い討ちをかけてくるもの、と三春は覚悟した。

しかし、なぜか山根はそのまま何も言わずに、腰を下ろしてしまった。

31

棚橋嘉人は、記者会見を終えて一時間後に、MBS室にもどった。

殿村三春を見て、室長室に来るように合図する。

三春が入室すると、棚橋はソファにぐたりと体を投げ出し、煙草に火をつけた。

「長官と次長に、会見の報告をしてきた」

「いかがでしたか、感触は」

「長官はまずまずだったが、次長はあまり関心を示さなかった」

実のところ、長官の遠矢満はともかくとして、せめて次長の楠田久三くらいは、会見に臨むべきではなかったか、と思う。

しかし、先日の葛和謙介の話によれば、楠田は公安調査庁を廃止して、公共安全省の設立を図る一派だ、という。

もし、今回の事件でクルパジャに、団体規制法を視野に入れたなんらかの処分が行なわれるならば、ふたたび公安調査庁の存在に、耳目が集まる。廃止派の楠田としては、おもしろくない流れになるだろう。

そのために、棚橋に会見を任せたのかもしれない。

三春は言った。

「さっきの記者会見でも出ましたが、公安審査委員会にクルパジャの観察処分を、申請するおつもりですか」

「遠矢長官には、そのように進言しておいた。しかし、楠田次長は慎重に対処すべきだ、と言った。観察処分には、あまり乗り気でないようだった」

それはそうだろう。

「長官は、どうなさるでしょうね」

「とりあえず、審査委員会に提出する書類の準備を、進めておくように言われた。状況を見ながら、判断するつもりだろうな」

棚橋は一度言葉を切り、あらためて口を開いた。

「ところで、今日の会見の雰囲気はどうだった。わたしとしては、うまくさばいたと思うんだが」

「わたしも、そう思います」

嘘だった。

「あの、帝都新報の山根というやつは、けっこううるさいな。こないだ、きみのことを書いたあの記事も、ねちねちした調子だったしな。最後に、情報源の追及をあっさりやめたので、拍子抜けしたくらいだよ」

それに対して、三春は何も言わなかった。

棚橋のマンションの、メールボックスに投げ込まれたのは、あの夜奪われたＵＳＢメモリに間違いない、と思う。

兼松一成を襲った連中は、それを必死に奪い取ろうとしていたのに、手に入れたとたんあっさりと、棚橋に引き渡してしまった。

いったい、どういうつもりだろう。

そのメモリを、葛和謙介に提供しようとした兼松を襲ったのは、警察関係者にだけは渡したくなかった、という理由なのか。

しかし、もし真に渡したかった相手が、公安調査庁だったのだとすれば、兼松が三春にそれを託した段階で、目的は達せられたのではないか。

棚橋が、体を乗り出す。

「その後、光中央署や南練馬署から、何か情報ははいってないのか」

現実に引きもどされて、三春はすわり直した。

「何もありません。相変わらず、兼松の消息は不明のままですし、兼松を襲った男の身元も、分かっていません。嘔吐物のＤＮＡも、既犯者のそれと一致するものは、ありませんでした。不審な弁当業者もいまだに、特定されていません」

棚橋の顔が、仏頂面になる。

「あのメモリ以外に、何も証拠がないというのも、ちょっと頼りないな」

少し間をおいてから、三春は昨夜来考えてきたことを、思い切って口にした。

「ご記憶でしょうか。刺された兼松一成が、姿を消す前にわたしに言い残した、葛和という名前ですが」

棚橋は、虚をつかれたように眼鏡を押し上げたが、あまり興味がなさそうに応じた。

「ああ、覚えてるよ。それが、どうかしたのか」

「あれから、いろいろと関係先を当たってみたのですが、警視庁公安部公安特務一課に葛和謙介、という理事官がいることが分かりました」

「葛和ケンスケ」

おうむ返しに言って、眉根を寄せる。

三春は、名前の方の字を教えて、続けた。

「職務上、警視庁公安部は公安調査庁と関係がありますし、もしかして室長も面識がおありなのではないか、と思ったのですが」

「葛和か。葛和謙介ねえ」

棚橋は独り言のように繰り返し、それから首を振った。

「前にも言ったとおり、葛和という名前には心当たりがないな。珍しい名前だし、一度でも会ってりゃ忘れない、と思うんだが」

「でも理事官の方は、室長のお名前をご存じでした」

棚橋は、反射的に顎を引いた。

「知ってたって」

それから、疑わしげに続ける。

「きみは、その理事官に会ったのか」

「いえ。電話で、お話ししただけです」

嘘をつくたびに、その嘘を糊塗する別の嘘を、考えなければならない。

自分が追い詰められているのに、それがまるでひとごとのように思われ、寒ざむとしたものを感じた。

棚橋の顔が、不快そうに曇る。

「いつだ。そういう話は、聞いてないぞ」

三春はしおらしく、頭を下げた。

「申し訳ありません。クルパジャの取り込みで、ご報告しそびれていました。室長と、野々宮の別荘に潜入した翌日、念のため兼松のことをご存じかどうか、理事官に電話でお尋ねしたのです。そうしましたら、まったく知らないし心当たりもない、とのことでした。葛和は葛和でも、自分ではないだろうと言われました」

四日前。

奥多摩町の、野々宮鈍斎の別荘に潜入した三春と棚橋は、物置小屋に貯蔵された二種類の粉末を、発見した。

それらのサンプルを持ち帰り、待機していた専門スタッフに分析させたところ、覚醒剤と毒物の精製粉末であることが、確認された。

引き続き、警視庁の刑事部と生活安全部に連絡して、協力を求めた。それから、別荘を含むクルパジャの施設に対する、家宅捜索の手続きにはいったのだった。

その合間を縫って、三春は葛和謙介を携帯電話でつかまえ、事態が急転したことをありのままに、説明した。

まず、問題のUSBメモリを何者かに奪われ、もはや葛和に提供できなくなったこと。

時をおかず、そのメモリが〈公調廃止反対派〉の名で、棚橋の手元に届けられたこと。

さらに、読み出されたハングルの記録情報が、警察や検察庁の裏金問題などではなく、北朝鮮とクルパジャのあいだの、覚醒剤と毒物の密輸に関するものだったこと、等々。

その結果、翌日の午前中警視庁生活安全部の主導で、野々宮の別荘に家宅捜索をかけることも、正直に伝えた。

そうした事実は、葛和にとってもまったく予想外のことだったはずで、すぐには言葉が返ってこなかった。

熟考したあと、葛和は自分についても御垣紫乃についても、兼松や別荘事件と結びつかないよう、万全の配慮をしてほしいと、強く要請してきた。要するに、よけいなおしゃべりをするな、ということだった。

そのかわり、三春の立場が危うくなったときは、責任をもって身柄を引き受ける、という交換条件を出した。

三春は何も言わずに、葛和の条件を受け入れた。

しかし、そのようなものが支えになるという気は、まったくしなかった。


棚橋が言う。

「しかし、刺された兼松の言い残した名前が、たまたま公安のデカだったとは、偶然すぎやしないかね」

「わたしも、そう思います。でも、それを葛和理事官に指摘する勇気は、ありませんでした」

棚橋は、ちょっと憮然とした顔になったが、思い直したように口調を変えた。

「ともかく、公安審査委員会に提出する資料の準備に、かかってくれないか。わたしたちが、ひそかに別荘に忍び込んだことは、もちろん伏せておくんだ。あくまで、クルパジャを監視していたきみが、不穏な動きを感じたという点を、強調してほしい。スポーツジムへの乱入事件と、それにまつわる自作自演の可能性、野々宮の挑発的な言動なども、盛り込めばいい。まあ、覚醒剤と毒物の精製粉末の発見で、ほぼ決まりだろうが」

三春は、ふと気になることを思い出して、疑問を呈した。

「そういえば、野々宮の別荘に潜入したとき、例の物置小屋には鍵らしいものが、かかっていませんでしたね。あれだけのものを隠すには、あまりにも不用心すぎませんか」

まるで、発見してください、と言わぬばかりだった。

棚橋は、虚をつかれたように瞬きしたが、すぐにたいしたことではない、というように手を振った。

「物置に鍵なんかかけたら、かえって怪しまれるだろう。それに、あんなところに忍び込むやつがいる、とは思わなかったんだろうさ」

筋書きが変わるのを恐れてか、そのことにあまり触れたくない様子だった。

室長室を出て、席にもどる。

表面上、オウム真理教事件が一段落したため、ここへきて公安調査庁の存在意義が、ふたたび問われようとしている。

そんなとき、新たに公安調査庁が脚光を浴びるような、タイムリーな事件が発生した。これは、偶然だろうか。

どうも、不審なことが多すぎる。

もし三春が、兼松から託されたＵＳＢメモリを握りつぶさず、ただちに〈クズワ〉の名前とともに、棚橋に提出していたらどうなったか。

一連の事態が、もっと早く進展したであろうことは、間違いない。

ただ、まったく別の展開になることはなかった、と思う。単に、時期が早まっただけのことで、メモリを握りつぶしていたあいだが、むだになったにすぎない。

今さらのように、ばかなことをしたものだと、気分が落ち込む。

考えてみれば、ただ棚橋の鼻を明かしたいという、それだけの理由だったような、そんな気がする。

まさに、独り相撲以外の、何ものでもなかった。これまで、覚えたことのない虚脱感、無力感に襲われる。

気分が乗らぬまま、三春はその日午後九時ごろまでかかって、クルパジャに対する観察処分の、申請書類の素案を作成した。

義務感だけの、力のこもらぬ仕事だった。

途中、ニュースの時間になるとテレビをつけ、棚橋やほかの室員と一緒になって、記者会見の模様を見た。

棚橋は、ことさらむずかしい顔をしていたが、大写しになるたびに口元がほころび、まんざらでもない様子だった。

32

まっすぐ帰る気になれず、殿村三春は地下鉄で池袋へ回った。

途中で、小田島稔の好きなすきやき弁当を二つ買い、〈杉の子〉へ向かう。

店は混んでおり、かろうじて入り口にいちばん近い、すわりにくいストゥールが一つだけ、あいていた。

三春はそこによじのぼって、すきやき弁当を小田島に手渡した。

小田島は、口の端にちょっと微笑を浮かべただけで、何も言わずにそれをカウンターの下に、しまい込んだ。

いつものように、友愛大学の二人の准教授、今井友幸と内野政人が、奥の指定席で話し込んでいる。そのほかの客は、知らない男ばかりだった。

混んでいるわりに、店は妙に静かだった。タンゴが流れており、今井と内野以外の客はみんな、それに聞き惚《ほ》れているように見える。

前回ここへ来たとき、店を出てすぐに檜垣さなえと出会い、そのあと襲われてUSBメモリを奪われたのだ。

しかしそのことは、小田島に話していない。

小田島は、いつものようにマルガリータを作り、三春の前に置いた。

そのとき、例のメモリのパスワードを解読してくれた内野の、隣の客が勘定をすませ、出て行った。

それを見送った内野が、三春に気づいて手招きする。あいた席に移って来い、という合図らしい。

小田島が、移ってもかまわないというように、小さくうなずく。

三春はストゥールをおり、内野の隣に席を移した。小田島が、マルガリータを運んで来てくれる。

内野の向こうから、今井友幸が言う。

「こないだは、おいしい棒寿司をごちそうさま。今夜は、すきやき弁当ですね」

小田島に渡すのを、見ていたらしい。

「すみません。今夜は、マスターとわたしの分しか、ないんです」

「ああ、あとで二人でゆっくり食べよう、という魂胆だね」

　小田島が割り込んだ。

「前に話したでしょう。わたしの娘の、同級生だって」

　内野が、酒を飲み干して言う。

「もちろん、覚えてるよ。だいたいマスターが、こんな若いお嬢さんといい仲だなんて、だれも思やしないさ」

　今井が、内野を肘でつついた。

「このお嬢さんなら、年齢的にも状況的にもあんたの方が、可能性があるぜ。ま、確率はゼロに近いがね」

　どうやら内野は、まだ独身らしい。

　内野はくさって、しばらくぶつぶつぼやいていた。

　やがて、小田島と話が盛り上がっている、今井の肘をつついた。

「おい。そろそろラーメン食って、帰ろうぜ」

　たった今、三春を隣に呼び寄せたことなど、忘れたような口ぶりだ。

　今井は、あきれた顔で首を振ったが、おとなしく内野の言に従った。

　二人が出て行くと、ほかの客たちも申し合わせたように、勘定を頼んだ。

　五分としないうちに、店の中ががらっぽになる。

最後の客を送り出すと、小田島は表の電気を消してしまい、ドアに鍵をかけた。カウンターの中にもどり、すきやき弁当を取り出す。

食べ始めながら、小田島はさりげなく言った。

「今日、テレビを見たよ」

勘のいい男だから、例のメモリとこの日の記者会見を結びつけるのは、容易なことだったろう。

「内野さん、何か言ってませんでしたか」

「言ってなかった。ハングルだったから、内容が読めなかったしね」

「あれを解読させたのは、会見に出ていた公安調査庁の担当責任者で、わたしの直属の上司なんです」

「直属の上司か。すると、三春はわたしに言われたとおり、上の方に筋を通したんだね」

「ええ、まあ」

三春は返事を濁し、弁当を食べることに専念した。

小田島に、事実を黙っているのは気が重かったが、よけいな心配をかけたくない。

「この分だと、クルパジャもオウムと同じように、厳しい監視下に置かれそうだね」

「ええ、まあ」

同じ返事をして、自分でもおかしくなり、笑ってしまう。

小田島も笑ったが、すぐ真顔にもどった。

「それにしても、いいタイミングだった。またぞろ、公安調査庁不要論が再燃しようというときに、こんな事件が起こるとはね」

「たまたまだ、と思いますけど」

「たまたまにしては、できすぎてる気がしないでもないが」

小田島はさりげなく言って、自分用のグラスにウイスキーをついだ。

三春は、カウンターに伏せられた小田島の目を、じっと見つめた。

「やはり、できすぎてますか」

「ラス牌で役満をつもって、大逆転したようなものだろう」

麻雀にはうといが、言う意味は分かる。

小田島に指摘されて、三春はますます胃が重くなった。

弁当をわきに押しやり、マルガリータを飲む。

「兼松は、生きているかもしれないんです」

小田島はそれが癖の、口髭をつまむしぐさをしてから、酒をなめた。

「しかし三春には、致命傷に見えたんだろう」

「心臓を刺されたようだったけれど、あるいは急所をはずれていたのかも」

「どうして、生きているかもしれない、と思うんだ」

隠すのが、いやになった。

「檜垣さなえに、二度ほど電話があったらしいんです。彼女が自分で、そう言いました」

小田島の目に、驚きの色が浮かぶ。

「ほんとうに、兼松からだったのか」

「わたしも、同じように聞き返しました。そうしたら彼女、急に自信を失ったみたいでした。本人かどうか、分からなくなったって」

もっとも、二度目の電話の内容については、聞いていない。三春が襲われたあと、さなえが口を閉ざしてしまったからだ。

小田島が、思慮深い顔で言った。

「兼松が、三春にあのメモリを託したのは、偶然なのかね」

すっと、体が冷たくなる。

「それは、どういう意味ですか」

「兼松は、三春がつけて来ることを承知していて、偶然のようにメモリを預けるという、そういう筋書きを考えたのかもしれない、と思っただけさ」

それを聞いて、にわかに強い動悸を覚えた。

「刺されたのは、お芝居だったと」

「かもしれないね。体に、刃物が突き刺さったように見える、パーティグッズがあるらしいよ。夜だったら、それくらいの細工は簡単じゃないかね。じっくり調べる時間を、与えなければだが」

指摘されてみれば、いちいち思い当たるものがある。

胸を刺された男など、これまで目にしたことがなかったし、あのときは半ばパニック状態に、陥っていた。

しかも、一度気絶させたはずの犯人が、ふたたび襲いかかってきた上に、逃げるのを追って現場を離れたため、兼松の生死を確かめる機会を、失ってしまった。

心臓のあたりに、刃物が柄まで突き刺さっており、その周囲に血がにじんでいるのを見れば、だれでも致命傷だと思うだろう。

小田島が続ける。

「兼松を監視する仕事は、三春が自分で思いついたのかね」

三春はマルガリータを飲み、混乱する頭の中を必死に整理した。

「いいえ、違います」

あの仕事を命じたのは、棚橋だった。

全球連の財務担当理事の兼松が、クルパジャに対して資金援助をする、窓口になっていらしい、という情報がある。ついては、兼松の動向に目を光らせるようにと、棚橋はそう言ったのだ。

しかし、その情報がどこから回ってきたかは、桜田門の筋からだとにおわせただけで、明言はしなかった。

目を伏せた三春の顔を、小田島がのぞき込んでくる。

「何か、気になることが、ありそうだね」

三春は、目を上げた。

「というか、兼松を見張るように指示したのは、さっき言ったわたしの上司なんです」

小田島は、表情を変えなかった。

「確か棚橋、といったね」

「ええ。ＭＢＳ室の室長です」

「しかし、上司なら部下にそういう指示を出しても、別に不思議はないだろう」

「室長は、ふだんから部下にほとんど指示を出さない、受け身本位の人なんです。指示を出すと、その結果次第で責任を取らなければならない、という立場に追い込まれます。それがいやで、部下任せにする、と言われています」

「ふうん。そういう人が、あえて三春に指示を出したからには、兼松を監視すべき明確な根拠というか、情報を手に入れたんだろうね。あるいは、もっと上の方から監視せよと指示されて、三春にやらせることにしたか、そのどちらかだね」

「ええ。どちらにしても、どこからかそういう情報が回ってきて、珍しくわたしに指示を出した、という感じでした」

小田島は、ショットグラスをあけて、ウイスキーをつぎ直した。

「三春に、あのメモリのことを打ち明けられて、室長はどういう反応を示したんだ」

三春は答えあぐね、マルガリータを飲み干した。

小田島は髭をつまみ、小さく肩を揺すった。

「答えたくなければ、無理にとは言わないよ」

迷ったものの、嘘をつくのはやはり気が引ける。

「ほんとうは、打ち明けてないんです。あのメモリは、このあいだの夜ここでお父さんから受け取って、外へ出たあとだれかに奪われたんです」

小田島の顔が、引き締まる。

「奪われたって」

「ええ」

三春は、先夜この店を出てからさなえに出くわし、そのあとUSBメモリを奪われたいきさつを、ありていに打ち明けた。意識を取りもどしたとき、自宅の寝室に運び込まれていたことも、正直に話す。

小田島は、暗い表情になった。

「そいつがだれにしろ、三春のマンションまで調べ出していたとなると、あまり愉快じゃないな」

「ええ。ただ電子錠なので、鍵は簡単にコピーできないはずだし、現にキーケースはそのまま、残っていました。薬か何かで、眠らされたみたい」

「それは一種の、警告だね。こっちは全部、つかんでるんだ。妙な動きをすると、今度はただではすまないぞ、という」

「そうだと思います。それで、警察に届けるわけにもいかず、翌日はふだんどおりに、登庁しました。室長は不在でしたけど、午後二時ごろわたしに外から電話してきて、呼び出されたんです」

問題のＵＳＢメモリが、棚橋のメールボックスに投げ込まれていたこと、棚橋がハングルの情報を知人に翻訳させ、野々村鈍斎の別荘の一件を知ったことなど、その間のいきさつを全部話してしまう。

すべてを吐き出すと、それまで胸につかえていたものが取れて、いくらか楽になった。

止めていた箸を取り、また弁当に手を出す。

小田島は、しかつめらしい顔をして、口を開いた。

「なるほど。やっと、今日の記者会見の背景が、分かったよ」

三春は少し考え、思い切って言った。

「もう一つ、お父さんに黙っていたことがあるの。刺されたあと、兼松はメモリをわたしに渡すときに、人の名前らしきものを口にしたんです。クズワ、と」

「クズワ」

「ええ。葛飾区のカツに、平和の和と書いてクズワ、と読むんです」

「それはつまり、そのメモリを葛和なる人物に渡してくれ、という意味だったのかな」

「そう解釈しました。現に、葛和という名前の理事官が、警視庁公安部に在籍していて、しかも兼松と関わりがあることが、分かったんです」

小田島が、腕組みをする。

「それを、三春が突きとめた、というわけか」

「ええ」

「その葛和という理事官は、メモリの中身を知っていたのか」

「いいえ、知りませんでした。警察と検察の、裏金作りに関する極秘情報だ、と理解していたようです。それを、兼松に提供してもらう約束になっていた、とのことでした。ところが、実はクルパジャがらみの極秘情報だったと知って、本気で途方に暮れていました」

小田島は腕組みを解き、グラスの酒を口に含んだ。

「提供する気なら、黙って当人に手渡せばすむことだ。どうして、三春の手を経由させるような、手の込んだことをしたんだろうね。しかも、刺されるお芝居までして」

すっかり、芝居だったと決め込んでいる。

しかし、その情報がきわめて重要なものだ、と印象づけるのが目的だったとすれば、確かに効果的な芝居だといえる。

棚橋が、公安調査庁の存続を望んでいることは、間違いない。

葛和謙介にしても、かりに公安調査庁が廃止になれば、検察庁が画策しているという、公共安全省の設立を許すことになるから、当面は棚橋と同じ存続派の立場とみてよい。

要するに、メモリに記録させられた情報によって、クルパジャが団体規制法を意識した観察処分を受ければ、公安調査庁の存続を望む一派は、ほっと一息つくことになるのだ。

三春は、問わず語りにとりとめもなく、そうした状況を話して聞かせた。

聞き終わると、小田島は大きく息を吐いて言った。

「どうも、今度の一件は公安調査庁が仕掛けた陰謀、という展開になってきたな」

認めたくないが、三春も同感だった。


翌早朝。

三春は早出して、新聞各紙に目をとおした。

各紙とも、前日の記者会見の模様を詳報していたが、帝都新報の論調はひときわ過激なものだった。

山根信士の署名記事で、記者会見の経過はさして変わらなかったが、解説の部分で他紙を圧する、センセーショナルな見解を述べていた。

「この事件の鍵は、過日練馬区北町で何者かに刺されたあと、姿を消した全球連の財務担当理事、兼松一成氏が握っている模様だ。

刺された直後、兼松氏は現場に居合わせた公安調査官、M・T氏にUSBメモリ（などの記憶メディア）を託した、と推定される。兼松氏を襲った一味が、氏から何かを奪おうとしていたことは、前後の状況からみて確かである。それがおそらく、そのメモリだったと思われる。

M・T氏は、公安調査庁でクルパジャの監視を担当しているが、頻繁に教団本部の周辺に出没するなど、その行動にいささか疑問が持たれる。クルパジャからすれば、痛くもない腹を探られている、との印象を抱くだろう。

そのM・T氏が、にわかに兼松氏のあとをつけ回し始めたのも、不自然といえば不自然だ。まして、兼松氏が刺された現場に居合わせたのは、ただの偶然とは思えない。問題のメモリは、M・T氏の手に渡るべくして渡ったのだ、と推測せざるをえない。

そのメモリを手に入れるために、犯人一味はあちこち探索して回ったはずだ。結局のところ、現場にいたM・T氏が兼松氏から託されたに違いない、との結論に達したのは当然だろう。

そのため、氏は都内某所で一度彼らの襲撃を受けたが、このときはたまたま現場を通りかかった、本紙記者の機転で窮地を逃れている。

本来なら、M・T氏は託されたメモリを証拠物として、光中央署の兼松事件の担当刑事か、少なくとも公安調査庁の上司で、MBS室長の棚橋嘉人氏に、提出すべきだっただろう。

しかし、M・T氏はなぜかそれを両方とも怠り、メモリを手中に握りつぶしてしまった。

その後、正体不明の一味はふたたびM・T氏を襲って、ついに問題のメモリを入手することに、成功した。

ところが、不思議なことにそのメモリはどういう経緯か、棚橋MBS室長の手に落ちた。まさに、このメモリこそ今回の覚醒剤、毒性物質の摘発につながる、貴重な情報をもたらしたものだった、と思われる。

だとすれば、このメモリはもともと公安調査庁が、クルパジャに濡れ衣をきせるために、用意したものではないかとの推測が成り立つ。したがって、別荘の物置から押収された覚醒剤や毒物は、クルパジャが隠匿したものではない可能性がある。

こうした状況からすると、例のクルパジャ信者のスポーツジム乱入事件も、クルパジャに対する危機感をあおるため、何者かが味噌汁に毒を仕込んだ結果かもしれない。オウム真理教事件が沈静化して以来、繰り返し論議されてきた公安調査庁不要論が、ふたたび頭をもたげてきた昨今、同庁が生き残りを賭けて非常手段に出ることは、十分考えられることである。

もしこの推測を否定するならば、公安調査庁はそのメモリの情報を公開するか、クルパジャの家宅捜索を実施すべき、明確な証拠なり情報を提示する義務があろう」

この記事を読んで、三春はいちどきに血が沸騰《ふっとう》した。

山根は、ここしばらく漠然と感じていた三春の疑惑を、そこで明快に指摘していた。

あのとき、兼松が葛和の名前を出したのはおとりで、本来USBメモリを手渡したかった相手は、当の三春だったのだ。

兼松に因果を含めたのは、棚橋だろうか。

いや、棚橋にそんなことをする度胸は、ない。

しかし、上層部のだれかがその仕掛けを考え、棚橋をあおって三春を罠にかけたのだ、と考えることはできる。

メモリが三春から棚橋、棚橋から長官の遠矢満の手に渡れば、公安調査庁はなんの遠慮もなく、警視庁を動かしてクルパジャの家宅捜索に、踏み込める。公安調査庁存続派からすれば、願ってもない好機に違いなかった。

棚橋は、兼松とクルパジャに関する疑惑を、桜田門筋からの情報だ、と言った。

それはおそらく嘘で、実は遠矢長官あたりからの直じきの、指示だったのではないか。そうでなければ、一から十まで事なかれ主義の棚橋が、あのような積極的な指示を出すはずがない。

ともかく山根は、一連の事件を公安調査庁による陰謀だ、と露骨ににおわせていた。

三春としても、これまでのことを考え合わせると、あたらずといえども遠からず、と判断せざるをえない。

三春は、そうした謀略作戦の歯車の一つに、されたのだ。

むろん、山根の記事にはさして根拠のない臆測、独断的な決めつけがみられるが、全体として説得力のあるものだった。

こうなると、メールボックスにＵＳＢメモリが投げ込まれていた、という棚橋の説明も信じられなくなる。

三春を襲って、メモリを奪ったのは棚橋の息がかかった、存続派の人物ではないのか。

だれが漏らしたのか、山根の記事に出てくるＭ・Ｔは殿村三春だ、と分かったらしい。

その直後から、三春のデスクの電話がひっきりなしに、鳴り始めた。

エピローグ

「どうだい、公安調査官をやめた気分は」

小田島稔が、からかうような口調で言う。

殿村三春は、苦笑した。

「最高です、と言ったら負け惜しみになるけれど、すっきりしたことは確かですね」

公安調査庁を依願退職してから、ほぼ二カ月になる。

そのあいだ、小田島には顔が合わせられない気分で、〈杉の子〉に足を運ばずにいたのだ。

小田島は、カウンターにマルガリータを置き、思慮深い顔になった。

「どだい三春は、だれかをこっそり見張ったり、あとをつけたりする仕事には、向いてないのさ。まして、今度のような陰謀をたくらむ連中が、跋扈《ばっこ》するような職場はね。

別の仕事につくのが、正解だよ」

「でも、この年になって再就職、というのもね」

「この年といったって、まだ三十五だろう」

死んだ娘の年を、忘れていないのだ。

「これといって、手に職もないですし」

「謙遜《けんそん》しなくていいよ。とにかく、国家公務員Ⅱ種試験に、合格してるんだから」

三春は、マルガリータを飲んだ。

「もう公務員は、こりごりですね。民間企業でも、同じかもしれないけれど。わたし、目先のことばかり考えていた、という気がします」

自分の甘さかげんに、うんざりする思いだった。

「経験を生かして、リサーチかなんかの仕事はどうだい」

思わず、小田島の顔を見直す。

「リサーチって、探偵社か何かですか」

小田島は笑った。

「違うよ。景気動向とか株の動きとか、あるいは生活者の意識調査とか、いろいろあるだろう」

「でも、それは数字を読んだりする、特別な能力がないと」

小田島は、カウンターをくぐって入り口のドアを解錠し、外の明かりをつけた。

もどって来ると、開店早々にもかかわらずグラスを取り出して、ウイスキーをついだ。

　乾杯する。

「三春の、明るい未来に」

　とても、そういう気分ではなかった。

「〈杉の子〉の、ますますの繁盛に」

　小田島が、ぴくりと眉を動かす。

「繁盛しなくていいよ」

　そう言って、一息にグラスをあけた。

「ところで、公安調査庁の長官が打診した、クルパジャに対する団体規制法適用の可能性を、公安審査委員会は頭から差しもどしたらしいね。新聞で読んだんだが」

「ええ。そもそも、施設への捜索差押許可状の発付に疑問がある、と指摘されたようです。クルパジャ以外の第三者が、別荘の物置に覚醒剤などを運び込んだ可能性を、否定できない、とも」

「帝都新報じゃないが、公安調査庁によるでっち上げの疑いが強い、と判断されたわけだね」

「そういうことですね」

「しかし、どっちにしても情況証拠ばかりだから、いくら追及してもうやむやに終わる。そうじゃないかね」

「たぶん。わたしも、ずいぶん記者に追い回されたけれど、ようやくあきられた感じ」

庁内でも、ひそかにこの一件で内部調査が行なわれ、三春も監察審議官の松宮亜樹子から、何度か事情聴取を受けた。

三春は、それに対して表面的なことだけを明かし、細部については知らぬ存ぜぬを、押し通した。

内部調査の結果、外からは懲罰人事と分からないかたちで、棚橋嘉人をはじめ何人かのスタッフが、異動の対象になった。

三春にも、九州公安調査局への異動の内示が出たが、その時点で退職願を出した。それが、さしたる抵抗もなく受理されたのは、あるいは葛和謙介の手が回ったのか、とも思われた。

小田島が、グラスに新しい酒をつぐ。

「マスコミは、あきっぽいんだよ。それに、ほかでもっとセンセーショナルな事件が、続いたからね」

「ええ。ＩＴ社会になってから、人をだます事件が増えちゃって、ほんとにいや」

少しのあいだ、沈黙が流れる。

小田島が、思いついたように言った。

「ところで、友愛大学の内野先生が学内の情報工学研究所に、調査管理スタッフの空席ができた、と言っていたっけ。女性スタッフがやめちゃって、後釜を探してるらしいよ」

三春は笑った。

「だってわたし、情報工学の専門家じゃありませんから」

「専門家は、内野先生や今井先生がいるから、いらないんだ。ただ、整理整頓能力のない研究者たちに代わって、物事を順序よく整理する人材が必要らしい。三春に向いている、と思うがね。給料も、特別高いわけじゃないようだが、女一人食べていくには十分だ、と内野先生は言っていた。公調ほどは、出ないだろうがね」

情報工学については、国家公務員試験のために基礎を勉強した程度で、素人同然だ。

「まあ、考えてみます。しばらくは、ゆっくりしたいので」

「ああ、そうだね。それがいい」

そのとき、ドアが開いた。

噂の二人、内野政人と今井友幸がはいって来る。

内野が、おおげさに顔をしかめた。

「なんだ、先客がいたのか。今日こそ、一番乗りだと思ったのに」

今井が、内野の肩をこづく。

「おまえさんのやることは、いつもワンテンポ遅れるんだよ。トイレなんか、学校じゃなくてここで借りればいいと、あれほど言ったのに」

三春も、つい口を出す。

「残念でした。わたしは今日、開店十五分前にもう来てましたから。つまり、トイレをがまんしたくらいでは、間に合わなかったということ」

二人は、いつもの奥のストゥールではなく、三春を挟んですわった。

小田島を交じえ、四人でにぎやかに話をしているうちに、三春は少しずつ気持ちが晴れるのを感じた。

内野が言う。

「今度やめちゃった子ね、もう四十をいくつも過ぎてるんだけど、寿退社なんだよ。がらにもなく、顔を赤くして退職の挨拶したのが、やけにういういしくてね」

「おまえさんにも、そういうときがくるといいよなあ」

今井にからかわれて、内野は大いにくさった。

三春は思い切って、内野に言った。

「あの、後釜を探していらっしゃるって、ほんとうですか」

*

「これで公安調査庁も、しかるべく整理されることになるわね」

「まあ、あとは時間の問題だな。いずれそうなることは、目に見えていたんだ。おれたちは、その時期を少々早めるのに手を貸した、というだけのことさ」

「殿村三春が、あのＵＳＢメモリを握りつぶしたことだけが、誤算だったわ。あれがなければ、もっと早く片付いたのに」

「殿村が、自分の資質に見切りをつけて、さっさと公調をやめたのはりこうだったよ」

「そうね。きっと、この仕事はわたしのような女の方が、向いているのよね」

「うん。まずは、鴨下郁代が新宿中央署の御垣紫乃だ、と突きとめたのは、きみのお手柄だった」

「それより、御垣が葛和の愛人だと突きとめたことの方を、評価してほしいわ」

「もちろんだ。それにしても殿村に、御垣経由で葛和の身元を特定させるまでに、時間がかかりすぎた。兼松に、御垣から受け取った名刺の裏に、葛和の名前をメモさせただけでは、分かりにくかったかもしれん。希里子がそれを見つけるのに、だいぶ時間を食ったからな」

「でも、簡単に分かるような仕掛けにしたら、逆に疑われていたかもよ」

「どちらにせよ、殿村は正体の分かった葛和と会ったあとも、すぐにはメモリを引き渡さなかった。あれでは、こちらの狙いがいつ実現するか分からんし、ちょっと焦ったよ」

「結局は、彼女を襲うという非常手段に出るしか、方法がなかったわけね」

「そういうことだ。いつものちんぴらどもを使わず、あの山根にやらせてよかった。あいつは、機会あるごとに殿村や棚橋のあとを尾行して、住まいや行きつけの店まで、全部把握していたからな」

「公安調査官も、尾行される側になると、甘いのね」

「しかも、山根は尾行を悟らせないだけじゃなく、わざと悟らせるわざも持っている、とくる」

「それにしても、あなたがラゴス公使館の、秘密賭博場に出入りしているのを、御垣にかぎつけられたのは、計算外だったわ。しかもその現場を、例の村野滋之はしかたないとしても、あの御垣に目撃されたのはまずかった。御垣も、ずいぶん思い切ったプランを、考え出したものだわ。御垣が、村野を証人に立ててそのことを暴露したら、えなかった」

「まあ、ギャンブルだけはおれの弱点だから、しかたがない。ラゴスのカンポスから、村野の身元を聞き出すのに、苦労したものさ。おかげでおれも、身分を明かさざるを
「カンポスも、外交問題に発展すると脅されたら、断われないでしょう。口を割る心配は、絶対にないわ」

「ところで、村野と御垣の事後処理は、もうすんだんだろうな」

「ええ。御垣は、神津島《こうづしま》警察署へ飛ばされて、結局依願退職。その後、葛和の紹介でどこかの警備会社に、もぐり込んだわ」

「村野は」

「わたしが裏から手を回して、全通の総務局長に昇格させたわ。よく、因果を含めてね」

「あの男も、おれのことを証言しようとすれば、自分の立場が危うくなる。それを逆に、二階級特進させてやったんだから、文句はあるまい」

「ええ。わたしたちに、足を向けて寝られないでしょう」

「ところで、御垣が賭博場からさらっていった金は、どうなったと思う」

「彼女が社員を名乗った、マクヒューという幽霊会社の維持費と人件費で、あらかた

飛んだと思うわ」

「ふふん。たかが、村野一人をたらし込むために、ばかな金を遣ったものだな」

「それより、兼松一成はだいじょうぶかしら」

「だいじょうぶだ。前にも言ったが、兼松は子供のころから両親ともども、おれのおやじの世話になっていた」

「あなたのお父さまは、公安の刑事だったわよね」

「うん。兼松のおやじは、ずっとおれのおやじに北朝鮮の情報を、流し続けていたんだ」

「いわゆる、S（スパイ）というやつね」

「そうだ。だからお互い、息子に代が替わってもその関係が続いた、というわけさ。裏切る心配はない」

「今は韓国よね」

「うん。刺した方も刺された方も、事件の翌日にはもう偽名のパスポートで、韓国に送り出してやった。もう帰って来ないよ」

「奥さんの兼松希里子は」

「かわいそうだが、二度と亭主に会うことはあるまい。しかし、けっこうしっかりしているようだから、パチンコ店の一軒や二軒は、うまく切り回すだろう」

「檜垣さなえも、ずいぶん働いてくれたわよね。信者に仕立てて、クルパジャにもぐり込んでもらったし」

「亭主の、檜垣健次郎に惚れているから、命令されたらなんでもやるさ。兼松と、ラブホに行けと言われても、二つ返事でOKしたそうだ。実際に、何かあったかどうかは、神のみぞ知る、だが」

「檜垣と兼松は、古くからの北朝鮮の同志で、結束が固いわ。何があっても、だいじょうぶよ」

「檜垣も裏方で、よくやってくれた。殿村を追い回したちんぴらも、毒入りの味噌汁を売った臨時の弁当業者も、そのときに使ったベラドンナの調達も、みんな檜垣が手配したんだからな」

「例の、別荘の物置に運び込んでおいた、あれね」

「そうだ。しかし、いちばん働いてくれたのは、なんといってもブンヤの山根だろう」

「そうね。御垣とわたしの、二重スパイを務めてくれたわけだから、なんとかしてあげないとね」

「それはむろん、考えてるよ」

「彼がちょこちょこ、殿村をつついてくれたおかげで、遅れを取りもどせたのよね。

殿村を襲った連中の車が、クルパジャの所有車だったらしいとか、攪乱《かくらん》作戦が功を奏したといえるかも」

「記者会見の翌日、思い切り踏み込んだ記事を書いてくれたのが、効果的だった。一つ間違えば、誤報問題に発展する可能性も、あったからな。あれで各社が動いて、公調の自作自演だったという印象が、決定的になった」

「引き立ててあげないと、どこで寝返るか分からない人よ」

「トップに手を回して、いずれは社会部長にしてやる。あとは、実力次第で編集局長も、夢じゃあるまい。そうなったら、今度は自分の身がかわいくなるから、うかつなことはできないさ」

「でも、いちばん役に立ってくれたのは、MBSの棚橋かもしれないわね」

「ふふん、そのとおりだ。楠田次長から、全球連がクルパジャに資金援助をしていて、その窓口が兼松だと吹き込まれれば、慎重居士《しんちょうこじ》の棚橋もじっとしてはいられない。楠田も、長官の遠矢が公調解体に消極的だから、自分でネジを巻く気になったのさ」

「それもこれも、全部作戦参謀のあなたの考えよね」

「その話は、もういいだろう。こっちへ来いよ。寝ながら、ポーカーをやろうぜ」

松宮亜樹子は、横になった汐見宗一郎の隣に、体をすべり込ませた。

「ふふ。そのうちわたしも、神津島警察署へ飛ばされるかもね」

解説

日下三蔵

一九二〇年代にアメリカで生まれたミステリの新ジャンル「ハードボイルド」は、戦後になって日本にも翻訳紹介されたが、昭和二十年代には鷲尾三郎や大坪砂男らが散発的に手がけたのが目立つくらいで、国産のハードボイルド作家はなかなか現れなかった。

昭和三十年代になって高城高《こうじょうこう》、大藪春彦、河野典生《こうのてんせい》、生島治郎らが登場するが、推理小説のサブジャンルとして確固たる地位を占めるほどではなかった。真木シリーズの結城昌治、西連寺剛シリーズの都筑道夫、三影潤シリーズの仁木悦子らも、それぞれ私立探偵を主人公に優れた作品を書いているが、いずれもハードボイルド専門作家ではない。

ここからは西暦で見た方が分かりやすいのだが、一九七〇年代後半、つまり昭和五十年代に入ると矢作俊彦が新風を吹き込み、ＳＦ畑の田中光二や山田正紀らが、ジャンル外からハードボイルド・冒険小説を積極的に発表している。

そして七〇年代末から八〇年代にかけて、このジャンルの有力作家が踵《きびす》を接して次々と現れるのである。各作家の最初の著書を並べると、このようになる。

船戸与一『非合法員』講談社 79年3月
佐々木譲『鉄騎兵、跳んだ』文藝春秋 80年8月
大沢在昌『標的走路』双葉ノベルス 80年12月
逢坂 剛『裏切りの日日』講談社、81年2月
志水辰夫『飢えて狼』講談社、81年8月
北方謙三『弔鐘はるかなり』集英社、81年10月
藤田宜永『野望のラビリンス』カドカワノベルズ 86年10月
原寮『そして夜は甦る』早川書房 88年4月

船戸与一から北方謙三までの六人が、わずか二年半の間に単行本デビューを果たしているのが凄《すご》い。彼らの活躍によって、北上次郎が「冒険小説の時代」と名付けた国産ハードボイルドの隆盛期が到来するのである。
八七年に綾辻行人が登場してから本格ミステリの方でも似たような現象が起こり、短期間のうちに法月綸太郎、有栖川有栖、歌野晶午、北村薫、山口雅也らがデビュー

している。いわゆる「新本格ムーブメント」である。それぞれのジャンルで作家の層がグッと厚くなり、群雄割拠とも言うべき現在のミステリ界の基礎となっているのだが、八〇年代のミステリは、間違いなくハードボイルドと冒険小説の時代であった。その中核を担った作家の一人が、本書の著者・逢坂剛なのである。

逢坂剛は一九四三（昭和十八）年、挿絵画家・中一弥《なかかずや》の三男として、東京都文京区に生まれた。少年時代から、江戸川乱歩、横溝正史、ホームズ、ルパンなどを愛読していたが、中学時代にハメット、チャンドラーに出会い、ハードボイルドに熱中。自らも私立探偵が登場するハードボイルド小説を書いていたという。

逢坂さんは好きな作家として、ハドリー・チェイス、トマス・ウォルシュ、フランク・グルーバーなどの名前を挙げているから、ミステリに関しては完全にマニアの域に達している。常に読者の意表を突く逢坂ミステリのテクニックは、この豊富な読書量に裏打ちされたものだろう。

六六年に博報堂に入社。この頃、フラメンコギターに熱中したことから本場のスペインにも興味を持ち、スペイン現代史の研究を始める。七七年、勤務の傍《かたわ》ら一千枚を超える国際冒険小説を執筆するが、出版の当てはなく、この作品を世に出すために作家デビューを目指した。

数度の投稿を経《へ》て、八〇年に「暗殺者グラナダに死す」で第十九回オール讀物推理小説新人賞を受賞してデビュー。第一長篇『裏切りの日日』はハードボイルドであり、公安刑事を探偵役にした警察小説であり、人間消失トリックを盛り込んだ本格ミステリでもあるという贅沢《ぜいたく》な作品だった。ジャンルの枠にこだわらず、物語を面白くするための工夫は惜しまない逢坂ミステリの作風は、既《すで》にこの長篇に表れている。

　心理分析を用いたサスペンス『空白の研究』（81年9月／双葉ノベルス）、スペインを舞台にした冒険小説『スペイン灼熱の午後』（84年2月／講談社ノベルス）と着実に著書を刊行していくが、『百舌の叫ぶ夜』（86年2月／集英社）が直木賞候補になったことで、一気に読書界の注目を集めた。この作品はシリーズ化され、二〇一四年には『ＭＯＺＵ』としてテレビドラマ化もされている。ドラマで逢坂剛を知ったという人も多いのではないだろうか。

『百舌の叫ぶ夜』は警察小説でありながら、叙述トリックを用いた斬新な作品であった。叙述トリックは記述に仕掛けを施《ほどこ》すことで読者に真相を誤認させるテクニック。日本では新本格以降に多用されて一般化する手法だが、八六年の段階で、しかもハードボイルド系の作品でこれを使用した著者のミステリ・センスは驚嘆に値する。

　ともかく同書のヒットによって前述の大長篇冒険小説も『カディスの赤い星』（86年7月／講談社）として、ようやく日の目を見た。そしてこの作品は、第九十六回直木賞、第四十回日本推理作家協会賞、第五回日本冒険小説協会大賞を受賞、逢坂剛は一躍人気作家の仲間入りを果たすことになるのである。

『十字路に立つ女』（89年2月／講談社）、『斜影はるかな国』（91年7月／朝日新聞社）などの私立探偵・岡坂神策を探偵役にした一連のハードボイルド、公安警察を舞台にした異色の警察小説「百舌」シリーズ、『イベリアの雷鳴』（99年6月／講談社）以下の第二次大戦下のヨーロッパを舞台にした重厚なスパイ小説、悪徳警官を主人公にした『禿鷹の夜』（00年5月／文藝春秋）以下の「禿鷹」シリーズと、逢坂剛の作家活動の軸がハードボイルド・冒険小説にあることは間違いないのだが、狭いジャンルの枠内にとどまらない作品も多い。

国産ミステリとしていち早くサイコ・サスペンスに挑んだ『さまよえる脳髄』（88年10月／新潮社）、『しのびよる月』（97年11月／集英社）以下の御茶ノ水警察シリーズではユーモア・ミステリ、『相棒に気をつけろ』（01年8月／新潮社）『相棒に手を出すな』（07年4月／新潮社）ではコン・ゲーム、さらに『重蔵始末』（01年6月／講談社）以降は時代小説、『アリゾナ無宿』（02年4月／新潮社）以降は西部劇も積極的に手がけているのだ。

本書『断裂回廊』は徳間書店の月刊誌「読楽」に十二回にわたって連載（13年5、

7、9、11月号、14年1、3、4、6、8、10、12月号、15年2月号）され、二〇一五年三月に徳間書店から刊行された。ノン・シリーズの長篇ミステリとしては『熱き血の誇り』（99年10月／新潮社）以来、実に十六年ぶりの作品ということになる。

本書で探偵役を務める殿村三春は法務省の外局に当たる公安調査庁の職員である。公安警察は『裏切りの日日』や「百舌」シリーズでもお馴染《なじ》みの組織だが、公安調査庁は公安警察と違って司法警察権を持たないのが特徴である。

新興宗教団体クルパジャの実態を内偵していた殿村三春は、パチンコ業界がこの団体に資金援助をしているらしい、との噂を聞いて、その真偽を探ることになる。だが三春が尾行していたパチンコ団体の理事の兼松は何者かに襲撃され、胸をナイフのようなもので刺されてしまう。兼松は「クズワに渡して」と言い残してUSBメモリを三春に託《たく》すが、追跡した犯人を見失った三春が現場に戻ってみると、兼松の死体は消えており、事件の痕跡は何もなかった……。

秘密カジノ、新興宗教団体の薬物疑惑、パチンコ業界幹部の襲撃、北朝鮮への不正送金、頻発する事件は果たしてどのようにつながっているのだろうか？　スパイ小説は東西冷戦の産物という見方もあるが、現代でも工夫次第でこんなに面白い話を創《つく》れるのかと感心する。むしろ「情報」を制するものは誰か、という諜報戦をスパイ小説の本質と捉えるなら、どんな時代を背景にしても優れたスパイ小説は成立するのだ。

本書においても、誰が嘘をついているか分からないから、中盤以降はどんでん返しの連続でスリル満点。まさに「虚々実々」という言葉がぴったりの作品となっている。ミステリの名手によるスパイ小説の力作を、どうかじっくりと楽しんでいただきたいと思う。

二〇一八年九月

この作品は2015年3月徳間書店より刊行されました。
なお、本作品はフィクションであり実在の個人・団体などとは一切関係がありません。

徳間文庫

断《だん》裂《れつ》回《かい》廊《ろう》

2018年10月15日 初刷

著者 逢《おう》坂《さか》剛《ごう》

発行者 平野健一

発行所 株式会社徳間書店

東京都品川区上大崎三-一-一
目黒セントラルスクエア 〒141-8202

電話 編集〇三(五四〇三)四三四九
販売〇四八(四五一)五九六〇

振替 〇〇一四〇-〇-四四三九二

印刷 凸版印刷株式会社

製本 株式会社宮本製本所

ISBN978-4-19-894399-8 (乱丁、落丁本はお取りかえいたします)